I0694435

kayla perrin

Chicas con suerte

Editado por Harlequin Ibérica.
Una división de HarperCollins Ibérica, S.A.
Núñez de Balboa, 56
28001 Madrid

I.S.B.N.: 978-84-687-0951-2
Depósito legal: M-32451-2012

Le dedico este libro a las amigas solteras con las que me lo pasé genial en el viaje a Atlanta del verano pasado: Sharon Wickham, La-Reine Camara-Leslie, y Karlene Millwood.

¡Ojalá que el próximo viaje nos depare fantásticas sorpresas románticas!

Capítulo 1

Annelise

Entro en el restaurante lo más rápido que puedo teniendo en cuenta mi abultado vientre, y al ver que Claudia está esperando ya en nuestra mesa de siempre, me dirijo hacia allí. No tenemos reserva, pero el personal del Liaisons nos conoce y nos guarda cada semana nuestra mesa preferida. Pase lo que pase, Lishelle, Claudia y yo comemos juntas aquí todos los domingos para charlar de cómo nos ha ido la semana... y también para chismorrear a placer, claro.

Es una suerte que Lishelle no haya llegado aún, porque no sé si se ha enterado de algo y prefiero hablarlo antes con Claudia. La verdad es que es poco probable que Lishelle no lo sepa, porque es presentadora de las noticias en una cadena de televisión local. Estar bien informada forma parte de su trabajo, y teniendo en cuenta que en esta ocasión la noticia está relacionada con cierto famoso cantante de *hip-hop* de Atlanta... en fin, lo más probable es que ya esté enterada.

Razón de más para que hoy comamos juntas, así Claudia y yo podremos ayudarla a lidiar con este acontecimiento tan inesperado; a juzgar por la cara que pone mi amiga mientras lee el periódico que tiene sobre la mesa, está claro que también se ha enterado de la noticia bomba.

—Hola —le digo, sonriente, al llegar a la mesa.

Tengo una mano sobre mi vientre, que ha sufrido un cambio increíble en cuestión de semanas. Estoy embarazada de cinco meses y hace poco que ha empezado a notarse de forma patente; tres semanas atrás apenas tenía un pequeño abultamiento que solo se me notaba si me ponía de perfil, pero ahora mi vientre ha crecido de forma exponencial. No es enorme, pero sí lo bastante grande como para que salte a la vista que estoy esperando un bebé.

Antes de quedarme embarazada, cuando veía a mujeres con el vientre ligeramente abultado caminando como patos y con las manos sobre el estómago, creía que lo hacían por puro teatro, pero ahora las entiendo. Lo de las manos es una especie de gesto protector que una empieza a adoptar al poco de enterarse de que está embarazada, y lo de caminar como un pato es lo que pasa cuando se carga en la zona pélvica con un peso extra al que tu cuerpo no está acostumbrado.

—¡Hola! —Claudia se levanta al saludarme, y me da un cálido abrazo antes de echarse hacia atrás y bajar la mirada hacia mi vientre—. Tienes más barriga que la semana pasada.

—El viernes por la noche noté por primera vez que el bebé se movía —admito, con una sonrisa de oreja a oreja.

A menos que se haya estado embarazada, cuesta entender lo maravilloso que es sentir cómo se mueve en tu interior una pequeña vida. La primera vez que experimenté esa sensación fue increíble, y tuve la suerte de que Dom, mi novio, estuviera conmigo en ese momento. No fue más que un pequeño cosquilleo, como si tuviera a una mariposa atrapada dentro de mí, pero tal y como me había pasado al ver la ecografía que era prueba palpable de que una vida crecía en mi vientre, sentir que mi bebé se movía contribuyó a que cristalizara en mi mente la realidad de mi embarazo.

Dentro de cuatro meses seré una mamá.

—¿En serio?, ¿notaste cómo se movía? —a Claudia se le iluminan los ojos al preguntármelo.

—Sí.

Mi amiga suelta una exclamación de entusiasmo y posa una mano sobre mi vientre con cuidado, como si albergara la esperanza de captar al bebé en pleno movimiento.

—¡Es increíble, Annie! Antes de que nos demos cuenta, el bebé ya estará aquí.

—Sí, es sorprendente cuánto pueden cambiar las cosas en un año.

El año pasado me quedé hundida cuando mi matrimonio se fue a pique. Charles, mi marido, tenía una aventura, pero lo peor de todo fue enterarme de que había robado fondos de la asociación benéfica Wishes Come True aprovechándose de su puesto en la junta directiva. Dom fue el auditor que se encargó de investigar las cuentas, y nos enamoramos perdidamente; en resumen, mi vida cambió de forma radical de un día para otro: de estar hundida y casada con un hombre que no me amaba y que estaba metido en un escándalo enorme, pasé a estar en el séptimo cielo y más feliz que nunca.

Pero la felicidad del momento se desvanece cuando

poso la mirada en el periódico que Claudia tiene abierto sobre la mesa, y le pregunto con cara de circunstancias:

–¿Crees que Lishelle lo sabe?

–Puede que sí, es lo más probable. Presenta las noticias, seguro que ha oído algo en la redacción.

–Yo no estoy tan segura, ella no se encarga de la sección de sociedad; además, no trabaja los fines de semana, así que... –dejo la frase inacabada mientras me siento frente a Claudia, porque soy consciente de que lo que estoy diciendo es más que improbable.

Vuelvo a bajar la mirada hacia el ejemplar del *Atlanta Journal Constitution* que mi amiga estaba leyendo. Desde donde estoy lo veo al revés, pero aun así veo con claridad tanto la foto como el titular: *Uno de los solteros de oro de Atlanta abandona la soltería.*

–No pasa nada si se ha enterado, ya ha superado lo de Rugged –afirma Claudia.

Nuestros ojos se encuentran, y la miro en silencio durante un largo momento mientras me pregunto si de verdad cree lo que acaba de decir. Sí, es cierto que Lishelle nos ha asegurado una y otra vez que no quiere tener una relación con Rugged y que lo suyo con él no fue más que una aventura pasajera, y también es cierto que fue ella la que rompió la relación, pero nunca me he creído del todo que no sienta nada por él.

Justo antes de conocerle había pasado por una ruptura muy dura con un tipo por el que estaba loca... aunque quizás «ruptura» no es la palabra adecuada, porque Glenn no era realmente su pareja. Para mí fue durísimo enterarme de que mi marido me estaba poniendo los cuernos, así que me imagino que Lishelle lo pasó incluso peor al saber que su novio de su época de universitaria, el chico al que nunca había llegado a olvidar, le ocultó que estaba casado al regresar a su vida años después. El muy capullo la utilizó para conseguir dinero, la engañó hasta que logró sacarle una verdadera fortuna.

Es comprensible que mi amiga haya estado protegiendo con celo su corazón después de semejante traición, y más aún si se tiene en cuenta que previamente ya había estado casada y se había divorciado porque su marido le había sido infiel.

En fin, esa es mi opinión. Con Rugged, un célebre rapero de Atlanta que tiene seis años menos que ella, Lishelle era otra persona. Se la veía más feliz, más llena de vida, y no ha vuelto a ser la misma desde que le dijo a Rugged que aquella relación no tenía futuro y que era mejor cortar.

A pesar de mi opinión personal, le digo a Claudia:

—Supongo que tienes razón, fue ella la que cortó.

—Exacto —mira por encima de mi hombro, y se apresura a doblar el periódico y a echarlo bajo la mesa.

A juzgar por su actitud, dos cosas me quedan claras: la primera es que nuestra amiga acaba de llegar, y la segunda que lo que acaba de decirme, lo de que a Lishelle no va a importarle la noticia del compromiso de Rugged, es una mentira como una catedral.

Me vuelvo y veo que Lishelle viene hacia nosotras con paso firme. Tiene una belleza innata, pero la verdad es que en este momento parece una supermodelo. Se ha alisado con una plancha su negra melena, tiene los ojos ocultos tras unas gafas de sol, y lleva puesto un ajustado vestido negro que resultaría más apropiado para un viernes por la noche.

—Hola, chicas —nos saluda, al llegar a la mesa. Se sienta junto a Claudia después de besarme en la mejilla,

y añade con una sonrisa picarona–: Perdonad que llegue un poco tarde, es que estaba... ocupada.

Enarco las cejas de golpe. El vestido, esa sonrisa...
está claro que Claudia sospecha lo mismo que yo, porque pregunta con cierto escepticismo:

–¿Y se puede saber qué te tenía tan ocupada?

–¿Queréis que os diga cómo se llama? –Lishelle se
quita las gafas de marca, y nos mira con una sonrisita
traviesa.

–¿Has conocido a alguien? –le pregunto, atónita.

–Algo así.

–Qué bien, y vienes a un sitio público con la ropa
que te delata –comenta Claudia.

–Esta gente no sabe que anoche llevaba este vestido.
Bueno, ¿pedimos una ronda de mimosas? –me mira
sonriente antes de añadir–: Para ti no, claro.

–No, claro que no –en domingo, los restaurantes de
Atlanta empiezan a servir alcohol a las doce y media de la
mañana, por eso llegamos a esa hora más o menos–. Tendré que conformarme con un té de jengibre.

Lishelle le hace una seña a Sierra, la menudita camarera asiática que nos sirve todos los domingos desde
que me alcanza la memoria. Hubo un paréntesis de tres
meses cuando Sierra se creyó enamorada y se marchó a
Los Ángeles para vivir junto al hombre de sus sueños,
pero por desgracia aquella relación iniciada a través de
Internet se fue a pique cuando llegó el momento de vi-
virla en el mundo real; aunque pueda parecer egoísta, la
verdad es que nosotras nos alegramos de que Sierra
volviera, porque no acabábamos de encajar con Apple,
la camarera que nos tocó en su ausencia. Sierra está haciendo un curso de preparación para entrar en Medicina, y se paga los estudios trabajando de camarera.

—Buenas tardes, chicas. ¿Qué tal va todo? —nos saluda, con voz dulce.

—Fantásticamente bien.

Claudia y yo intercambiamos una mirada al oír la contestación de Lishelle. No tenemos ni idea de quién es el tipo con el que ha estado, pero da la impresión de que está muy colada por él.

—Dos mimosas y un té de jengibre, ¿verdad? —dice Sierra.

—Qué bien nos conoces —le contesta Lishelle.

Ella fue la que peor se tomó la súbita marcha de Sierra, así que se llevó una alegría cuando la joven regresó y nos contó que su relación con Braden se había terminado. Desde entonces ha sido más generosa que de costumbre a la hora de darle propinas, y aunque ella alega que lo hace para ayudarle a pagar los estudios, tanto Claudia como yo creemos que es un incentivo para evitar que vuelva a marcharse.

—Hasta hablas diferente —comenta Claudia, cuando Sierra se marcha tras tomarnos nota—. ¿Quién es él?, ¿cuántas horas habéis estado dale que te pego?

—¿Y cómo demonios has conseguido ligar en una fiesta de despedida? —ahí es donde se suponía que iba a ir Lishelle anoche, a la fiesta de despedida de un compañero suyo que se jubilaba.

—Se llama Damon y es amigo de Maureen, una de las maquilladoras. ¿Os acordáis de que os comenté que quería presentarme a un amigo suyo, que me dijo que seguro que haríamos muy buena pareja? Tanto él como yo hemos estado muy atareados, así que no habíamos podido quedar, pero anoche se presentó de improviso en la fiesta y prácticamente me rogó que accediera a ir a cenar con él. Me ofreció comida de verdad en vez del horrible picoteo que estaba sirviendo la empresa de catering que habían contratado para la fiesta, así que no pude resistirme. La verdad es que nos lo pasamos muy bien... y no seáis mal pensadas, ¡qué mentes tan calenturientas!

–¿Cómo que no seamos mal pensadas? A ver, ¿qué quiere decir exactamente lo de que os lo pasasteis «muy bien»? –le pregunta Claudia.

–Que fuimos a cenar al Sambucca y pasamos una velada muy agradable. Damon es muy guapo y la conversación fluyó a las mil maravillas, es de esos hombres con los que se puede hablar durante horas. Cuando nos dijeron que ya era hora de cerrar el local me propuso ir a su casa, y me pareció buena idea.

–Acababas de conocerle –le recuerdo con sequedad.

–Os he dicho que no seáis mal pensadas. Me propuso que fuera a su casa para seguir charlando, estaba contándome que fue jugador de fútbol americano en la universidad. El tema me resultaba fascinante, y quise seguir con la conversación.

–Sí, claro, seguro que eso es lo único que querías –comenta Claudia con sarcasmo.

Sierra llega en ese momento con las bebidas, y esboza una pequeña sonrisa mientras las coloca sobre la mesa. Seguro que a lo largo de los años nos ha oído hacer un montón de comentarios jugosos, pero siempre ha tenido la delicadeza de no decir nada al respecto.

–Sierra, ¿podrías traerme también un zumo de naranja en vaso de tubo? –le pregunto.

–Claro, ahora mismo vuelvo.

Lishelle espera a que se marche de nuevo antes de asegurar:

–Aunque os cueste creerlo, puedo pasar la noche en la casa de un tipo sin tirármelo.

Claudia finge que se atraganta con la bebida y se echa a toser, y yo sofoco a duras penas una carcajada.

—¿Tan mala opinión tenéis de mí? —nos pregunta Lishelle, fingiéndose muy dolida.

—Anda, cuéntanos lo que pasó después —le pido, sonriente.

—No digo que no me sintiera tentada. Hace mucho que no estoy con nadie, y Damon está buenísimo. El hecho de que no me lanzara a por él demuestra que tengo un autocontrol férreo... joder, tendríais que ver los muslos que tiene. Ya os he comentado que jugó al fútbol americano en la universidad, ¿verdad?

—Sí —se limita a contestar Claudia.

—No acabé de creerme que solo quisiera seguir hablando y supuse que tarde o temprano intentaría llevarme a la cama, pero fue muy dulce y mantuvo su promesa. Estuvimos charlando, bebimos un poco de vino... y sí, nos dimos un morreo... pero entonces puso una película y la vimos acurrucaditos en el sofá, me quedé dormida entre sus brazos. Así que sí, la verdad es que lo pasé muy bien.

—Da la impresión de que quieres volver a verle —comenta Claudia.

—Por supuesto —Lishelle contesta sin vacilar.

Mientras ella nos explica que por fin está preparada para empezar a salir con hombres en plan serio, no puedo evitar pensar que aún no se ha enterado de lo de Rugged. Parece demasiado animada como para saber que su ex está a punto de casarse.

—¿Ese tipo te gusta?, ¿te gusta de verdad? —me alegraría que fuera así, puede que lo de Rugged no le duela tanto como yo esperaba si está interesada en otro.

—Claro que sí. Es muy atractivo, tiene un cuerpo fantástico, y a juzgar por cómo flirteaba conmigo y me miraba como si yo fuera un suculento bistec, no hay riesgo de que resulte ser uno de esos gays que aún no han salido del armario.

–¿Por qué no le llamas? Hazlo hoy mismo, toma la iniciativa y proponle una segunda cita –le sugiero yo.

–¿Lo dices en serio?, ¿quieres que le llame? –no parece demasiado convencida.

–¿Por qué no? No hay ninguna ley que te impida hacerlo, y la gente suele malgastar mucho tiempo en jueguecitos por no querer llamar demasiado pronto. Es una tontería fingir desinterés, ¿de qué sirve?

Incluso Claudia me mira de forma rara y ensancha un poco los ojos, está claro que intenta advertirme que debo poner el freno ahora que ya he ganado terreno. Lishelle ha debido de notar que pasa algo, porque se vuelve a mirar a Claudia... que se apresura a levantar el menú, y ese sí que es un gesto muy revelador. Siempre elegimos el bufé, nunca leemos el menú.

Como quiero desviar la atención de Lishelle, suelto una pequeña carcajada antes de decir:

–Estoy divagando, ¿verdad? Parezco Cupido fumando crack. Me da por hacer de celestina por culpa de las hormonas del embarazo.

Lishelle me mira con una mirada penetrante que hace honor a su condición de avezada periodista, y me pregunta con firmeza:

–¿Qué es lo que pasa?

Tardo unos segundos en contestar. Mierda, está claro que intuye que estamos ocultándole algo, porque vuelve a mirar a Claudia... y esta a su vez lanza una mirada por encima de Lishelle, y exclama como si nada:

–¡Mira, ya viene Sierra con tu bebida!

En cuanto Sierra me pone delante mi zumo de naranja, tomo un buen trago y esquivo la mirada de Lishelle.

—¿Vais a serviros del bufé?

Sierra lo pregunta por pura formalidad, porque siempre elegimos el bufé, pero quizás se ha dado cuenta de que estamos tardando más de lo normal en ir a servirnos y piensa que a lo mejor hoy preferimos pedir algo del menú.

—Sí —le contesta Lishelle.

—Avisadme si queréis café o cualquier otra cosa —nos dice, antes de irse hacia otra mesa.

—Y hablando del bufé... estoy hambrienta, vamos a por la comida —comenta Claudia.

—No corras tanto —Lishelle permanece sentada, con lo que evita que Claudia pueda huir de la mesa—. ¿Qué es lo que pasa?

Yo miro a Claudia sin saber qué hacer, y ella me devuelve la mirada.

—¿Va a desembuchar alguien? —insiste Lishelle.

La culpa la tengo yo, y aunque podría fingir que no pasa nada, Lishelle es condenadamente intuitiva y no se lo tragaría; además, la conozco lo bastante bien como para saber que ella habría hecho algún comentario sobre el compromiso si estuviera enterada, así que está claro que no tiene ni idea. A lo mejor sus amigos de la cadena han querido protegerla ocultándole la noticia.

No tiene sentido intentar suavizar la situación. No hay forma de sacar con sutileza el tema de Rugged, tengo que decírselo a bocajarro.

—¿Qué te parece lo del compromiso de Rugged con la modelo? —le pregunto, consciente de que estoy soltando una bomba.

Los ojos de Lishelle se ensanchan ligeramente y la boca se le entreabre, está clarísimo que no se había enterado.

Claudia me mira ceñuda, pero ya es demasiado tarde. Mi falta de tacto ha sido total.

Lishelle suelta una carcajada muy forzada antes de preguntarme:

–¿Qué...? ¿Qué es lo que has dicho?

–Perdona, cre... creía que ya lo sabías, y solo quería... la noticia ha salido en todas partes, estaba convencida de que te habías enterado.

Claudia hace una mueca que grita a las claras que quiere que me calle, así que le hago caso y cierro la boca.

Transcurren varios segundos en silencio. Lishelle necesita un momento para digerir la información, y Claudia y yo esperamos a ver qué es lo que dice. Si necesita despotricar o incluso llorar, aquí nos tiene para apoyarla.

Al cabo de un largo momento, la consternación que se refleja en el rostro de Lishelle desaparece y da paso a una expresión de despreocupación.

–Así que va a casarse con Randi, ¿no? –se limita a decir.

–Lo siento, no tendría que habértelo dicho así.

–¿Por qué te disculpas? –se ríe como queriendo enfatizar que la noticia no le importa lo más mínimo–. Rugged y yo no estamos saliendo, rompimos hace meses.

–Sí, pero... –me callo de golpe cuando Claudia me da una patada por debajo de la mesa.

–¿Pero qué? Recuerda que fui yo la que rompió la relación.

Sí, eso ya lo sé, podría recitar de memoria las razones que Lishelle repitió hasta la saciedad para explicar por qué Rugged y ella no encajaban como pareja. Dos de sus argumentos principales eran que él es un rapero y que es menor que ella.

—Exacto —la voz de Claudia suena demasiado almibarada.

Está interpretando un papel, el que cree que Lishelle necesita que represente en este momento. Ella y yo hemos tenido más de una conversación sobre el tema de Rugged, y las dos pensamos que Lishelle optó por ocultar lo colada que estaba por él en realidad, pero si lo que nuestra amiga quiere es fingir que está feliz de la vida, no tengo problema en seguirle la corriente.

—Cuéntale lo que me has dicho del bebé —añade Claudia, en un intento desesperado de cambiar de tema de conversación.

—¿Qué le pasa al bebé? —pregunta Lishelle.

—La noté por primera vez, se movió y la noté. Fue el viernes por la noche —no puedo evitar sonreír de oreja a oreja.

—¡Qué bien! ¿Ya ha empezado a dar pataditas?

—Más bien fue una especie de revoloteo, como si tuviera una mariposa atrapada en el estómago batiendo las alas.

—O un ángel, un ángel que bate sus alas —los ojos de Lishelle se inundan de lágrimas, pero de repente me mira con expresión interrogante y añade—: ¡Un momento...! ¡Has dicho que la notaste, en femenino! ¿Significa eso lo que creo?

Claudia frunce los labios antes de decir:

—Dijiste que no queríais saber el sexo del bebé.

—Y así es. Ya sé que a las dos os parece muy arcaico,

pero Dom y yo queremos reservar esa sorpresa para cuando nazca.

—¿Cómo se supone que vamos a mimarlo a más no poder si no sabemos si es niño o niña? —protesta Lishelle.

—Comprad colores neutros, tal y como hacía la gente en la Edad de Piedra.

—Sigo creyendo que deberíais saberlo. Da igual que os enteréis antes o después, será una sorpresa de todas formas —argumenta Claudia.

—Dom y yo lo vemos como si fuera una especie de Navidad. Sabes que vas a recibir regalos, pero si los abres antes de tiempo o echas un vistazo, se pierde parte de la sorpresa especial que recibes al abrirlos en la mañana de Navidad.

Claudia se encoge de hombros, pero la expresión de su rostro revela que mi argumento no la convence. Ya sé que tanto Lishelle como ella están deseando saber el sexo del bebé, pero me alegra que Dom opine lo mismo que yo en este tema, porque no estoy dispuesta a echar a perder la mayor sorpresa de toda mi vida.

—Es curioso... Dom está convencido de que es niño, y yo de que es niña.

—¿Cómo te encuentras?, ¿sigues con el dolor de espalda? —me pregunta Lishelle.

—Gracias por darme el nombre de aquel quiropráctico, me siento mucho mejor; además, las náuseas por fin se me han pasado. Espero que a partir de ahora todo vaya viento en popa —tanto Claudia como yo sonreímos, pero el rostro de Lishelle refleja de pronto una profunda tristeza—. ¿Qué te pasa?

—¿De... de verdad que Rugged va a casarse? —da la impresión de que le cuesta respirar.

Es Claudia la que contesta:

—Al parecer, se declaró hace un par de noches. Estaba en un club con Randi, fue un acontecimiento por todo lo alto... será mejor que me calle.

—Lishelle, si te duele... —empiezo a decir yo, con voz suave.

—Supongo que... que di por hecho que me llamaría, que me enviaría un correo electrónico o algo antes de que la noticia saliera a la luz.

—Lo siento —no añado nada más, porque no ayudaría en nada recordarle que en los últimos dos meses se ha negado a contestar a las llamadas de teléfono de Rugged.

Lishelle sonríe de repente, se pone de pie, y dice como si no tuviera ni la más mínima preocupación:

—Estoy hambrienta, vamos a por la comida.

Capítulo 2

Lishelle

¡Mierda! ¡Maldita sea!, ¡me cago en todo...! ¡Mieerdaaa!

He parado el coche en el aparcamiento de un centro comercial donde puedo desahogarme en privado. Aporreo el volante de mi Mercedes rojo SLS AMG, el coche soñado que me compré tras la traición de Glenn para darle un subidón a mi maltrecho amor propio, pero en este momento mi llamativo deportivo no me calma lo más mínimo; de hecho, no creo que haya nada que pueda calmarme.

Durante la comida he procurado ocultar lo que siento, y me he marchado del Liaisons antes de derrumbarme y empezar a despotricar. No quería reaccionar mal ante la noticia de la boda de Rugged delante de Claudia y Annelise, les he insistido tanto en que Rugged y yo no hacíamos buena pareja, que ahora no podía quedar como una mentirosa... aunque está claro que lo soy, la fuerza con la que me aferro al volante en este momento da fe de ello.

Lo que no alcanzo a entender es por qué me afecta

tanto la noticia, porque fui yo la que rompió con él. No le veía futuro alguno a nuestra relación, y me di cuenta de que era mejor cortar antes de que la cosa fuera más allá; no tanto por mí, sino por Rugged, porque saltaba a la vista que estaba muy pillado por mí.

Puede que por eso me cueste tanto asimilar el hecho de que vaya a casarse. Estaba loco por mí y quería tener una relación seria con todo lo que eso conlleva, ¿cómo es posible que en cuestión de unos meses ya esté comprometido con otra?

Ahora entiendo el extraño comportamiento de Maureen ayer por la noche en la cadena. No trabajo los sábados, pero uno de los presentadores más veteranos se jubila y le organizaron una fiesta. Le comenté a Maureen que iba a marcharme pronto porque la comida era penosa, pero ella me pidió que me quedara un poco más. Entendí a qué se debía su insistencia cuando apareció su atractivo amigo y no me extrañó, porque ella había estado intentando que nos conociéramos desde que él se vino a vivir a Atlanta hace un par de meses; aun así, en cuanto le vio aparecer actuó como si estuviera contentísima, y en vez de presentarnos y dejar que la naturaleza siguiera su curso, prácticamente lo lanzó a mis brazos. También la noté nerviosa, como si le importara mucho que me interesara en él.

Teniendo en cuenta lo guapo que es Damon, tuve que preguntarle a Maureen si habían estado liados, y por suerte me dijo que no; al parecer, es el hermano de un tipo con el que ella estuvo saliendo en plan serio cuando estudiaba en la universidad.

Ahora, a posteriori, me doy cuenta de que Maureen estaba deseando que conociera a Damon porque estaba enterada de lo del compromiso de Rugged. Apuesto a que llamó a Damon y le suplicó... me quedo corta, puede que incluso le pagara... en fin, seguro que le suplicó que viniera a la cadena para que me sirviera de distracción.

A lo mejor ahora sí que puede servirme para eso...

Suelto un poco el volante y dejo que mi mente repase lo que sucedió anoche, lo cachonda que me puso Damon. No es habitual que sienta una atracción inmediata hacia alguien, pero con él fue algo instantáneo. Es sexy, divertido y el tipo de hombre al que en otras circunstancias habría intentado seducir, pero lo que yo quería no era una aventura de una noche, sino algo real.

Ahora estoy lista para darle un acelerón a la relación y acostarme con él. Teniendo en cuenta los muslos tan fuertes que tiene, seguro que se le da bien follar. ¿Tendrá la lengua igual de fuerte...?

Recuerdo de repente cómo me recorría el coño la lengua de Rugged, y contengo el aliento mientras el clítoris me palpita ante la gráfica imagen que aparece en mi mente. Por mucho que crea que mi relación con él carecía de futuro, la verdad es que echo de menos nuestras increíbles relaciones sexuales. Madre mía, le encantaba comerme el coño... ¿se lo come a Randi con las mismas ganas?

—¡Mierda! —he estado intentando controlar mi tendencia a decir tacos desde que se me escapó uno en directo el mes pasado, pero tengo la impresión de que hoy no me va a quedar más remedio que tener manga ancha.

Ni siquiera sé por qué me sorprende tanto que Rugged se haya comprometido. Ya sabía que estaba saliendo con esa modelo delgaducha... bueno, más bien aspirante a modelo. Randi es hija de un productor de televisión de la zona, y yo creo que por eso ha conseguido que la contraten para varias campañas publicitarias. Me quedé de piedra cuando salió a la luz que Rugged estaba saliendo con ella, porque después de estar conmigo, la verdad es que no me parecía que fuera su tipo.

Le echo un vistazo al reloj del coche, y veo que son las dos y media. Ya llevo diez minutos aparcada aquí.

A lo mejor Rugged me llamó por eso... la semana pasada vi que tenía tres llamadas perdidas suyas en el teléfono, pero no me dejó ningún mensaje. Puede que quisiera advertirme que pensaba proponerle matrimonio a Randi antes de hacerlo.

En todo caso, ¿qué más me da que vaya a casarse? Al fin y al cabo, no me rompió el corazón ni me dejó por otra.

Arranco el coche y al salir del aparcamiento del centro comercial tuerzo a la derecha para poner rumbo a mi casa, una elegante construcción de piedra rojiza situada en Buckhead, pero las palabras de Annelise me resuenan en la mente: *¿Por qué no le llamas? Hazlo hoy mismo, toma la iniciativa y proponle una segunda cita.*

Le doy al botón de llamada que hay en el volante y con los controles del *Bluetooth* del coche busco el número de Damon, que anoche programé en mi Blackberry. Eso es lo que me encanta de este coche, que puedo sincronizarlo con mi móvil y no me hace falta usar un auricular porque el coche en sí es el *Bluetooth*. En cuestión de segundos estoy llamando al número de Damon.

Soy consciente de que no estoy llamándole porque esté planteándome hacer avanzar nuestra relación, sino porque necesito una distracción; ah, y por si te interesa, te diré que no suelo actuar así... de hecho, me mantuve célibe durante dos años después de divorciarme de mi adúltero marido. Cuando me acuesto con alguien, suele ser porque voy a tener una relación con él.

Rugged es buen ejemplo de ello... pero no quiero seguir pensando en él, porque la verdad es que mi mundo se ha puesto patas arriba en cuanto me he enterado de que va a casarse. No sé por qué, porque era imposible que construyéramos una vida juntos.

Pero aun así...

¿Aun así qué? Si yo no quiero estar con él, está claro que cualquier otra tiene derecho a echarle el guante.

—¿Diga?

La voz de barítono de Damon me arranca de mis pensamientos.

—Hola, Damon, soy Lishelle.

—¡Hola! —suena como si estuviera cansado y no me extraña, estuvimos despiertos hasta muy tarde.

—Me preguntaba qué estarías haciendo.

—¿Ahora mismo?

—Sí —pongo la voz más seductora posible al añadir—: Me gustaría retomar las cosas donde las dejamos anoche.

—¿En serio? —parece sorprendido, pero no estoy segura de si la sorpresa le resulta grata o no.

—Ya sabes lo que dicen, no dejes para mañana lo que puedas hacer hoy —también vive en Buckhead, bastante cerca de mi casa.

—Ese es un argumento que no puedo rebatir —me contesta él, con una carcajada.

—¿Es eso un sí?, ¿quieres verme? —le pregunto, insinuante.

—Sin ninguna duda.

Estoy sonriendo de oreja a oreja cuando le doy al botón para terminar la llamada. Mi sonrisa se ensancha aún más cuando llego a casa de Damon, porque me abre la puerta sin nada más que unos vaqueros desgastados con la cintura bajada hasta por debajo de las caderas.

Sus ojos se iluminan al verme y comenta sonriente:

—No esperaba verte tan pronto.

—Lo de esperar a que la otra persona llame primero es un juego pueril que no sirve para nada —le pongo una mano en el pecho y le obligo a retroceder un paso para poder entrar con él en la casa.

Sus labios se curvan en una sonrisa sensual y pícara, una sonrisa que revela que está deseando ponerme las manos encima.

El sentimiento es mutuo.

La verdad es que al verle a la luz del día, con esa maravilla de cuerpo que es puro músculo, no entiendo cómo contuve las ganas de llevármelo a la cama anoche, pero ahora no voy a pararme a pensar en eso. No, ahora solo puedo pensar en saciar mi sed de lujuria.

Esto es muy inusual en mí, porque soy muy selectiva a la hora de elegir con quién me acuesto. Un tipo tiene que atraerme de verdad para que me interese en él, y suelo preferir que no solo se estimule mi cuerpo, sino también mi cerebro. Supongo que, de vez en cuando, una mujer conoce a un hombre con el que conecta a nivel carnal, y eso es lo que me ha pasado a mí con Damon.

Cuando anoche vine a su casa no esperaba que cumpliera su promesa de no desnudarme. Eso fue lo que me prometió en el Sambucca, que si le acompañaba a su casa, charlaríamos y pasaríamos un rato agradable, pero nada más.

Con excepción de un beso ardiente, eso fue lo que pasó, y me pareció genial. El hecho de que cumpliera su promesa hace que me caiga incluso mejor.

—¿No quieres hablar? —me pregunta, en tono juguetón.

—Puede que después, ahora quiero que vuelvas a besarme.

Su sonrisa deja claro que sabe que me tiene en sus redes. Anoche estuve a punto de arrancarme la ropa cuando nos besamos, pero me contuve porque los dos estábamos jugando a portarnos bien.

Damon se acerca a mí, y un instante después se me cierran los ojos cuando sus labios entran en contacto con mi piel. Su beso empieza en mi cuello con largas caricias de la lengua, que se desliza después desde la base del cuello hasta la parte baja de mi mandíbula y va dejando a su paso una dulce sensación. Después de hacerme lo mismo en el otro lado del cuello, hunde los dientes en mi mejilla con suavidad y desde allí desciende hasta mi boca, pero en vez de besarme me mordisquea el labio inferior. Mientras me mordisquea y me chupa, la caricia de sus dedos en la parte baja de la mandíbula intensifica el delicioso cosquilleo que me recorre el cuerpo.

Yo permanezco de pie, inmóvil, me limito a dejar que me seduzca. Nunca antes me habían besado así, y no puedo evitar saborearlo durante un largo momento.

Después de succionar mi labio inferior, Damon se echa hacia atrás y me mira; a juzgar por la sonrisa que le ilumina el rostro, está claro que sabe lo efectivo que es su beso.

—Anoche no me besaste así —lo digo en un tono un poco acusador. Si me hubiera besado así, creo que me habría desnudado en un abrir y cerrar de ojos.

–Anoche acordamos que no íbamos a acostarnos juntos, así que te di un beso menos... intenso. Pero ahora quieres algo más –se inclina hacia delante y empieza a chuparme el lóbulo de la oreja.

–Ohhh... –gimo de placer mientras el coño me palpita. Siento la necesidad súbita de desnudarme, de sentir las manos y la boca de este hombre por todo mi cuerpo.

Me llevo las manos a la espalda a ciegas y lucho por bajarme la cremallera del vestido, pero tras varios infructuosos segundos, Damon me detiene al decir:

–No, déjame a mí.

Creo que va a hacer que me gire para poder tener acceso a mi espalda con facilidad, pero en vez de eso me rodea con los brazos y desliza las manos hacia la cremallera. Justo cuando sus dedos la encuentran, su boca se posa sobre la mía.

Sus labios vuelven a recorrerme con la habilidad de alguien que ha perfeccionado el arte de la seducción, sabe cómo usarlos para excitar. Lo que empieza siendo un beso lento, uno de esos en los que se refleja que los dos estamos disfrutando por igual de cada segundo, no tarda en dar paso a una pasión desatada, a un beso en el que abrimos las bocas hambrientos y restregamos las lenguas como si no pudiéramos saciarnos el uno del otro. Nuestra respiración se entrecorta, nuestras emociones están a flor de piel. Damon me baja el vestido por los hombros y las caderas, y noto cómo se desliza hasta el suelo.

Me sorprendo cuando él interrumpe de improviso nuestro ardiente beso y se echa un poco hacia atrás. Suelta un profundo gemido cuando recorre con la mirada mi torso, mis senos desnudos. Le gusta lo que está viendo, le gusta mucho, y esa realidad es puro poder en manos de una mujer.

—Joder, qué buena estás —me susurra al oído.

Me cubre los pechos con las manos, me excita los pezones con las palmas, y cuando los tengo bien endurecidos empieza a acariciarlos una y otra vez con los pulgares. Cierro los ojos y arqueo la espalda mientras suelto un gemido, quiero algo más que estas caricias enloquecedoras.

Me estremezco al sentir su lengua entre los senos y abro los ojos para mirarle, para ver cómo se cierran sus labios sobre mis pezones, pero él se limita a besarme entre los senos antes de alzar la cabeza y susurrar:

—Quiero hacerte un montón de cosas ahora mismo... —me besa la mejilla—... aquí mismo... —me besa la otra mejilla—... pero creo que tendríamos que ir más allá de la puerta de entrada. Tengo una cama perfectamente funcional.

—Ya lo sé —apenas me queda aliento para responder.

Damon me toma de la mano y me lleva por su *loft* hacia la escalera que conduce arriba. El dormitorio abarca todo el segundo nivel, y como las persianas están subidas, se ven unas vistas fantásticas del parque Buckhead Triangle.

En cuanto entramos en el dormitorio, me empuja con suavidad y caigo boca abajo sobre la cama. Se coloca encima de mí antes de que tenga tiempo a ponerme de espaldas, y siento sus manos en las piernas y su boca en el trasero. Me mordisquea y me lame, está enloqueciéndome de deseo.

—Me encanta tu trasero —desliza un dedo por la tira del tanga desde la parte superior de mi trasero hasta mi coño, y en cuestión de segundos me baja la prenda por las caderas y me la quita del todo.

Me da la vuelta hasta ponerme de espaldas, y me

abre las piernas para dejar mi coño al descubierto. Estamos a pleno día, la luz del sol entra de lleno y yo estoy tumbada de espaldas desnuda, expuesta por completo ante este hombre por primera vez.

Me apoyo en los codos para alzarme un poco y nuestras miradas se encuentran. El ardor que emana de sus ojos es tan potente como una caricia, y me recorre el cuerpo una deliciosa sacudida de placer. Él me sostiene la mirada mientras baja la cabeza, su sonrisita revela que sabe a la perfección dónde quiere tenerme: bajo su control. Contengo el aliento, expectante. Me encanta ver cómo me come el coño un hombre.

Sus labios se abren, su lengua asoma. Mi cuerpo está tan anhelante, que estoy aferrando con fuerza las sábanas.

Me roza el clítoris con la lengua... es un lametazo rápido y juguetón al que le sigue otro más. Mi coño palpita, ya estoy mojada.

Damon gime de placer y deja de jugar. Me cubre el clítoris con la boca por completo y se pone manos a la obra con muchas ganas. Me chupa con fuerza, se bebe la miel que sale de mi cuerpo, me mordisquea y recorre mi endurecido clítoris con la punta de la lengua. Cierro los puños mientras lo contemplo, mientras disfruto viendo cómo me devora el coño este hombre tan impresionante.

Me abre más las piernas y añade los dedos... primero introduce uno en mi húmedo agujero, y luego otro; mientras mis gemidos de placer van ganando intensidad, me mete el tercero y empieza a frotarme con fuerza. Sigue acariciándome con los dientes y la lengua, y las sensaciones son tan increíbles que soy incapaz de seguir apoyada sobre los codos. Me dejo caer sobre la cama y se me cierran los ojos, me concentro en las sensaciones de placer carnal mientras este hombre me chupa y me folla con los dedos sin parar. Me aprieto los pezones, los masajeo para estimularme aún más.

Mi respiración cada vez es más entrecortada. Me falta muy poco, estoy a punto de perderme en un orgasmo.

—Oh, Dios... sí, oh, sí... ¡dame más, Rugg...! ¡Oh!

—¿Lo quieres más rudo?, ¿así? —me dice Damon, mientras me folla más fuerte con los dedos.

Me doy cuenta de golpe de lo que he dicho, y mis propias palabras me impactan tanto que me corro antes de tiempo. Tengo un orgasmo pequeñito, uno de esos que se tienen cuando algo te distrae; por suerte, Damon no me ha entendido bien y no se ha dado cuenta de que he gritado el nombre de otro hombre mientras está comiéndome el coño.

—Joder, qué coño tan dulce tienes —añade, mientras sigue lamiéndome y metiéndome los dedos.

No sabría decir cómo he pasado del más puro éxtasis a mencionar a Rugged, solo sé que me fastidia sobremanera. Sí, me fastidia porque no tendría que estar pensando en él en un momento así.

Aprieto las piernas alrededor de los hombros de Damon, estoy decidida a olvidarme de Rugged. Intento recobrar mi orgasmo, pero es un esfuerzo inútil. Se me ha escapado, y no hay forma de retomarlo. Así que gimo, arqueo la espalda y monto todo un numerito, finjo que estoy teniendo el clímax más increíble de la historia.

Damon no para, me aferra los muslos y sigue torturándome el coño hasta que le pido jadeante:

—¡Fóllame! ¡Necesito tenerte dentro ahora mismo!

Él se quita los vaqueros y los calzoncillos en un abrir y cerrar de ojos. Debería excitarme aún más al ver que está erecto, pero mi entusiasmo decae un poco... su polla es tirando a pequeña.

Alargo la mano y empiezo a acariciarla, supongo que tengo la esperanza de que así le crezca un poco, pero sigue igual a pesar del vigor con que bombeo.

–Espera un segundo –me dice él, mientras me pasa los dedos por el pelo.

Le observo en silencio mientras se acerca a la mesita de noche, contemplo a placer su culito prieto y sus fuertes muslos. La verdad es que tiene un cuerpo increíble, ¿qué más da si no es el tipo mejor dotado con el que haya estado? Seguro que sabe cómo usar lo que tiene.

Se pone un condón antes de regresar a la cama, y cuando se tumba frente a mí me tumbo de espaldas y abro los muslos. Está sonriéndome en plan «voy a follarte hasta dejarte agotada», y cuando se cierne sobre mí y vuelve a besarme de esa forma lenta y sexy empezando por mi cuello, mi cuerpo vuelve a hormiguear de placer.

Madre mía, no hay duda de que es un beso jodidamente excitante.

Le rodeo las caderas con las piernas y siento la presión de su erección entre nuestros cuerpos; en vez de penetrarme sin más, tal y como yo esperaba, aparta sus labios de los míos, baja la cabeza y empieza a chuparme un pecho. Dios, me encanta... la caricia de su lengua deslizándose por mi pezón genera una calidez que se extiende por todo mi cuerpo, y cuando añade sus dedos además de la lengua, me convenzo de que cuando me corra esta vez tendré un orgasmo genial.

Desliza la boca hacia el otro pezón, lo mordisquea con suavidad y rodea el endurecido pezón con la lengua. Empiezo a gemir y a girar las caderas contra él para decirle sin palabras que estoy preparada para follar, y al fin se echa un poco hacia atrás y me penetra.

Esto suele encantarme, el momento justo en que una polla te llena con su grosor, pero la erección de Damon deja mucho que desear.

Él coloca los brazos bajo mis rodillas y empieza a follarme con embestidas duras y rápidas. Es la clase de movimiento potente que debería arrebatarle el aliento a una mujer, pero mi excitación está desvaneciéndose con rapidez.

—¿Te gusta? Dime, ¿te parece lo bastante rudo?

Mierda, ¿por qué tiene que volver a mencionar eso? Hace que piense en Rugged, que recuerde lo bueno que era en la cama... y que me dé cuenta de lo poco que está excitándome él.

Damon mete la mano entre nuestros cuerpos y me acaricia el clítoris con fuertes movimientos circulares. Está claro que quiere que me corra con él dentro, así que gimo e interpreto mi papel. No tardo en darme cuenta de que no voy a conseguir correrme así, pero necesito con desesperación algún desahogo, así que gimo con voz jadeante:

—Cómeme otra vez, cielo, cómeme el coño. ¡Haz que vuelva a correrme en tu boca!

Damon obedece encantado. Saca la polla y hunde la cabeza entre mis piernas, y mientras su lengua me enloquece, me pregunto si sería capaz de tener una relación con un hombre de pene pequeño... siempre y cuando me coma el coño tan bien como Damon. Es una cuestión desconcertante, y en este momento no quiero que me distraiga nada; como tenga otro orgasmo en miniatura, voy a tener que ir a casa y sacar el vibrador. Hace tanto que no me tocan la lengua y los dedos de un hombre, que no quiero marcharme derrotada de aquí.

Mientras la lengua de Damon traza círculos alrededor de mi clítoris, cierro los ojos, me acaricio los pezones, dejo que mi mente tome la dirección que ella quiera... y de repente ya no estoy pensando en Damon, sino en Rugged.

Me imagino la lengua de Rugged chupándome el coño, él sabía cómo hacer que mi clítoris se rindiera ante sus caricias enloquecedoras.

—¡Más! ¡Oh, sí, tus dedos...! ¡Ahí, justo ahí! Haz que me corra. Sí, la lengua justo ahí. Ohhh, Dios mío, eso es, ¡chúpame el coño, cieeeeloooo....!

Empiezo a correrme, soy un volcán de sensaciones. El clímax explota en mi coño y lanza oleadas de calor por todo mi cuerpo. Estoy jadeando, delirante de placer.

Damon gime lleno de excitación mientras se coloca entre mis muslos, me penetra de nuevo, y mientras se mueve con embestidas desenfrenadas le espoleo gritando cosas como: «¡Eso es, cielo, fóllame más fuerte! ¡Estás dando de lleno en el punto clave!».

Su cuerpo no tarda en tensarse, y contraigo las paredes vaginales a su alrededor para intentar alargar su orgasmo. Yo aún no me he recuperado del todo del mío.

Una vez saciado, desciende hasta cubrirme y me besa. Su hermoso cuerpo está resbaladizo por el sudor. Nos quedamos así, besándonos y abrazándonos, hasta que nuestra respiración se normaliza, y al final él se echa hacia atrás y me mira con esa sonrisa suya tan dulce, la que indica que le gusto.

Me siento culpable. No puedo hacerlo, no puedo dejar que esto avance para ver si puedo tener una relación con él. Yo necesito una polla grande y dura, una que pueda entretenerme durante horas.

—Me alegro de que hayas venido —me dice él.

—Yo también —le contesto, sonriente.

—¿Tienes planes para esta noche? Podríamos salir a cenar —traza uno de mis pezones con un dedo al añadir—: y después podríamos volver aquí y repetir lo que acaba de pasar.

—Ojalá pudiera, pero ya tengo planes —miento porque no quiero herirle. Parece un buen tipo, pero es que... eso no me basta.

—Bueno, ¿y mañana noche?

—Eh... ya hablaremos, ¿vale? —ya estoy saliendo de la cama y recogiendo mi ropa.

—¿Tienes tiempo de ducharte?

—Prefiero hacerlo cuando llegue a mi casa —espero que el pobre no se dé cuenta de que estoy dándole la patada.

Voy a dejar pasar unos días. No contestaré a sus llamadas, le daré largas con sutileza. Espero que así capte la indirecta, pero si no es así, me inventaré alguna excusa para no verle.

Porque aunque tenía la esperanza de que follar con Damon me ayudaría a olvidar a Rugged, solo me ha servido para acordarme aún más de él.

Capítulo 3

Claudia

Puedes repetirte a ti misma una y otra vez que eres una mujer negra fuerte, una hermosa mujer negra y que el hombre adecuado acabará por aparecer, pero eso no consigue acabar con el dolor que se alberga en tu alma. Sí, ya sé que no hace falta casarse para sentirse realizada... bueno, lo sé desde un punto de vista puramente racional, pero la verdad es que nunca pensé que seguiría soltera pasados los treinta.

A ver, no estoy diciendo que ser soltera más allá de los treinta sea el fin del mundo, pero soy consciente de que en mi círculo social la gente está hablando a mis espaldas, que todos se preguntan qué tengo de malo que pueda explicar el hecho de que no me haya casado aún. Una princesita afroamericana soltera como yo... ¿por qué sigue soltera?

A lo mejor no hablarían tanto del tema si no hubiera estado prometida a Adam Hart, que resultó ser un hijo de puta vomitivo. Soy capaz de decir eso porque ya he superado la ruptura. Adam tiene una cara oculta depravada y pervertida, una cara que pasé por alto porque pensé que iba a casarme con el hombre de mis sueños. Un hombre que contaba con la aprobación de todos los miembros de mi círculo social.

Esas mismas personas que se mostraban conformes con Adam son las que ahora me juzgan, y sé de quién se trata. En las galas benéficas recibo miradas compasivas, y las mujeres mayores me dan palmaditas en la mano y me aseguran que algún día encontraré al hombre adecuado.

Me dan ganas de gritar.

Mientras me miro en el espejo, mientras contemplo mi piel color marrón claro y la melena de suaves rizos peinados a la perfección (admitámoslo, tengo demasiado tiempo libre), no puedo evitar preguntarme si tengo alguna tara, si existe alguna razón que impida que algún agradable cirujano o algún magnate quiera casarse conmigo.

No puedo confesarles lo que siento a mis dos mejores amigas, Lishelle y Annelise. Ellas me dirían que estoy chalada, que si los hombres que conozco son demasiado bobos para darse cuenta de lo fantástica que soy, son ellos los que tienen alguna tara. Pero no puedo evitar pensar que los hombres de mi círculo social saben todos los pormenores de mi fallida relación con Adam, y que por eso no quieren acercarse a mí.

Y cuando sí que se acercan es porque creen que pueden conseguirme con facilidad, que estaré dispuesta a hacer cosas escabrosas en la cama con ellos... cosas que me arrepiento de haber hecho con Adam.

Me cuesta creer lo estúpida que fui con tal de conservar a mi hombre, y me cuesta aceptar el hecho de que puedan juzgarme por ello durante el resto de mi vida. La alta sociedad es un hervidero de cotilleos, por eso he renunciado casi por completo a la posibilidad de encontrar pareja en Atlanta; de hecho, me arrepiento de haber accedido a asistir a la cita a ciegas que me ha preparado el cuñado de mi hermana, pero es un martes por la tarde y no tengo nada que hacer. Quién sabe, puede que Mark Wickham resulte ser el hombre de mi vida.

Cuando termino de maquillarme, agarro mi bolso y voy hacia la puerta. Minutos después voy camino del centro en mi BMW blanco.

En realidad no tengo ganas de estar aquí... eso es lo que pienso cuando le entrego las llaves al aparcacoches. Estoy en el New York Prime, el restaurante donde se supone que voy a encontrarme con Mark. Este local tiene fama de servir los mejores filetes de la ciudad, así que supongo que al menos voy a disfrutar de una buena comida.

Sigo escéptica respecto a este tipo de citas que te organizan terceras personas, pero oír hablar a Lishelle de lo bien que le fue su velada con Damon me ha dado esperanzas; además, es innegable que Mark es un buen partido. Pertenece a la dinastía de los Wickham, una prominente familia de Georgia muy conocida en el mundo editorial. Samson Wickham, el padre de Mark, dirige *Wickham Publications*, que publica una serie de revistas mensuales para mujeres y hombres de color, adolescentes y empresarios.

He coincidido con Mark en algún que otro evento social, pero nunca hemos conversado. Sé que es atractivo, y que a ojos de mi familia tiene «un buen pedigrí».

Estoy hastiada y dudo que esto vaya a salir bien, por eso le dije a Mark que vendría al restaurante en mi propio coche. Mi historial sentimental ha sido un desastre, pero siempre estoy abierta a encontrar al amor de mi vida.

Quedamos a las siete en punto, y tengo la norma personal de no llegar nunca pronto a una cita. Diez minutos tarde es lo ideal, puedes saber mucho de un hombre en función de cómo reacciona al ver que una mujer llega con un elegante retraso.

Al entrar en el restaurante noto el peso de varias miradas, lo que me confirma que estoy guapa; de hecho, estoy especialmente sexy. Me he puesto un ceñido vestido negro, llevo un peinado de rizos amplios y sedosos, y me he maquillado con el estilo difuminado y llamativo que está tan de moda. Echo de menos el sexo, y estoy dispuesta a descubrir en qué desemboca esta noche.

La maître sonríe con calidez al verme llegar, y antes de que pueda articular palabra le digo sin más:

—He quedado con un caballero, Mark Wick...

Me interrumpo al verle. Mejor dicho: él me ha visto y se ha puesto de pie, está haciéndome señas con la mano. Su mesa está situada en el centro del restaurante, junto a tres decorativas palmeras.

—Ahí está —digo, sonriente, antes de ir hacia él.

Mark permanece de pie hasta que llego a la mesa, que se encuentra bajo una preciosa claraboya circular. Nos saludamos besándonos las mejillas, y cuando me mira de pies a cabeza no me cabe duda de que le gusta lo que ve.

—Perdona el retraso —le digo, con una dulce sonrisa.

—No te preocupes. He pedido vino y unos entrantes, espero que no te moleste.

Ha pasado la primera prueba, no se muestra molesto por mi retraso.

–Caray, estás fantástica –comenta, mientras vuelve a recorrerme con la mirada.

–Gracias.

Me aparta la silla, y cuando estoy sentada me ayuda a echarla un poco hacia delante. Es todo un caballero, un punto a su favor.

Está mirándome con una expresión casi de asombro que no alcanzo a entender hasta que comenta:

–Es increíble que no hayamos hablado hasta ahora. He oído hablar de ti, por supuesto, y hemos coincidido en algún evento...

–Sí, es sorprendente, ¿verdad?

La conversación transcurre con fluidez, y Mark es un guaperas al que podría mirar sin cansarme durante toda la velada. Nunca me había fijado en lo atractivo que es, supongo que solo tenía ojos para Adam... no, no es solo por eso... si no me equivoco, creo que está más delgado y musculoso. No estaba gordo, pero salta a la vista que ha estado poniéndose en forma.

–Estoy muy contento con la nueva revista. La cultura del *hip-hop* está tan extendida, que no entiendo por qué hemos tardado tanto en intentar entrar en ese mercado.

Acaba de explicarme que fue idea suya sacar a la venta una nueva revista, *Hip Vibe*, y que su padre ha acabado por darle el visto bueno.

–Así que es tu niña mimada, ¿no?

–Sí, estoy al mando de todo... soy el encargado de ponerla en marcha, de supervisar los contenidos... estoy disfrutando de lo lindo.

–Felicidades, debe de ser muy gratificante ver cómo se materializa tu sueño.

–En dos meses estará a la venta –me dice, sonriente,

antes de tomar un trago de vino tinto–. ¿Conoces a Rugged, el rapero?

–Sí, claro.

–Estará en la portada del primer número. Hicimos una sesión de fotos hace una semana, quedaron fantásticas.

–¿Sale solo él, o con su prometida?

–Solo él, cuando las hicimos no estaba prometido. Supongo que más adelante sacaremos un artículo sobre Randi y él, ya hemos hablado sobre la posibilidad de que alguno de nuestros fotógrafos cubra la boda –toma más vino antes de añadir–: Dejemos de hablar de mí, cuéntame cómo te van las cosas. Tu madre me comentó que estás muy atareada con causas benéficas.

No puedo evitar fruncir un poco el ceño al oírle hablar con tanto entusiasmo de su trabajo, porque es un tema al que llevo tiempo dándole vueltas. No me siento realizada desde un punto de vista profesional, tengo la impresión de que no estoy haciendo lo que podría llenarme de verdad.

–Sí –no admito que en este último año apenas he hecho obras de caridad. No he tenido agallas para aparecer en muchas de las galas, porque sé lo que la gente ha estado comentando sobre mí y sobre mi compromiso roto–. Últimamente he estado planteándome lo que voy a hacer con el resto de mi vida. Trabajar en causas benéficas es genial, pero me gustaría hacer algo más... no sé... algo más personal.

–¿Como qué?

Respiro hondo y pienso en ello. ¿Cómo es posible que no sepa cómo contestar a esa pregunta a los treinta y un años?

–Me gusta ayudar a los demás –contesto al fin.

–¿Haciendo qué?, ¿qué es lo que te interesa?

–Supongo que me veo ayudando a críos, o asesorándoles.

Me callo lo que acaba de pasarme por la mente, porque me da vergüenza. La triste realidad es que nunca me había planteado tener una carrera profesional fuera de casa, siempre creí que a estas alturas estaría casada, que sería la esposa de alguien y ya tendría hijos.

Adam me ha arrebatado ese sueño... no, no me lo ha arrebatado. Mi sueño se ha pospuesto, nada más.

–¿Qué pasa? –me pregunta Mark.

–Es que... en fin, la verdad es que siempre pensé que sería esposa y madre. Sí, creía que trabajaría de voluntaria y que colaboraría con organizaciones benéficas para ayudar a la gente, pero siempre creí que mi prioridad serían mi marido y mis hijos.

–Estuviste prometida a Adam Hart, ¿verdad? –me dice él con voz suave.

–Sí –en muchos aspectos tengo la impresión de que eso ha quedado en un distante pasado, pero Adam fue una parte enorme de mi vida–. No lamento haber roto con él, que quede claro.

–¿No lo lamentas en absoluto?

Enarca un poco las cejas al hacerme la pregunta, y tengo la sensación de que está preguntándome algo muy distinto.

–No quiero hablar de Adam –si quieres cortar de cuajo cualquier posibilidad de iniciar una nueva relación, no hay mejor forma que hablar sin parar de tu ex.

Por suerte, la camarera llega con los aperitivos y el tema de Adam queda olvidado. Le hincamos el diente al puré de patatas al queso acompañadas de cebolla frita, y mientras me sirvo más vino empiezo a contarle algunas de las novedades agradables que han surgido en mi vida, como lo del embarazo de Annelise y lo contenta que estoy porque voy a ser la madrina del bebé. Después le pido que me cuente más cosas sobre el mundo editorial, y él no vacila en explayarse sobre todos y cada uno de los aspectos de su trabajo.

Habla mucho, más que la mayoría de hombres que conozco. Eso me gusta, así se evita que haya bajones en la conversación.

Mi filete estaba delicioso, y estoy tan llena que opto por no tomar postre a pesar de que la oferta es fabulosa. Mark sigue mi ejemplo, así que pide la cuenta y diez minutos después salimos del restaurante. Hace gala de su caballerosidad acompañándome a mi coche, y cuando me saco las llaves del bolso nos miramos durante unos segundos sin saber qué hacer. Suelto una risita llena de nerviosismo, porque no sé si piensa besarme. No me molestaría que lo hiciera, estaría bien para ver si salta la chispa.

Cuando da un paso hacia mí y me pasa un brazo por la cintura siento mariposas en el estómago. No sé si son producto de mi imaginación o si estoy desesperada por sentirlas, pero siento algo.

—Lo he pasado muy bien —me asegura él—. Hace mucho que tenía ganas de salir contigo.

—¿Ah, sí?

—Sí —afirma, sonriente, antes de añadir—: De hecho, no quiero que la velada termine aún.

—¿En serio? —siento que me sonrojo, me halaga saber que le atraigo.

—El hotel Ritz-Carlton está justo al lado del restaurante... ¿qué te parece la idea? —enarca la ceja, y señala hacia el hotel con un gesto de la cabeza mientras me mira insinuante.

Ya sé que antes pensé que no me importaría acabar la noche con sexo, pero estoy replanteándomelo. Mark me gusta, y quiero conocerle mejor antes de acostarme con él.

—¿Por qué no me llamas y quedamos otro día? —le propongo.

—He oído ciertas cosas sobre ti —me dice en voz baja. Me lanza una mirada penetrante, sus ojos brillan bajo la farola.

—¿A qué te refieres? —empiezo a tener un mal presentimiento.

—No hace falta que finjas ser una niña buena conmigo. Me he enterado de algunas de las cosas que os gustaban a Adam y a ti, y me parece genial. Me encantan las mujeres que saben sacar su lado más salvaje.

Sus palabras son como un jarro de agua fría. ¿Por eso quería quedar conmigo?, ¿porque se ha enterado de mi sórdido pasado sexual con Adam?

—¿Se puede saber de qué estás hablando exactamente?

Mark suelta una pequeña carcajada antes de contestar.

—No tienes por qué ser tímida conmigo, me encanta experimentar en la cama —se inclina un poco más hacia mí y me susurra al oído—: ¿Qué sentiste la primera vez que saboreaste un coño?

Me aparto de él con tanta fuerza, que trastabillo hacia atrás. Lo miro mortificada, me cuesta creer lo que acaba de decirme. Esto es increíble.

—¿Qué pasa, Claudia?

¡Encima tiene la poca vergüenza de mirarme con sorpresa!

—¡Eres un cerdo! No soy... no soy la clase de mujer

que te crees, yo no hacía ese tipo de cosas –no le debo ninguna explicación; de hecho, es él quien me la debe a mí–. Dime que no me has invitado a salir por eso, ¡dímelo!

Sé de antemano la respuesta, no es el primero que se interesa en mí porque hice algunas cosas bastante fuera de lo común. Seguro que Adam lo ha sacado a la luz para intentar humillarme... a menos que la fuente sea otra persona, alguien que me viera en el club de intercambio de parejas al que fui con el capullo de mi antiguo prometido.

Mark se queda mirándome en silencio, y eso ya es respuesta suficiente. Lo suyo no es mera curiosidad, esperaba tener un golpe de suerte esta noche.

–¿Se encuentra bien, señora?

Me giro al oír la pregunta, y me sorprendo al ver a un afroamericano de unos cincuenta años que nos mira con preocupación.

–Sí, gra... gracias.

–¿Seguro?

–Sí –empiezo a retroceder hacia la puerta de mi coche al añadir–: Gracias –le doy al mando para desbloquear el BMW, y me siento más segura al ver que el desconocido permanece donde está para asegurarse de que me voy sin problemas.

Me meto en el coche a toda prisa, y me alejo del restaurante sin perder ni un segundo. Ojalá pudiera quitarme este incidente de la mente con la misma celeridad con la que estoy poniendo distancia entre Mark y yo.

En este momento tomo la decisión de renunciar al sexo. Soy una mujer con necesidades, pero no quiero meterme en otra relación sexual por el mero hecho de tener una gratificación física. Eso ya lo hice en Las Vegas, aunque no me arrepiento. De lo que sí me arrepiento es de los extremos a los que llegué con Adam, y solo por complacer al hombre con el que creía que iba a casarme.

Detesto el hecho de que el estigma de lo que hice siga persiguiéndome, es una razón tan buena como cualquier otra para abstenerme de tener relaciones sexuales.

Sí, el celibato me parece una buena idea en este momento. No es una cuestión religiosa, aunque entiendo las razones morales por las que alguien puede decidir esperar a casarse antes de perder la virginidad. Puede que todo sea más sencillo cuando se opta por esa opción. Ahora entiendo esa argumentación religiosa, el sexo fuera del matrimonio le ha complicado mucho las cosas a mi generación.

Ahora no quiero acostarme con nadie por culpa de lo que hice con Adam, porque me dejé convencer y accedí a participar en actos sexuales que jamás quise hacer... pero hay algo más, algo que no puedo confesarle ni a Lishelle ni a Annelise, algo que me avergüenza mucho más que las prácticas sexuales que me convencieron que probara: tuve un aborto.

En aquel entonces ya estaba con Adam, pero aún no nos habíamos prometido y sabíamos lo que supondría para nuestra imagen pública el hecho de tener un hijo fuera del matrimonio; aun así, yo habría seguido adelante con el embarazo si él me hubiera mostrado el más mínimo apoyo, pero lo que hizo fue llevarme a una clínica donde me practicaron la intervención. Problema solucionado.

Es algo que me ha atormentado durante los últimos años, y ahora que Annelise está embarazada... en fin, ahora me siento incluso peor por la decisión que tomé.

Ya sé que tengo que perdonarme, que no puedo volver atrás y que estoy más que feliz por no haberme casado con Adam; desde un punto de vista racional, soy consciente de que estoy mejor sin su hijo, pero emocionalmente... eso ya es otro cantar.

Me pregunto si alguna vez llegaré a ser madre, si me casaré. A lo mejor esto no es más que una fase que superaré cuando Annelise dé a luz, no me cabe duda de que voy a ser la mejor tía del mundo.

Mientras conduzco aprieto demasiado el acelerador, pero me doy cuenta de que será mejor que aminore la marcha si no quiero que me multen, así que aflojo un poco. Tengo que sobreponerme a la desastrosa cita que acabo de tener con Mark, debo dejarla atrás y olvidarme del golpe que acaba de recibir mi autoestima.

Cuando salía con Adam vivíamos en Buckhead, pero ahora estoy de vuelta en la casa que tienen mis padres en Sandtown. Es una zona bastante selecta situada en el sudoeste de la ciudad donde reside gran parte de la élite afroamericana, pero a pesar de que me crié allí y es una zona que me encanta, cada vez que regreso me siento en parte como una fracasada.

Se suponía que a estas alturas estaría casada y viviendo en Duluth.

Mi irritación va en aumento mientras voy en dirección sur por Peachtree Road. Estoy enfadada conmigo misma, puede que la cita con Mark, que ha servido para subrayar hasta qué punto ha quedado manchada mi reputación, sea la razón por la que estoy dándole tantas vueltas a lo que esperaba de mi vida. No he estado deprimida por mi ruptura con Adam, de verdad que no; de hecho, es un gran alivio no haber cometido el garrafal error de pasar por el altar con él.

Lo que pasa es que... me gustaría no estar soltera.

Mi mirada se desvía hacia la derecha, y veo algo que me llama la atención: hay dos personas gesticulando en la acera. Primero pienso que una de ellas está borracha, pero conforme voy acercándome me doy cuenta de que el hombre y la mujer en cuestión están discutiendo.

La mujer parece más joven que el hombre, a lo mejor es su padre.

Paso de largo, pero no puedo evitar mirar por el retrovisor y en cuestión de segundos doy media vuelta. Puede que ese tipo no sea su padre, no puedo abandonar a su suerte a una joven que podría estar en peligro.

Un desconocido ha intervenido en el aparcamiento del restaurante para asegurarse de que yo estuviera bien, y yo no puedo ser menos.

Avanzo poco a poco mientras los observo, y al ver que ella echa el brazo hacia atrás de golpe para zafarse de la mano del hombre, me convenzo de que necesita ayuda.

Los frenos rechinan cuando giro con brusquedad para regresar al lado de la carretera donde están, y ellos miran hacia mí al oír el sonido; en cuanto detengo el coche junto al bordillo, bajo y voy hacia ellos sin pensármelo dos veces. Ni siquiera se me pasa por la cabeza que lo que estoy haciendo podría ser peligroso.

—¡Eh! —grito con decisión.

El hombre, no hay duda de que es demasiado viejo para esta chica, que debe de tener unos veintipocos, me mira ceñudo, y mi mirada se desvía hacia ella. Es obvio que está acobardada. Mi instinto me dice que no estoy ante un padre lidiando con una hija rebelde, esto es otra cosa.

—¿Estás bien? —le pregunto a ella.

—No meta las narices donde no le importa —me espeta él.

Voy directa hacia la joven antes de repetir:

—¿Estás bien?

Ella niega apenas con la cabeza, salta a la vista que tiene miedo del hombre.

—Esto es un asunto privado, señora —masculla él.

Interpongo mi cuerpo entre ellos al encararme a él sin vacilar, y le pregunto con voz acusadora:

—¿Cuántos años tiene?

—¿Disculpe? —me pregunta con indignación.

—Te llevaré a un lugar seguro, a donde tú quieras.

La joven asiente y hacemos ademán de alejarnos, y ni siquiera me doy cuenta de que el hombre se me acerca hasta que me agarra del brazo con firmeza y me dice:

—Oiga, le aconsejo que...

Me zafo de su mano con tanta brusquedad, que trastabilla hacia atrás. No sé de dónde he sacado la valentía de actuar con tanta dureza, esto es muy inusual en mí. No tengo experiencia en este tipo de situaciones, pero le planto cara a este tipo al que salta a la vista que le gusta dominar a jovencitas.

—Vuelva a tocarme y es hombre muerto —me cuesta creer las palabras que salen de mi boca. ¿De dónde he sacado una frase así?, ¿de una película? ¿Cuándo me he convertido en una mujer de armas tomar?

Justo cuando empiezo a dudar de mi envalentonamiento fingido, el hombre retrocede un paso e incluso alza las manos para indicar que no es peligroso.

Me sorprende que mis palabras hayan logrado el efecto deseado.

–Sasha... Sasha, sabes que no lo he dicho en serio –el tipo lo dice con tono meloso, está intentando hacerse el bueno.

Poso una mano en la espalda de la tal Sasha, y mientras la conduzco hacia mi coche le lanzo al tipo una mirada de advertencia, una mirada que dice con claridad: «Ni se te ocurra moverte, capullo».

Abro la puerta del copiloto, y en cuanto Sasha entra, rodeo el coche con rapidez y me pongo al volante; por suerte, el hombre se queda en la acera y se limita a mirar sin hacer ademán de acercarse. Pongo el BMW en marcha, y me incorporo al tráfico a toda velocidad.

Conduzco en silencio durante un minuto hasta que al final le lanzo una mirada a mi pasajera, que está cabizbaja con los ojos fijos en su regazo.

–Oye, no te preocupes. Ahora ya estás a salvo –ella se limita a mirarme y a asentir, así que le pregunto–: ¿Ese tipo era tu novio? –su respuesta es asentir de nuevo–. Es un poco.... mayor, ¿verdad?

–Puede que sí –lo admite con voz queda, parece muy vulnerable.

Le suena el teléfono y en sus ojos veo miedo, seguro que se trata de su novio.

–No contestes –al ver que se muerde el labio inferior y parece indecisa, insisto con firmeza–: Es mejor que no lo hagas. No sé lo que ha pasado entre vosotros, pero será mejor que al menos le des un tiempo para que se calme.

Ella alza el móvil y le grito para mis adentros que no, que no lo haga, pero me siento aliviada al ver que en vez de contestar le da al botón para apagar el trasto.

Pasan uno o dos minutos más, no sé qué decirle. No pretendo sermonearla, pero quiero que sepa que puede confiar en mí.

–Por cierto, me llamo Claudia.

–¿Sueles acudir al rescate de completos desconocidos?

–No, es la primera vez que lo hago –la verdad es que aún me cuesta creer lo que he hecho–, pero me ha parecido que necesitabas ayuda y no podía seguir mi camino como si nada –ella asiente, y le pregunto al cabo de un momento–: ¿Adónde quieres que te lleve? –ella menciona una calle que está al sur del centro de la ciudad–. No vives con él, ¿verdad?

–No.

–Perfecto –me callo mientras tomo un desvío, y añado poco después–: ¿Es... seguro el sitio al que vamos?

–Sí, es la casa de mi hermana.

Es más joven de lo que me pareció en un principio, no debe de tener más de veinte, y no puedo evitar preguntarme dónde estarán sus padres. A lo mejor no forman parte de su vida, puede que hayan muerto... ¿cómo es posible que su hermana le permita salir con un hombre que le dobla la edad? Seguro que esto es más complicado de lo que parece.

–Si alguna vez necesitas charlar o tienes problemas y quieres hablar conmigo, puedes llamarme.

–¿Por qué?

Su voz refleja cierto escepticismo, y con razón. ¿Por qué quiero ayudarla? Nunca antes me había comportado así, pero por alguna extraña razón que no alcanzo a entender, esta chica tiene algo que me llega al corazón.

–Porque todos necesitamos contar con alguien con quien poder hablar de vez en cuando, y a mí se me da bien escuchar –le aseguro, sonriente.

Ella asiente y mira al frente. Al cabo de un rato me indica que gire a la derecha, y sigue dándome instrucciones hasta que llegamos a la casa de su hermana. No es un sitio demasiado elegante, pero tampoco es un cuchitril.

Alarga la mano hacia la puerta del coche, pero la interrumpo antes de que abra.

—Espera, déjame meter mi número en tu móvil.

Ella me lo da y yo introduzco mi nombre y mi número antes de devolvérselo.

—No sé lo que te pasa con tu novio, pero está claro que le temes. Si viene a verte esta noche, o en cualquier otro momento, no tengas miedo de llamar a la policía.

Tengo bastante claro cómo es ese tipo. Me recuerda a Reed, el ex novio de la hermana de Annelise, Samera. Los hombres que se creen tus dueños son los más peligrosos de todos, son impredecibles.

—Si lo prefieres, puedes llamarme a mí. Hagas lo que hagas, cuídate.

No sé si Sasha va a hacerme caso o si va a llamar al tipo del que la he rescatado en cuanto se baje del coche, y no me sorprendería que hiciera lo segundo; por mucho que me pese, soy consciente de que la advertencia de que se mantenga alejada de él, una advertencia que sale de boca de una desconocida, puede tener el efecto contrario y provocar que regrese corriendo a su lado.

En todo caso, me alejo en mi coche de la casa de su hermana satisfecha por haber realizado una buena acción... una buena acción que me ha ayudado a olvidarme un poco de la cita con Mark.

Capítulo 4

Annelise

–Tengo ganas de salir de aquí –me dice Claudia–.
En esta ciudad no voy a conocer a nadie que no esté enterado de lo de mi compromiso con Adam y de... de algunas de las cosas que hicimos. Todos los de mi círculo social parecen tan interesados en el tema, que cualquiera diría que son vírgenes. Seguro que en el fondo son una panda de reprimidos que ocultan sus ansias de depravación.

–Sí, seguro que sí –le contesto yo, con tono tranquilizador–. Por favor, cielo, no dejes que te incomoden. Está claro que Mark es un capullo, y es mejor que haya sacado a relucir su verdadera personalidad en la primera cita que en la décima.

–Ya lo sé, pero al margen de todo, sigo creyendo que tendría que largarme de Atlanta. Podría mudarme a California o a Seattle... o a Tombuctú.

Claudia está echa polvo. Cuando me ha contado lo de la cita con Mark, le he propuesto venir a comprar zapatos a DSW, pero a pesar de que salir de compras siempre le levanta el ánimo, hoy no hay forma.

Por muchas veces que yo le repita que debe dejar de preocuparse por la opinión de la gente, no puede evitar ser así, porque se ha criado en una elitista familia afroamericana. Las apariencias han sido importantes para los Fisher durante generaciones, y aún suponiendo que a Claudia le trajeran sin cuidado, su familia la somete a una presión sobre su imagen pública que es muy difícil de aguantar.

Soy consciente de las ganas que tenía de conocer a Mark, ya que él es el tipo de hombre que contaría con la aprobación de su familia, y no puedo evitar sentirme fatal por ella. No se merece que anoche la trataran como a una ramera, es hermosa tanto por fuera como por dentro y estoy deseando que encuentre a un hombre que la ame y la adore.

—No dejes que te afecte lo que dijo Mark, está claro que es un capullo —le digo con firmeza.

—Si fuera el único que me considera una especie de ramera pervertida, pues me lo tomaría mejor, pero me pasó algo parecido con aquel otro tipo... ¿te acuerdas de él? No me dijo a la cara lo mismo que Mark, pero sentía curiosidad por lo que yo había hecho con Adam. Está claro que se ha corrido la voz, y en realidad ni siquiera hice nada tan fuera de lo común. Sí, estuvo lo del camarero, pero eso no fue idea mía, y lo hice porque me sentí presionada.

Me doy cuenta de que una mujer está parada cerca de nosotras, escuchándonos con disimulo. Seguro que le ha llamado la atención nuestra conversación subida de tono.

—¿Puedo ayudarla en algo?

Se lo pregunto con voz almibarada, y ella se aleja de inmediato. Espero hasta estar segura de que ya no puede oírnos antes de retomar mi conversación con Claudia.

–Siento que tuvieras que pasar por algo así, pero tienes que intentar quitártelo de la cabeza. Por el amor de Dios, Claudia, no te culpes a ti misma. Lo que pasó con Adam pasó, y punto. La verdad es que tampoco es para tanto, pero a la gente le encanta cotillear.

–Sí, sobre todo a la de mi círculo social –Claudia saca una sandalia de tacón bajo de una caja y se la prueba; después de observarla durante unos segundos para ver cómo le queda, frunce el ceño y se la quita–. Te lo digo de verdad, necesito largarme de aquí.

Sus palabras me dan una idea. Puede que eso sea justo lo que necesita... lo que necesitamos las tres.

–Me encantaría alejarme de aquí, pero no tendré más remedio que regresar a casa tarde o temprano. A lo mejor tendría que marcharme seis meses a Europa –insiste ella.

–¿Y perderte el nacimiento de tu ahijada? ¡Ni hablar!

–Sí, ya sé que no es una idea viable –consigue esbozar una sonrisa, pero de forma muy forzada–. Te agradezco que te preocupes por mí y te adoro, ya verás como me animo en un periquete –la sonrisa se ensancha y empieza a parecer sincera–. Te lo prometo.

Regreso a mi estudio fotográfico después de mi salida de compras con Claudia. Dentro de una hora va a venir una pareja de ancianos a retratarse para conmemorar su cincuenta aniversario de boda, y después vendrá una aspirante a modelo.

No es una jornada demasiado ajetreada; de hecho,

es uno de esos días en los que tengo tiempo para pensar, y eso es lo que he estado haciendo: pensar en el comentario que ha hecho Claudia sobre lo de largarse de aquí.

A mi amiga le sentaría de maravilla hacer un viaje... por no hablar de Lishelle. Para ella sería ideal salir de Atlanta mientras la noticia del compromiso de Rugged está en boca de todos, en especial teniendo en cuenta que me ha mandado un mensaje al móvil para decirme que ya no está interesada en Damon.

No sé, podríamos ir a uno de esos centros turísticos reservados para adultos. Sí, ya sé que la gente suele ir a esos sitios con intención de ligar, pero seguro que surgen algunas historias duraderas con final feliz; en todo caso, si lo único que sacamos de esta salida es que mis amigas flirteen, se diviertan e incluso lleguen a acostarse con alguien... en fin, seguro que así se les levanta el ánimo.

Estoy sentada tras mi escritorio, planeando lo que hay que hacer, cuando suena la campanilla que indica que ha entrado alguien. Miro hacia la puerta, y veo a una de mis personas preferidas.

—¡Hola, Jared! —le saludo, mientras me levanto y voy hacia él.

—Hola, preciosa. ¡Vaya, mira esa barriguita...! ¡No hay duda de que estás embarazada!

—De cinco meses.

—Felicidades —me da un abrazo, y cuando nos separamos me pregunta—: ¿Has fijado ya la fecha de la boda?

La sonrisa que aparece en mi rostro no podría ser más forzada; a pesar de lo mucho que amo a Dom, no sé si quiero volver a pasar por el altar. Cuando has tenido un matrimonio fallido, es normal tener dudas a la hora de decidir si quieres volver a casarte. Me crié en un hogar muy religioso y siempre pensé que el matrimonio era la única opción de una pareja estable, pero mi exmarido no me fue fiel a pesar de ser cristiano.

No, a Dom y a mí no nos hace falta legalizar nuestra relación para ser felices, aunque él no comparte mi opinión; por no hablar de su madre, una católica procedente de Italia que quiere que nos casemos antes de que nazca el bebé.

—Aún no —le contesto a Jared.

—Supongo que me invitarás, ¿verdad?

—Claro que sí —entorno los ojos y le miro con una sonrisa traviesa. Dudo mucho que haya venido a charlar sobre mi posible boda, así que a lo mejor me trae buenas noticias—. ¿Le has atrapado? Sí, ya sé que estoy soñando despierta.

—Lo siento, pero no.

Su respuesta no me sorprende, ha pasado demasiado tiempo y a estas alturas hay pocas esperanzas.

—En ese caso, ¿a qué se debe tu visita?

—Pasaba cerca de aquí y se me ha ocurrido venir a ver cómo estás, ¿va todo bien?

Jared ha estado pasándose de vez en cuando durante estos últimos cinco meses, desde que entraron a robar en el estudio. Gracias a Dios yo no estaba aquí cuando sucedió. Al llegar una mañana me lo encontré todo patas arriba. Me destrozaron un montón de fotos y me robaron mi equipo fotográfico más caro, y Jared fue uno de los dos agentes que vinieron a investigar cuando di aviso a la policía.

—Sí, todo genial.

—Ya lo veo —comenta, al bajar la mirada hacia mi vientre—. La última vez que vine no me diste la noticia.

–Preferí esperar a que el embarazo estuviera un poco avanzado antes de hacerlo público.

Estoy convencida de que Jared se sintió atraído por mí cuando me conoció, y que por eso regresó al estudio varios días después. Es guapísimo, casi metro noventa de altura, piel oscura color caramelo e impresionante musculatura distribuida a la perfección, así que habría estado dispuesta a salir con él si hubiera estado soltera y sin compromiso; pero tengo una relación estable, de modo que le dije que no con mucho tacto cuando me invitó a ir a tomar un café. Dejó de flirtear en ese mismo instante, y ahora le encanta bromear conmigo sobre cuándo voy a casarme con Dom.

Es respetuoso, un tipo íntegro de verdad, y eso me gusta. A menudo se me ha pasado por la cabeza que sería ideal para Lishelle, pero nunca he encontrado el momento adecuado para presentarlos.

Espera, se me ocurre una idea...

–¿Sigues buscando a una mujer especial? –le pregunto con naturalidad.

–Sí, sigo soltero.

–Cuesta creer que en una ciudad como Atlanta, que está llena de mujeres solteras, un tipo tan sexy como tú no encuentre pareja.

–Las mujeres de aquí... bueno, al menos las que he conocido hasta ahora... no buscan algo real. Solamente les importa el coche que tienes y lo que vas a comprrarles.

–Son mujeres superficiales.

No puedo negar que lo que dice es cierto, yo misma lo he visto. Las mujeres de aquí le dan una gran importancia a los zapatos y los bolsos de diseño, a los cochazos caros. A mí me gustan las cosas bonitas tanto como a la que más, pero jamás he estado con un hombre por su dinero.

—Ya he pasado por eso, y no pienso volver a casarme para acabar divorciado otra vez. Prefiero quedarme soltero a conformarme sin estar seguro al cien por cien.

—En eso estamos de acuerdo.

Esa es la razón por la que no he querido casarme con Dom de forma precipitada. Le amo y me trata fantásticamente bien, pero en el fondo de mi mente aún queda una pequeña duda, el miedo de que algo salga mal.

Claudia y Lishelle dicen que estoy siendo demasiado paranoica, que Dom no es Charles, y soy consciente de que tienen razón; además, ahora que estoy embarazada, Dom y yo vamos a estar vinculados de por vida nos guste o no.

—Por cierto, ¿no se suponía que ibas a venir con tu hermano para que os hiciera unas fotos?

—Sí, es verdad... anda, dime cuándo quieres que vengamos. Voy a tener unos días libres dentro de dos semanas, así que no tengo excusa para retrasarlo más.

—¿Tienes vacaciones?

—Sí, diez días.

—¿Has hecho planes? —se me está ocurriendo una idea pecaminosamente genial.

—Había pensado en descansar y relajarme, nada más.

—Te lo pregunto porque quiero presentarte a Lishelle, una amiga mía... la que has visto por la tele presentando las noticias.

—Ah, sí.

—Además, tú tienes un hermano y yo tengo otra amiga... podría ser perfecto —estoy hablando más para mí misma que para él mientras la idea va cobrando forma poco a poco.

—¿El qué?

—Siéntate —le digo, con una sonrisa de oreja a oreja.

El domingo, cuando Jared y su hermano ya me han confirmado que se apuntan al viaje, les doy la noticia bomba a mis amigas en el restaurante Liaisons.

—Os tengo preparada una sorpresa —anuncio de improviso.

Tanto Lishelle como Claudia enarcan una ceja y me miran con expresión interrogante, y es la primera la que toma la palabra.

—¿Qué clase de sorpresa?

—Una que nos va a alejar unos días de Atlanta.

—¿Estás hablando de un viaje o algo así?, ¿es una escapada de fin de semana? —me pregunta Claudia.

—No, me refiero a un viaje de verdad. Podríamos ir a Jamaica o a México... o incluso a París si nos apetece.

—Mientras que no sea a Las Vegas...

El comentario de Lishelle tiene su porqué. El viaje que hicimos a Las Vegas fue divertido, pero también tuvo su parte oscura.

—Me suena el estómago —apostilla Claudia—. Vamos a por la comida, y luego seguimos hablando del tema.

Vamos al bufé, y me lleno el plato con tortitas calientes bañadas en mantequilla y sirope. Es que tengo un antojo, y además, ahora como por dos. Regresamos a la mesa, y como no quiero que el tema del viaje quede en el olvido, retomo la conversación en cuanto me he comido buena parte de las tortitas.

—Lo del viaje va en serio, ¿qué os parece la idea? ¿Os apetece una semana en el Caribe? A lo mejor encontráis un Miguel cada una en México.

Las tres estamos muy impresionadas con Miguel, el novio de mi hermana, al que conoció cuando fuimos a Costa Rica para recabar información sobre las actividades ilegales de mi difunto marido. Miguel es un novio de ensueño... romántico, solícito, e increíblemente sexy. Se quedó prendado de Samera a primera vista y sigue estando loco por ella, lo cual supone todo un logro.

Los novios que había tenido hasta ahora mi hermana habían sido incapaces de aguantar a largo plazo lo dura que puede llegar a ser, aunque supongo que esa dureza es de esperar. Samera es una mujer que creció en un hogar estricto y muy religioso, que rechazó ese tipo de vida porque consideraba que estaba lleno de hipocresía y acabó trabajando de stripper. Ahora ha retomado los estudios, y está formándose para ser asistente jurídico.

—Vale, ahora sí que estoy interesada —me dice Claudia—. Estaría casi dispuesta a dejar que mi familia me desheredara con tal de encontrar a un hombre que me adorara tanto como Miguel a Samera.

—¿Y tú qué, Lishelle? ¿Te apuntas?

—¿Cuándo quieres que vayamos?, ¿en un par de meses? Es que ahora tengo trabajo...

—En un par de meses no habrá quien me deje subir a un avión. En la cadena te adoran y siempre te dan mucho margen de maniobra. Te quedan días de vacaciones, ¿verdad? Seguro que consigues una semana libre sin problemas.

Al ver que tanto la una como la otra permanecen en silencio, insisto aún más:

—¡Venga, porfa! ¡Puede que este sea nuestro último viaje juntas en muchísimo tiempo! —me froto el vientre para enfatizar mis palabras—. Lo digo de verdad, no podemos retrasarlo. En un par de meses me costará moverme, y si hago un viaje, quiero disfrutarlo. ¡Tiene que ser ahora!

–Tienes razón, pero... –Lishelle no parece convencida del todo.

–Pienso ir con o sin vosotras, pero ¿cómo voy a disfrutar del viaje si no están conmigo mis dos mejores amigas?

Los ojos se me llenan de lágrimas. Sí, en parte es por culpa de las hormonas, me he vuelto muy sensible desde que me quedé embarazada, pero es que acabo de darme cuenta de lo mucho que va a cambiar mi vida.

–No podré hacer más viajes de chicas con vosotras hasta dentro de mucho, mucho tiempo... y eso suponiendo que vuelva a hacer alguno. Ni siquiera sé si podré seguir quedando a comer con vosotras todos los domingos.

Es Claudia la que responde:

–Vale, a lo mejor tienes que esperar un tiempo, pero ten por seguro que Lishelle y yo vamos a ver al bebé cada semana. En vez de venir aquí los domingos, podemos quedar a comer en tu casa.

Me seco las lágrimas que me bajan por las mejillas antes de contestar:

–No me hagáis caso, el embarazo hace que las emociones se descontrolen.

Me alegro de este llanto inesperado, porque necesito que mis amigas accedan. Necesito que me acompañen en este viaje, porque de no ser así, la sorpresa que les tengo preparada se irá al garete, y es una sorpresa que puede ayudarlas a alcanzar la felicidad.

–Lo dices en serio, ¿verdad? –me pregunta Claudia.

–Sí, claro que sí –me seco más lágrimas antes de

añadir–: Dejad libre la primera semana de octubre, porque nos vamos de viaje.

–¡Pero si solo faltan dos semanas! –exclama Lishelle.

–Exacto –tiene que ser justo en esas fechas, porque es cuando Jared y su hermano tienen vacaciones–. Tenéis tiempo de sobra para prepararos.

–Ni siquiera sabemos si vamos a encontrar habitaciones con tan poca antelación –argumenta Lishelle.

–Hay montones de hoteles en México. Seguro que encontramos plazas libres en algún sitio.

–Espera, me parece que Terrence tiene vacaciones en esas fechas –insiste Lishelle.

–Apáñate como puedas. Tuve que llevarte a Las Vegas casi a rastras, pero no te olvides de que al final te lo pasaste genial.

–No te pongas así. Tengo derecho a hacer unas cuantas preguntas, ¿no?

–Haz todas las preguntas que te dé la gana, siempre y cuando acabes por acceder. Tómatelo como si fuera nuestro último viaje de solteras.

–Yo me apunto, mi agenda da pena de lo vacía que está –apostilla Claudia.

–A lo mejor deja de estarlo después de ir a México –comento yo como si nada.

–¿Está decidido?, ¿vamos a México?

–¿Por qué no? La Riviera Maya es preciosa. Me pondré a buscar ofertas en cuanto llegue a casa.

Me quedo mirando a Lishelle a la espera de que acceda, y al final acaba por claudicar.

–Vale, yo también me apunto. Mañana pediré esos días de vacaciones.

–Avísame si te ponen pegas y yo les llamo, nadie

quiere lidiar con una embarazada furiosa –las miro con una sonrisa traviesa y añado en tono de broma–: Que también os sirva de advertencia a vosotras dos.

–Mensaje recibido –dice Claudia con una carcajada–. ¡Nos vamos a México!

–Más os vale –les advierto, con un fingido tono amenazador, antes de añadir sonriente–: Lo vamos a pasar muy bien, ya lo veréis. ¡Va a ser genial!

–¡Tengo un plan! –anuncio, con voz cantarina, al entrar en la casa situada en Pine Lake que comparto con Dom–. Creo que he encontrado a los hombres perfectos para...

Me callo de golpe al doblar la esquina de la sala de estar y ver a la madre de Dominic sentada en el sillón que hay junto a la ventana, borro de inmediato la expresión ceñuda que asoma en mi rostro, y la saludo con cortesía.

–Eh... hola.

–Hola, Annelise –mamá Deanna, así la llamo yo, deja a un lado la prenda blanca que está tejiendo y se levanta para besarme las mejillas. Me da dos besos, tal y como se estila en Italia–. ¿Cómo estás, querida? ¿todo bien con el bebé?

Tiene un acento italiano bastante marcado, y es bajita, medirá poco menos de metro sesenta, y un poco regordeta.

–¿Dónde está Dominic? –le pregunto yo.

–Le he mandado a comprar comida, no tenéis fruta ni verdura. Vas a ser madre y tienes que comer sano, pero no te preocupes, que voy a ayudarte a cuidar tanto de mi nieto como de ti misma.

Me da una palmadita en el brazo como diciéndome que no tengo de qué preocuparme porque ella está aquí, y no me molesto en decirle que pensaba hacer una lista de la compra al llegar a casa. Prefiero no hacer ningún comentario que pueda resaltar aún más mis supuestos defectos.

Y hablando de defectos... al dar un vistazo a mi alrededor me doy cuenta de que todo está bastante más limpio; de hecho, no veo por ninguna parte la bolsa de una cámara de fotos que dejé en una esquina.

–Mamá Deanna, ¿has visto mi bolsa negra?

–Sí, la he guardado en una caja y la he llevado al garaje. He hecho un poco de limpieza, todo estaba bastante desordenado.

Me giro para que no vea mi mueca de impaciencia. Viene de vez en cuando a pasar una semana con nosotros, y lamento decir que siempre estoy deseando que se marche; a ver, la mujer me cae bien, pero es que... en fin, puede llegar a ser bastante mandona. Tengo que aguantar que me repita una y otra vez que no alimento a Dom como se debe y hace muchos otros comentarios ofensivos, en especial sobre el tema estrella: el hecho de que su hijo y yo estemos viviendo en pecado.

Voy al garaje y encuentro la bolsa de mi cámara metida en una caja de cartón como si fuera basura, pero es que además veo que hay varios sobres... los sobres de los recibos que Dom y yo tenemos pendientes de pago; bueno, al menos sé dónde está todo, así que opto por dejarlo en el garaje. Seguro que si lo saco de aquí, mamá Deanna se encargará de «ordenarlo» otra vez.

Vuelvo a entrar en la casa, y voy a la cocina para servirme un buen vaso de zumo de naranja.

–¿Cuánto tiempo piensas quedarte?

–Hasta que des a luz.

Estoy a punto de atragantarme al oír su respuesta, y solo alcanzo a decir:

–*¿Qué?*

–Me necesitas a tu lado. He tenido cuatro hijos, y sé lo que hay que hacer.

¿Va a vivir aquí los próximos cuatro meses?, ¿lo sabe Dom? Voy al vestíbulo a por mi bolso y saco el móvil para llamarle, porque quiero preguntarle de inmediato si estaba enterado de esto, pero antes de marcar oigo que se abre la puerta del garaje.

Abro la puerta que comunica con el garaje, y espero en silencio mientras Dom sale de su Audi. Su enorme sonrisa pierde intensidad, supongo que porque se da cuenta de la expresión de mi rostro.

–Annelise...

–¿Va a vivir cuatro meses con nosotros?, ¿cuatro meses?

–No lo he hablado con ella.

–Pero es lo que piensa hacer, ¿verdad?

–Me comentó que quería ayudarnos, y no me parece mala idea.

Le enseño la caja que contiene las facturas y mi cámara antes de decir:

–Así es como limpia ella; si sigue así, acabaremos por no encontrar nada.

Dom abre el maletero y empieza a sacar la compra, que está metida en grandes bolsas reutilizables.

–Lo hace de buena fe.

–Tendrías que haberlo hablado conmigo, Dom. Podrías haberme preguntado al menos si me parece bien.

Él cierra el maletero, y viene hacia mí con una pesada bolsa en cada mano. Se inclina y me da un beso antes de decir:

—Llegó sin avisar.

—¿No sabías que iba a venir?

—La semana pasada me comentó por teléfono que quería venir y ayudarte durante el embarazo, pero no tenía ni idea de que vendría hoy. ¿Qué iba a hacer?, ¿pedirle que se fuera sin más?

Yo suelto un suave suspiro antes de contestar:

—No, claro que no, pero es que me ha dicho que piensa quedarse hasta que nazca el bebé. Ya sé que es tu madre, pero...

Él me interrumpe al darme un breve beso en los labios, y afirma con calma:

—No serán ni cuatro meses.

—Puede que sí. Ahora que ya no tiene a tu padre, no hay razón para que quiera regresar a su casa.

Dom vuelve a besarme antes de decir:

—No quiero que te preocupes por mi madre.

Me mete la lengua en la boca y me besa con más intensidad, y yo no puedo contener un gemido contra sus labios; después de dejar una bolsa en el suelo, desliza la mano bajo mi falda y sube los dedos por mi muslo hasta llegar al tanga. Gime mientras me acaricia el clítoris a través de la fina tela, pero cuando empiezo a excitarme retrocedo un paso y le doy una palmadita con actitud juguetona.

—Este es otro problema más. No vamos a tener ninguna privacidad con tu madre en casa, y ya sabes cuánto nos gusta nuestra privacidad.

—Claro, por eso hay que aprovechar cuando surge el momento. Ummm... ya estás mojada, me encanta lo cachonda que estás siempre desde que te quedaste embarazada.

Al ver que me mira con ojos ardientes durante un

largo momento, me doy cuenta de que está planteándose que follemos aquí mismo, en el garaje... y la idea me excita.

–No –le digo, tajante.

–¿No?

–¡No! –lo susurro con vehemencia, y al ver que deja en el suelo la otra bolsa de la compra me apresuro a añadir–: ¡Tu madre está al otro lado de esa puerta!

–No va a entrar aquí.

–¡Estás loco!

–Sí, loco por ti.

Me agarra la muñeca, mete la otra mano bajo mi falda, y en cuestión de segundos ya está acariciándome el coño.

–¿Por qué? –mi pregunta es un gemido sordo que le espolea aún más.

–Porque eres puro fuego –me susurra al oído, antes de meterme un dedo.

–Dios Santo...

Me aferro a sus hombros mientras me mete otro dedo y empieza a enloquecerme con caricias rápidas y firmes. Ahora ya me da igual que su madre pueda entrar en el garaje de un momento a otro, le deseo ahora mismo.

–¿Aquí o... o en el coche...? –alcanzo a decir.

–¿El todoterreno está abierto? –me pregunta, mientras me besa el cuello.

–Sí... –gimo de placer al notar que me mete un tercer dedo–. Oh, sí...

Después de torturarme durante unos segundos más, aparta la mano y retrocede un paso.

–Vamos –me dice, con una sonrisa victoriosa.

Lanzo una mirada hacia la puerta del garaje mientras

él me agarra la mano y me lleva hacia el Cadillac Escalade. Es una suerte que tenga los cristales tintados, porque así mamá Deanna no verá nada si se le ocurre venir al garaje.

Cuando estoy metiéndome en el asiento trasero, Dom aprovecha para levantarme la falda hasta la cintura; buena idea, aquí detrás hay poco espacio de maniobra.

Me da una palmadita en la nalga antes de entrar también, me levanta de un tirón la camiseta de algodón, y sin perder ni un segundo baja la cabeza y me mordisquea con cuidado un pezón por encima del encaje del sujetador.

—Maldita sea, Dom... —es una protesta, sin apenas fuerza, por el hecho de que esté poniéndome en esta posición tan comprometida estando su madre tan cerca.

—Puede que esto te guste más —aparta a un lado el encaje, y me cubre con la boca el endurecido pezón.

Me aferro a su cabeza y lucho por contener el grito de placer que me sube por la garganta. Tengo los pechos mucho más sensibles por el embarazo, y chuparme los pezones es un método infalible para excitarme.

Su lengua me enloquece al subir y bajar por mi pezón, y Dom lo acaricia con los dientes antes de empezar a succionar con fuerza.

Estoy mojada, el coño me arde, necesito tenerle en mi interior.

—¡Fóllame, cariño! ¡Ahora mismo!

Hay que maniobrar un poco, pero al cabo de unos segundos tengo una pierna estirada hacia los asientos delanteros y la otra alzada contra el techo. Dom se desabrocha los vaqueros y se los baja lo suficiente con rapidez, y yo alargo la mano y le agarro la polla mientras se me pone encima. Lo guío hacia mi agujero, y gimo de placer cuando me penetra.

–Joder... oh, Dios... –había oído decir que algunas mujeres disfrutan incluso más del sexo estando embarazadas, y ahora ya puedo dar fe de ello. Mi cuerpo entero se llena de placer mientras Dom me folla.

No aparto la mirada de él mientras sale y entra de mi coño una y otra vez, estoy ardiendo de excitación. Dom sabe cómo enloquecerme. En la siguiente embestida me penetra hasta el fondo, llega lo más hondo que puede, y no puedo contener una exclamación ahogada de placer.

–Ya sabes que te amo –me susurra.

–Sí...

Suelto un pequeño suspiro de protesta cuando se echa hacia atrás, pero empieza a chuparme febrilmente un pezón y me masajea el clítoris con ardor. Siento que un orgasmo se abre paso en mi interior, y él vuelve a penetrarme sin dejar de acariciarme.

Le hundo los dedos en la espalda mientras me corro con fuerza y él me besa para silenciar mis gemidos. Le paso una pierna por la espalda, y arqueo el coño hacia arriba mientras me recorren las oleadas de placer.

–Te amo... cariño... –susurro, jadeante.

Él acelera el ritmo de sus embestidas entre gemidos de placer, y poco después se derrumba sobre mí mientras se rinde ante su propio orgasmo.

Permanecemos así durante un largo momento, él dentro de mí y yo con la pierna encima de su trasero. Le seco el sudor de la frente mientras nuestra respiración va normalizándose poco a poco. Él me besa a mí en el brazo y yo a él en el cuello, pero entonces me cubre la boca con la suya y nos damos un beso intenso y profundo en el que su lengua juguetea con la mía tal y como me gusta.

–Será mejor que entremos –dice él al final, antes de apartarse.

–Vas a tener que encargarte de guardar la compra, yo voy directa a la ducha.

Dom asiente, y se sube los pantalones antes de comentar sonriente:

–Oye, creo que acabamos de solucionar el problema de la privacidad. Podemos escabullirnos al garaje cuando haga falta.

Le doy un golpecito en el estómago y exclamo con desaprobación:

–¡No bromees con esas cosas!

–Todo va a salir bien, ya lo verás –me asegura, con esa sonrisa suya tan increíblemente sexy.

Cuando sonríe así, estaría dispuesta hasta a comprarle un pantano si él me dijera que es un buen terreno para construir una casa. Dios, cuánto amo a este hombre.

–Vale, no voy a montar un drama por el hecho de que tu madre viva con nosotros.

Por mucho que mamá Deanna me ponga de los nervios, no voy a pedirle a Dom que la eche; la verdad, en cierto modo estoy celosa, porque su madre al menos está aquí. Yo no tengo ni idea de dónde está la mía, lo último que supe de ella fue que estaba en un campamento cristiano en algún lugar de Alabama o de Misisipi. Es una fanática religiosa, y con eso no me refiero a que ame a Dios y se tome en serio la religión, sino a que es una de esas personas chaladas que siempre están citando la Biblia y juzgando los pecados de los demás. Tengo la impresión de que a veces no se le permite llamar por teléfono al exterior del campamento sin autorización... al menos, eso es lo que me digo a mí misma para explicar que me llame una vez al año como mucho.

Salgo del coche tras Dom, y vamos hacia las bolsas de la compra.

–¿Te acuerdas que te comenté que estaba pensando en ir de viaje con Claudia y Lishelle?

–Sí –me contesta, mientras agarra las bolsas.

–Estamos planeando hacerlo a finales de este mes. También van a venir Jared, aquel poli del que te hablé, y su hermano Chad. Trae, ya llevo yo una bolsa.

–No, ya las llevo yo. Tú encárgate de abrirme la puerta.

Es típico en él tener ese tipo de gestos caballerosos, así que no protesto. Abro la puerta, y la sujeto mientras él entra en la casa.

Mamá Deanna está sentada en el mismo sillón de antes, tejiendo algo que supongo que es para el bebé. Tiene la tele puesta en un concurso y está hablándole a la concursante, le aconseja que seleccione la caja número dos.

–Hola, mamá –la saluda Dom, antes de ir directo a la cocina con la compra.

Ella alza una mano, pero sigue aconsejando a la concursante como si esta pudiera oírla.

Yo voy a la cocina tras Dom, me preocupa que se note que tengo la ropa más arrugada que antes.

–Creo que vamos a ir a México. Bueno, te lo cuento todo después, voy a subir a ducharme.

–Vale.

Me pongo de puntillas para darle un pequeño beso en los labios y subo arriba a toda prisa, espero que mamá Deanna no se haya dado cuenta de que su hijo y yo acabamos de hacer el amor en el asiento trasero del coche como un par de adolescentes.

A ver, podemos hacer lo que nos dé la gana, estamos en nuestra casa y somos adultos... pero soy consciente de que, mientras ella esté aquí, va a permanecer sentada en ese sillón de la sala de estar como si fuera su propio trono.

Capítulo 5

Lishelle

Estoy tumbada en mi cama, completamente desnuda, con el vibrador en la mano.

Necesito correrme.

Podría haberle devuelto las llamadas a Damon, que ya me ha dejado tres mensajes, pero sé que acostándome otra vez con él solo voy a conseguir sentirme vacía. Lo único que quiero en realidad es el desahogo físico, uno potente, y la polla de Damon no va a dármelo.

Además, por alguna razón que no acabo de entender, quiero estar pensando en Rugged mientras me corro. A lo mejor no puedo dejar de pensar en él por culpa de esas imágenes que emiten una y otra vez en la cadena donde se le ve con Randi en una fiesta en Atlanta, lo único que tengo claro es que estoy desnuda y excitada y que no voy a contener las ganas de correrme pensando en él.

Tal y como ya he mencionado antes, no corté con él por culpa del sexo.

Abro las piernas, me acaricio el clítoris y respiro hondo. Me siento un poco tonta y estoy a punto de cambiar de opinión... ¿se puede saber por qué estoy haciendo esto?

Pero recuerdo de repente la lengua de Rugged, que siempre conseguía que me corriera, y su impresionante polla. Cierro los ojos y vuelvo a acariciarme.

Evoco una imagen mental de Rugged y recuerdo la primera vez que follamos, fue en su casa de Buckhead. Estábamos aparcados en su todoterreno y yo estaba haciéndole una mamada, estaba muy excitada porque por fin íbamos a follar. Él llevaba un tiempo intentando conquistarme, me había dejado muy claro que estaba interesado en mí, y yo estaba deseando llevármelo a la cama.

Estábamos tan excitados, que nos faltó tiempo para salir del vehículo e ir a su casa.

Me meto los dedos y me masturbo mientras recuerdo su aroma. Qué excitado estaba en el coche, al ver lo dura que estaba su gruesa polla supe sin lugar a dudas que iba a pasármelo genial. Me acuerdo de los sonidos guturales que soltó cuando me tuvo por fin en su dormitorio, en bragas y sujetador, y volví a mamársela para intentar que se corriera.

–Ohhh... –gimo mientras me acaricio, pienso en cómo me hundió Rugged los dedos en el pelo mientras mi boca subía y bajaba.

Se extienden por mi cuerpo las más deliciosas sensaciones, me pierdo por completo en los recuerdos mientras mis dedos aceleran sus movimientos. Estoy de nuevo en aquel dormitorio, arrodillada ante él. Sus gemidos van ganando intensidad, sus manos me agarran del pelo con más fuerza. Le cubro con la boca todo lo que puedo, me lo meto hasta el fondo de la garganta. Me he convertido en una salvaje, me siento poderosa.

Quiero darle la mejor mamada de su vida.

Le paso los dedos por la parte interior de los muslos,

le manoseo con suavidad las pelotas mientras sigo chupando su gigantesca polla.

—Dios mío... —me agarra de los hombros para que me ponga de pie, y me susurra al oído—: Aún no quiero correrme —me chupa el lóbulo de la oreja, la mandíbula, me succiona el labio inferior.

Me hace girar de golpe segundos después, hace que retroceda de espaldas hacia la cama hasta que caigo sobre el colchón. Está sonriéndome, su expresión refleja con claridad que ahora le toca a él torturarme.

Me abre las piernas y su sonrisa desaparece entre mis muslos, la primera caricia de su lengua en mi clítoris es una maravilla. La mueve poco a poco al principio, hacia delante y hacia atrás, y va ganando velocidad hasta que está chupándome insaciable.

He estado jugueteando con mi clítoris al emprender este viaje por la calle del recuerdo, pero ahora enciendo mi vibrador. Es un Lelo Iris de silicona con dos puntos de estimulación con el que puedo masajearme al mismo tiempo el clítoris y el punto G. Es el vibrador más caro que he comprado hasta ahora, pero siempre consigue satisfacerme.

Pienso en cómo extendía Rugged las manos sobre mi estómago mientras sus dientes y su lengua jugueteaban con mi coño, y gimo de placer.

—Oh, sí...

El recuerdo es vívido, real. Noto la cabeza de Rugged entre mis piernas, que están abiertas de par en par sobre su cama. Se mete en la boca mi clítoris y me chupa con tanta suavidad y dulzura, que mi placer alcanza una intensidad enloquecedora.

Me acaricio el pezón con la mano libre para avivar aún más estas sensaciones tan gloriosas.

–Sí, Rugged... haz que me corra, quiero correrme... –lo digo en voz alta mientras muevo la cabeza de lado a lado.

Él está abriéndome los labios del coño, me mete la lengua... Dios, me chupa el clítoris como si mi coño fuera lo más dulce del mundo...

Me meto más hondo el vibrador, lo coloco de forma que los puntos de estimulación den de lleno en los lugares adecuados, y cuando me imagino a Rugged tironeándome del clítoris con los dientes, cuando recuerdo cómo le miraba mientras él me enloquecía... es entonces cuando empiezo a correrme.

Mi orgasmo alcanza un diez en la escala de Richter. Su fuerza me recorre de pies a cabeza, mi cuerpo entero se sacude mientras mi coño se contrae alrededor del vibrador.

No me paro, sigo mientras me corro. Recuerdo que Rugged no paraba con la polla o con la lengua cuando yo alcanzaba el clímax, que me chupaba con más fuerza. Quiero alargar todo lo que pueda este momento tan glorioso.

Pero Rugged no está aquí conmigo, y por muy increíble que haya sido mi orgasmo, no da paso a uno o dos más sin una polla que pueda encargarse de ello.

Permanezco tumbada en la cama con los ojos cerrados, saboreando el placer, pero conforme van pasando los segundos empiezo a sentirme... no sé cómo definirlo... ¿ambigua, quizás?

Bueno, puede que un poco vacía, porque echo de menos al Rugged de carne y hueso cuando no debería ser así.

–¿Crees que Randi podría estar embarazada? –le pregunto a Annelise. Estoy sentada en mi sofá de cuero con las piernas encogidas bajo el cuerpo, con mi teléfono inalámbrico al oído–. A lo mejor tienen tanta prisa por casarse por eso.

–Es posible, pero...

–Ella es un cero a la izquierda, una insulsa que ha conseguido trabajo gracias a su papaíto. Quedarse embarazada de Rugged... sí, eso le solucionaría la vida durante los próximos dieciocho años.

–¿Crees que está utilizándole?

–No me extrañaría nada. Rugged acaba de firmar un contrato multimillonario, cualquier mujer se sentiría atraída por eso.

En cuanto esas palabras salen de mi boca, me doy cuenta de que le he dado vía libre a Annelise para que argumente que yo no entro dentro de ese grupo de mujeres, pero por suerte se limita a decir:

–Sí, es verdad que a muchas mujeres les interesaría el dinero y no la persona.

–Y teniendo en cuenta que Randi tiene fama de ser una fiestera, no encaja que quiera sentar cabeza. Entiendo que Rugged se sienta atraído por ella, porque es muy guapa, pero... ¿está preparada para casarse a los veintiuno?

–A lo mejor deberías llamarle.

–No –mi respuesta es inmediata y puede que demasiado enfática, así que añado con voz más suave–: ¿Qué conseguiría con eso?

Annelise tarda un par de segundos en contestar.

–Pues... tú misma comentaste que ha intentado ponerse en contacto contigo varias veces y que no le has devuelto las llamadas. Podéis seguir siendo amigos aunque ya no estéis saliendo juntos, ¿no? Si te preocupan los motivos de Randi...

–No puedo llamarle después de todo este tiempo y soltarle sin más que creo que ella podría estar más interesada en su cuenta corriente que en él. Rugged no es estúpido, es un hombre hecho y derecho que debería tener cierta sensatez. Si quiere dejarse cegar por un cuerpo retocado a base de cosméticos y operaciones estéticas... –me interrumpo al darme cuenta de lo exaltada que estoy poniéndome, no entiendo mi propia reacción–. Solo éramos amigos con derecho a roce y ahora va a casarse con otra, así que fin de la historia.

–Es que...

–¿Qué?

–Que seguro que te llamó por algo, ¿no deberías devolverle la llamada si se supone que sois amigos?

–¿Crees que quería pedirme mi opinión? No, seguro que lo que quería era contarme lo de su compromiso, y ahora ya estoy enterada.

Annelise suelta un pequeño suspiro antes de decir:

–Haz lo que quieras.

Ni siquiera sé cómo hemos empezado a hablar de Rugged. Le he preguntado si se ha enterado de lo último que se ha sabido, que ya han dado a conocer la fecha de la boda, y ya llevamos más de diez minutos hablando de él. Seguro que ella cree que le echo de menos, pero está muy equivocada. Lo que pasa es que me desconcierta que vaya a casarse con Randi, y en menos de dos meses.

Pero eso no me concierne, así que opto por cambiar de tema.

–Estoy deseando ir a México, solo queda una semana.

–Yo también me muero de ganas, esta última semana me va a parecer eterna. Voy a echar de menos a Dom, pero su madre está volviéndome loca. Que si no tengo la casa lo bastante limpia, que si tendría que cocinar más brócoli y verdura, que cuándo voy a aprender a hacer pasta fresca... es increíble que Dom no haya muerto ya viviendo conmigo.

—¿Tan mal están las cosas?

—Hoy me ha sentado a la mesa y me ha dicho que ha revisado todo lo que tengo en la cocina y que está preocupada por Dom, que le preocupa que yo no le prepare comida lo bastante sana como para garantizarle una vida larga y saludable.

—Entiendo que te cueste aguantar cosas así, pero seguro que lo hace de buena fe.

—Ya sé que ella y yo somos muy distintas, que es una italiana chapada a la antigua, pero hace que me sienta como una fracasada con Dom. Y como él no quiere molestarla, no le queda más remedio que darle la razón cuando ella me critica. Por no hablar de lo pesada que está con el tema de que no nos hayamos casado.

—En eso sí que la entiendo, incluso Claudia y yo nos preguntamos por qué no lo habéis hecho.

—No empieces tú también, Lishelle.

—Vale, ya me callo —es un tema peliagudo, así que lo dejo correr.

Siempre pensé que Annelise se casaría con Dom a las primeras de cambio, pero cuando él se lo propuso, ella le contestó que prefería dejar la relación tal y como estaba. Yo he estado casada, pero aunque no tengo prisa por volver a pasar por el altar, volvería a hacerlo si encontrara a la persona adecuada. Tanto Claudia como yo tenemos claro que Dom es el hombre perfecto para Annelise, ella misma también lo sabe, de eso no hay duda, pero creo que su primer matrimonio la marcó muchísimo y que teme que su relación con Dom pueda cambiar si se casan.

—La cuestión es que ahora es un buen momento para marcharme unos días, puede que cuando vuelva a casa sea capaz de valorar más a mamá Deanna —me dice ella.

—Quedan siete días para que nos vayamos.

Cada vez tengo más ganas de hacer este viaje, he oído maravillas de la Riviera Maya. Está situada en el Caribe, y se supone que tiene unas playas fantásticas de arena blanca y aguas color turquesa hasta donde alcanza la vista; además, las fotos del lugar al que vamos son espectaculares. Es uno de esos complejos turísticos enormes donde hay discoteca, una enorme zona de entretenimiento, varios restaurantes, y todo el alcohol y la comida que uno pueda consumir.

Estoy deseando ir.

—Tenemos que ir de compras antes del viaje —me dice Annelise—. Claudia y tú ya tenéis bañadores, pero yo necesito algo que le quede bien a esta barriga de embarazada.

—Aún puedes lucir un biquini, chica.

—Pienso hacerlo. Puede que no tenga este cuerpo después de dar a luz, así que voy a exhibirlo mientras pueda.

—¿Qué te parece el domingo después de comer? Estaremos las tres juntas, y podemos aprovechar para comprar todo lo que nos haga falta.

—Perfecto.

Oigo que suena mi Blackberry, que está sobre la mesa del vestíbulo, así que me levanto del sofá y voy hacia allí. El corazón empieza a martillearme en el pecho cuando veo en la pantalla el número de teléfono de Rugged.

–¿Está sonándote la Blackberry?, ¿tienes que contestar? –me pregunta Annelise.

–Es Rugged –le contesto, con voz queda.

–¿Vas a contestar?

¿Puedo seguir esquivándole por el resto de mis días? En todo caso, ¿por qué quiero hacerlo?

–Annelise... luego te llamo –sin más, le doy al botón para hablar con Rugged–. ¿Diga?

–Hola.

Carraspeo un poco antes de contestar:

–Hola, Rugged.

–Por fin consigo hablar contigo, no había forma.

–He estado ocupada –no es mentira del todo, pero tampoco es la razón de que no le haya devuelto las llamadas. Soy consciente de que mi voz suena un poco áspera.

–He estado intentando contactar contigo para decirte lo de Randi, supongo que ya te has enterado de que nos hemos prometido.

–Sí, felicidades.

Tras unos segundos de silencio, Rugged me pregunta:

–¿Eso es todo lo que tienes que decir?

–¿Debería decir algo más?

–Pensé que a lo mejor tendrías alguna pregunta... ya sabes, que querrías hablar del tema conmigo.

Esto es muy incómodo. No quiero mantener esta conversación, pero acabo por contestar:

–No sé qué esperas que te diga. Rompimos y tú has rehecho tu vida, ya está. Sí, lo has hecho con mucha rapidez, pero...

–Vaya, ahora sí que estás siendo sincera.

–¿Es eso lo que quieres que te diga?, ¿que te has liado con Randi demasiado pronto? ¿Quieres que te dé mi aprobación?

Estoy comportándome como una arpía y soy consciente de que él no se lo merece, pero me sorprende lo mucho que me afecta que vaya a casarse con otra.

–Supongo que... que quería saber si te importa.

–Os deseo que tengáis una feliz vida juntos –hago una pequeña pausa antes de añadir–: ¿Algo más?

Él suelta un sonoro suspiro antes de contestar:

–No, ya está.

–Perfecto –le doy al botón para finalizar la llamada, estoy deseando dejar de hablar con él.

Regreso a la sala de estar y me hundo en el sofá de cuero, me duelen las sienes y me siento fatal.

Capítulo 6

Annelise

Hoy partimos rumbo a México, gracias a Dios.

Lishelle pasó varios días muy malhumorada a raíz de su conversación con Rugged, y Claudia siguió deprimida por culpa de la cita que tuvo con Mark. Empezaba a temerme que el viaje iba a ser un desastre si a mis dos amigas no se les levantaba el ánimo, pero empezaron a animarse de nuevo hace unos días.

Claudia fue a comprarse más zapatos y otro biquini, y después me llamó para agradecerme que hubiera insistido en hacer este viaje; según ella, marcharse de aquí es justo lo que necesita. Lishelle, por su parte, me comentó que está deseando pasar siete días bebiendo ponche de ron y mojitos, y que espera poder regalarse la vista en la piscina viendo pasar a tíos buenos.

Me alegra verlas más animadas, quiero que estén felices y abiertas a la idea de encontrar el amor.

He conocido a Chad, el hermano de Jared, y aunque no es tan guapo como su hermano mayor, espero que Claudia se fije en algo más que en el físico y le dé una oportunidad. Jared está muy interesado en conocer a

Lishelle, y es justo el tipo de hombre que a ella le gusta; por suerte, debajo de ese cuerpo tan sexy hay un hombre de primera, y estoy convencida de que harían muy buena pareja.

Sí, ya sé que vivimos todos en la misma ciudad y no hacía falta llegar al extremo de organizar un viaje para que se conozcan, pero creo que es más probable que mis amigas bajen la guardia estando fuera; seguro que, lejos del trabajo y de la vida cotidiana, estarán de humor para pasarlo bien.

He sido yo quien se ha encargado de organizar el viaje, incluso he elegido el destino y el hotel. Al principio me había decidido por un hotel de Cancún que está más cerca del aeropuerto y desde el que se puede ir andando a un montón de restaurantes y tiendas, pero al informarme más a fondo me di cuenta de que Cancún es una ciudad más bien fiestera. No estamos en Semana Santa, gracias a Dios, pero empecé a decantarme por la Riviera Maya. Está al sur de Cancún, no muy lejos, y es una zona plagada de elegantes centros vacacionales.

Al final me decidí por el Grand Riviera Princess, uno de los complejos hoteleros más nuevos de la zona, que consta de dos hoteles. El nuestro está a un lado y el Grand Sunset Princess al otro, y aunque cada uno tiene un enorme vestíbulo y sus propios restaurantes, los extensos terrenos están conectados y puedes usar las instalaciones, piscinas, bares, restaurantes... de ambos lados.

Hay espectáculos todas las noches y barbacoas en la playa, parece un lugar ideal para relajarse, disfrutar de una buena comida y olvidarse de las preocupaciones. Supongo que la clientela de allí es más bien madura, mientras que la gente con ganas de marcha prefiere Cancún.

Salimos de Atlanta al amanecer, pero lo bueno es que llegamos a México a primera hora de la tarde. Yo estoy entusiasmada, y mi buen humor aumenta aún más cuando aterrizamos en el aeropuerto de Cancún. Pasamos de largo junto a los vendedores que nos ofrecen transporte hasta el hotel y excursiones a precios de ganga, por suerte, un pasajero del avión nos ha advertido que no les hagamos ni caso, y salimos al exterior. El aire parece más limpio, está impregnado del aroma de flores tropicales. El ambiente es más cálido, y eso es justo lo que queremos. Debemos de estar a unos treinta grados más o menos.

Al alzar la mirada me doy cuenta de que incluso el cielo parece más azul aquí, y las vistas del océano que contemplamos mientras el taxi nos lleva hacia el sur son para morirse. Se ha instaurado un clima de paz a nuestro alrededor, escapar de nuestra ciudad y llegar a un sitio donde no tenemos que preocuparnos de nada durante siete días ya ha tenido un efecto visible en mis amigas.

—¿Estáis contentas? —les pregunto, sonriente. Estamos en el asiento trasero del taxi con las ventanas bajadas, y nuestro pelo ondea al viento.

—¡Claro que sí! —dice Claudia.

—¡Estoy lista para tomarme un mojito! —exclama Lishelle.

En cuestión de tres cuartos de hora, el taxista gira a la izquierda y cruza unas puertas enormes custodiadas por personal de seguridad. En un gran cartel de cemento se anuncia en letra cursiva que estamos en Princess Resorts. Da la impresión de que recorremos un kilómetro y medio más hasta la entrada del hotel, pero cuando llegamos, me doy cuenta de que el largo trayecto ha merecido la pena.

–¡Qué maravilla! –exclamo, al bajar del taxi.

El vestíbulo a cielo abierto está elegantemente decorado con suelos de mármol, arañas de cristal y sofisticados muebles de mimbre. A un lado hay un bar, y al otro el mostrador de recepción.

Claudia suelta un gritito de entusiasmo cuando baja del taxi y se coloca a mi lado.

–¡Este sitio es fantástico!

–Vamos a registrarnos, quiero tomarme cuanto antes mi mojito –comenta Lishelle.

Vamos hacia el mostrador de recepción, nos ponemos a la cola, y en cuestión de minutos tenemos pulseras de plástico en las muñecas, llaves electrónicas para nuestras tres suites Laguna; suites que podremos encontrar sin problemas gracias a las instrucciones que nos han dado, y un plano del complejo.

El botones que ha sacado nuestro equipaje del taxi se acerca para ver dónde nos alojamos, y nos dice sonriente:

–Las espero en sus habitaciones.

–Nuestras suites no están lejos de aquí –comento, con la mirada fija en el plano–. Tenemos que ir hacia la derecha después de bajar la escalera mecánica.

–Antes de nada quiero tomarme una copa –insiste Lishelle. Va vestida con un fresco vestido veraniego, un sombrero de paja de ala ancha, unas grandes gafas de sol y sandalias planas.

–Os espero aquí –les digo, antes de sentarme en una butaca.

–¿Quieres que te traigamos algo?

–Un zumo de piña.

Lishelle se dirige hacia el bar con Claudia, que lleva un vestido corto de color rosa y unos zapatos de cuña con las punteras enjoyadas. La verdad es que tiene pinta de ricachona.

Regresan al cabo de unos minutos con un mojito para cada una y un zumo de piña para mí, y Lishelle toma un buen trago de su copa antes de decir con satisfacción:

—Esto sí que es vida.

—Vámonos a las suites —propongo, al levantarme de la butaca.

No lo dudé ni un momento a la hora de reservar las suites. Vi las fotos por Internet y me gustó lo espaciosas que son, la decoración y la amplitud que tienen. También podría haber optado por la Platinum, que tiene dos camas dobles, pero como albergo la esperanza de que mis amigas tengan un golpe de suerte y consigan ligar, no me pareció la opción más adecuada.

Al final decidí que podíamos darnos el capricho de alojarnos en las Laguna. Tienen capacidad para dos personas, así que no podíamos estar las tres en una, pero la ventaja es que te regalan un tratamiento en el balneario por cada reserva. Así que vamos a tener suites contiguas: disfrutaremos de privacidad a la hora de vestirnos y dormir, pero por lo demás, entraremos y saldremos de las tres a nuestro antojo.

Desde la escalera mecánica por la que estamos bajando se ven los preciosos terrenos del complejo. Hay unos senderos muy pintorescos, y un gran estanque con una fuente sobre el que se extiende una amplia plataforma de madera. Se trata de una zona para sentarse al aire libre cubierta con un tejado de paja, es el lugar perfecto para sentarse con una bebida bien fría o un buen libro.

Este sitio es enorme. Lo sé porque he visto las fotos en Internet, y aunque eso podría suponer un problema para una embarazada que quiere ir a la playa a diario, hay carritos de golf disponibles para transportar a los clientes que lo deseen. No sé si los utilizaré, depende de cómo me encuentre.

Nuestras habitaciones están muy cerca de la recepción del hotel, así que en cinco minutos ya estamos en ellas. La zona privada de las suites Laguna tiene espacio al aire libre para sentarse y una fantástica piscina.

—No sé si voy a volver a Atlanta —comenta Lishelle, mientras contempla la belleza que rodea nuestras habitaciones.

—Yo me quedo con esta, si no hay objeciones —les digo, al pararme frente a una de las puertas.

—Lo dices de coña, ¿no? Estamos en el paraíso, ¿qué objeciones va a haber? —me contesta Claudia.

Dos de las suites son contiguas, y la otra está al otro lado del pasillo. Abro la puerta de la mía y nuestro entusiasmo va en aumento al entrar. El suelo es de mármol color beige en diferentes tonos, en la sala de estar hay dos sofás y una tele enorme, y desde la terraza se puede bajar a la piscina.

—Está muy bien —comento.

—¡Fijaos en cómo huele!, ¡parece que estemos en un balneario! —exclama Claudia, mientras olfatea el aire.

—Es la aromaterapia. Tenemos servicio de habitaciones las veinticuatro horas, y mayordomo en la piscina.

—Está decidido, me quedo aquí de por vida —afirma Lishelle.

Me acerco a la nevera, y le echo una ojeada.

—Hay de todo... cerveza, refrescos...

Me giro al oír que llaman con suavidad a la puerta, y veo que se trata del botones.

—Su equipaje, señoras.

–Id a vuestras habitaciones –les digo a Lishelle y a Claudia, mientras les doy sus respectivas llaves–. ¡Vamos a salir a pasarlo bien en cuanto guardemos la ropa!

Mientras mis amigas están arreglándose en sus habitaciones, llamo a recepción para que me pongan en contacto con la habitación de Jared, que se supone que llegó anoche con su hermano.

–¡Hola, Jared! Ya estamos aquí.

–¡Genial!

–¿Elegiste al final una suite Platinum? –de ser así, deben de estar cerca. Tanto las Platinum como las Laguna disponen de servicio de habitaciones las veinticuatro horas y de otros servicios que no tienen las habitaciones normales, y la otra ventaja es que no se admiten niños.

–Sí, hasta tiene un jacuzzi en la terraza.

–¡Qué bien!

–¿Cuándo vamos a conocer a tus amigas?

–En un rato. Este sitio es enorme, elige un bar y nos vemos allí.

–No hay que ir demasiado lejos, las suites tienen un bar privado. No tiene pérdida, allí estaremos.

Cuando termino la llamada, decido ir a echarle un vistazo al bar en cuestión sin mis amigas. Las llamaré desde allí y así no tendrán más remedio que ir, no quiero arriesgarme a que alguna de ellas proponga ir a otro sitio. Cuando ellas aparezcan estaré charlando como si nada con Jared y Chad, y les diré que son unos conocidos de Atlanta y que me los he encontrado por casualidad... qué pequeño es el mundo, ¿verdad?

En cuanto me pongo mi biquini rojo y un pareo, salgo de mi habitación a toda prisa, seguro que las divas de mis amigas aún están intentando decidir qué biquini van a ponerse primero; conociendo a Claudia, apuesto a que se ha traído uno para cada día.

Tras un breve recorrido encuentro la zona del bar, y sonrío encantada al ver a los dos hombres que busco. Voy hacia ellos con los brazos extendidos, y ellos sonríen y se levantan para saludarme. Aún me cuesta creer lo que he organizado y no sé si mi plan va a funcionar, si mis amigas van a sentirse atraídas por ellos, pero tengo claro que tanto Chad como Jared son hombres de fiar. Está claro que su madre les ha criado como Dios manda.

—¡Hola, chicos! —abrazo a los dos a la vez, y les guiño el ojo al añadir—: ¡Cuánto me alegro de encontraros aquí!

—Gracias por invitarnos —me dice Jared.

Es más alto y sexy que Chad, y lleva puestos unos pantalones cortos y una camiseta que realzan su atlético cuerpo. Sí, no hay duda de que es el tipo de hombre que le gusta a Lishelle.

—No, gracias a vosotros. Mis amigas son geniales y vosotros también, si puedo hacer de Cupido y conseguir que todo el mundo sea feliz... pues no tiene nada de malo, ¿verdad?

—No, claro que no —me dice Chad.

Debe de medir unos siete centímetros menos que su hermano, y tiene más pinta de programador informático que de atleta. Las gafas que lleva le dan un aire de empresario muy sexy, y tiene una sonrisa encantadora que se refleja en sus ojos.

—¿Qué tal os fue el vuelo? —les pregunto.

Es Chad el que contesta:

—Bien, ningún problema, aunque pasar la aduana fue

mortal. ¿Cuánto crees que tardamos, Jared? Unas dos horas, ¿verdad?

–Sí, más o menos. Pero ya estamos aquí y estamos deseando conocer a tus amigas, Annelise.

Además del hecho de que son guapos y solteros, me encanta que estuvieran dispuestos a tomar un avión y venir a México sin pensárselo dos veces.

–Recordad que se supone que nos hemos encontrado por casualidad, si mis amigas se dan cuenta de que yo lo he organizado todo... en fin, pueden ser bastante cabezotas si creen que se las está obligando a algo.

–No te preocupes, las conquistaremos con nuestro encanto innato –me asegura Chad.

Me recorre una oleada de entusiasmo, esto va a ser divertidísimo.

–Les diré que te conocí a raíz de lo del robo, Jared, pero que hemos coincidido aquí por casualidad.

–Vale. ¿Qué quieres tomar?, invito yo.

No puedo evitar echarme a reír, porque en un sitio como este está todo incluido y no hacen falta billeteras. Me apetece tomarme un margarita, pero no voy a hacer nada que pueda poner en peligro al pequeñín que está creciendo en mi interior. Me siento en un taburete junto a Jared antes de contestar:

–Un zumo de naranja, por favor; por cierto, será mejor que llame ya a Claudia y a Lishelle para pedirles que vengan.

Mientras el camarero me sirve el zumo, uso el teléfono del bar para llamar a la suite de Claudia, y le pido que venga con Lishelle al bar Platinum.

Estoy tomándome mi zumo y contemplando la piscina cuando las veo llegar, ellas también se han puesto un biquini y un pareo. Lishelle está despampanante con un reluciente conjunto rojo y el pelo suelto, y Claudia ha optado por un clásico biquini blanco y se ha recogido el pelo en una coleta. Las dos llevan unas enormes gafas de sol, y están tan glamurosas como estrellas de cine.

–Madre mía –dice Jared.

Les hago señas a mis amigas para que se acerquen, y Lishelle comenta al llegar:

–Qué pronto has hecho amigos.

–¡No vais a creéroslo! ¿Os acordáis del poli del que os hablé?, ¿el que estaba investigando el robo en mi estudio? –espero a verlas asentir antes de añadir–: ¡Pues aquí está! –le señalo sonriente, procurando que mi expresión de sorpresa no parezca fingida–. Se llama Jared y este es su hermano Chad. ¡Es increíble que hayamos coincidido todos aquí!

Esquivo la mirada de Lishelle, porque ha sido reportera y es lo bastante intuitiva como para olerse que algo no encaja, pero no parece sospechar nada. Sonríe cuando Jared y Chad le estrechan la mano y les saluda con tanta cordialidad como Claudia, pero noto cierta falta de interés en ella y no tarda en recorrer la zona de la piscina con la mirada. Su actitud no me sorprende, estaba claro que no iban a interesarse en ellos de buenas a primeras.

–¿Cuándo habéis llegado? –pregunta Chad.

Tiene la mirada fija en Claudia, pero opto por contestar yo al ver que ella no lo hace.

–Hace una hora más o menos, ¿y vosotros?

–Anoche.

–¿Listas para ir a la playa? –pregunta Claudia.

–No tengas prisa, me gustaría charlar un poco más con Jared y Chad –intento ser sutil, pero no es tarea fácil–. Vivimos todos en la misma ciudad, es increíble que hayamos coincidido aquí. Ya sé que tú eres poli, Jared, pero ¿y tú qué, Chad? ¿A qué te dedicas?

—Trabajo con jóvenes problemáticos, soy orientador en una casa de acogida para menores que han cometido algún delito y están rehabilitándose para reinsertarse en la sociedad.

Sus palabras llaman la atención de Claudia, que enarca una de sus perfectas cejas y se limita a preguntar:

—¿De veras?

—¿Tú también trabajas con menores? —le pregunta él.

—No, pero me he planteado hacer algún tipo de trabajo social, de asesorar de alguna forma.

Lishelle se apoya en la barra y alza un dedo para llamar al camarero, un atractivo mexicano que lleva una camisa con el cuello desabrochado para dejar entrever los pectorales y que tiene una sonrisa que seguro que ha cautivado a un montón de turistas. El tipo se acerca a ella para ver qué quiere, y poco después le sirve dos bebidas amarillentas que tienen toda la pinta de ser piñas coladas.

Lishelle le da una a Claudia antes de volverse hacia mí.

—Claudia y yo nos vamos a la playa, ¿te apuntas?

Intento ocultar la decepción que siento, esperaba que quisieran quedarse a charlar con Chad y con Jared y que empezaran a conocerse; en fin, no debo desesperarme, aún es pronto.

—Sí, claro que sí. Ya nos veremos, chicos.

—Seguro que volvemos a coincidir... oye, ¿qué os parece si cenamos juntos?

Jared lo pregunta con los ojos fijos en Lishelle, que se limita a encogerse de hombros antes de dar media vuelta y echar a andar hacia la salida. Claudia la sigue y yo también, pero miro por encima del hombro y les guiño el ojo a Chad y a Jared para asegurarles sin palabras que esto no ha hecho más que empezar.

—Perdona si he sido un poco borde —me dice Lishelle mientras vamos por el sinuoso camino que conduce a la playa—. Ya sé que Jared es amigo tuyo, pero acabo de llegar y lo único que quiero por ahora es relajarme con mis chicas.

—No te preocupes, seguro que volvemos a verles —si insisto en hablar de ellos sin parar, mis amigas empezarán a sospechar que pasa algo raro.

—He visto cómo me miraba Jared —comenta Lishelle.

—¿Cómo?

—Como si yo fuera una galleta untada de mantequilla y estuviera deseando devorarme. Espero que no se crea que va a ligar conmigo por el mero hecho de ser tu amigo.

—La verdad es que es guapísimo, y sé de buena tinta que está soltero —comento con toda naturalidad.

—He venido a relajarme, no a ligar.

No le contesto, acabaré por despertar sus sospechas si la presiono demasiado.

—¡Madre mía, qué bonito es esto! —exclama Claudia, en un claro intento de cambiar de tema.

—Sí, es una maravilla.

Ya llevamos cinco minutos andando, y empiezo a tener la impresión de que este lugar es más grande de lo que imaginaba. Hace un tiempo perfecto, el paisaje es maravilloso y hay un montón de piscinas, todas ellas espectaculares; al igual que nuestras suites, las habitaciones que dan a las piscinas tienen terrazas desde las que se puede bajar al agua directamente, y hay infinidad de bares.

Cuando llegamos a la playa... ¡esto es el Paraíso! La arena es blanca y fina, perfecta para hundir los pies, y las aguas color turquesa se extienden hasta donde alcanza la vista.

–¡Esto es un paraíso terrenal! –exclama Claudia con entusiasmo.

Lishelle se dirige hacia unas tumbonas libres que hay bajo la sombra de unas palmeras, se sienta y estira las piernas antes de decir:

–Voy a quedarme aquí toda la semana, lo único que me hace falta es un guaperas llamado Raúl que me sirva bebidas sin parar, me ponga crema y me regale la vista.

Sonrío al pensar que el tipo que le hace falta no se llama Raúl, sino Jared.

–Vaya, mira quién está aquí –comenta una voz masculina, veinte minutos después.

Giro la cabeza y veo que Jared y Chad se acercan por la playa. Mis amigas y yo nos hemos limitado a quedarnos en las tumbonas, hemos estado relajándonos oyendo el murmullo de las olas rompiendo en la orilla y contemplando las pintorescas vistas.

–Venga ya... no puede ser –refunfuña Claudia en voz baja.

Le lanzo una mirada de advertencia y le ordeno en un susurro:

–Pórtate bien.

–Traemos bebidas –nos dice Jared.

Veo que trae dos piñas coladas, y que Chad tiene un

zumo de naranja en una mano y dos botellas de Heineken en la otra.

Al ver que Jared se acerca a Lishelle y le ofrece una de las piñas coladas, comento en tono de broma:

—Anda, un Raúl...

Mi amiga me lanza una mirada por encima de las gafas de sol, pero sonríe y acepta la bebida.

—Gracias.

—Esta otra es para ti —le dice Jared a Claudia, al darle la otra piña colada.

Chad me da el zumo de naranja antes de pasarle una de las cervezas a su hermano.

—Qué detalle —les digo.

—Sí, gracias —apunta Claudia.

—No os importa que nos sentemos, ¿verdad? —pregunta Chad.

—¿Cómo va a importarnos después de que hayáis tenido el detalle de traernos algo de beber? —le contesto, sonriente.

Ni Lishelle ni Claudia les dan pie para que se sienten, pero mi permiso parece bastarles. Yo estoy entre mis dos amigas, así que resulta muy normal que Jared se coloque junto a Lishelle y Chad junto a Claudia.

—Me parece que no había visto nunca un sitio tan bonito como este —comenta Chad, con la mirada puesta en el océano.

—Sí, es un verdadero paraíso —afirma Claudia.

—¿Habías estado antes aquí?

—No. Estuve en Puerto Vallarta, pero eso está al otro extremo del país. La playa de la zona del Pacífico no tiene ni comparación con esta.

—¡Ya sé por qué me suena tanto tu cara! —le dice Jared a Lishelle—. Annelise me comentó que tenía una

amiga que trabajaba en las noticias... ¡eres Lishelle Jen-
nings!

–Exacto –admite ella, sonriente.

–Qué sorpresa. Eres igual de guapa al natural que
por la tele.

–Y tú eres un adulador.

–Solo digo lo que pienso.

Sonrío para mis adentros mientras les veo charlar,
salta a la vista que Lishelle empieza a interesarse en él.

–¿Tenéis hambre?, están preparando hamburguesas
en la playa –dice Chad.

–Yo sí –me pongo de pie, y me froto la barriga al
añadir–: Ahora como por dos –es una frase que seguro
que usan las embarazadas de todo el mundo, pero refleja la pura verdad.

–¿Hamburguesas?, yo también me apunto –Lishelle
se levanta y permanece junto a Jared.

Claudia es la última en ponerse de pie, y tengo la
impresión de que solo lo hace por seguirnos el rollo.
Chad no le interesa... por ahora.

Es el primer día de nuestras vacaciones, aún queda
tiempo de sobra.

Capítulo 7

Claudia

Estamos pasando demasiado tiempo con Chad y con Jared.

A ver, no quiero que se me malinterprete, son unos tipos muy majos que nos traen toda la bebida y la comida que nos apetece como verdaderos caballeros sureños, pero ya tengo ganas de perderles de vista.

Como son amigos de Annelise, no puedo pedirles sin más que se esfumen, pero ya es nuestro segundo día aquí y parece como si hubiéramos venido de viaje los cinco juntos. Ayer comimos con ellos en la playa, tomamos unas cuantas copas más, y cuando yo dije que me apetecía ir a la piscina se tomaron la libertad de venirse con nosotras. Nos libramos un rato de ellos antes de la cena, pero nos encontramos en uno de los comedores principales y compartimos mesa.

Tenía la esperanza de no tener que aguantarles hoy, pero qué va, aquí estamos todos juntos, en el bar de la zona Platinum. Llevamos un par de horas con ellos, y estoy más que deseosa de disfrutar de algo más de espacio.

Lishelle está un poco achispada, no sé si por eso parece estar disfrutando tanto de la compañía de Jared; sí, es muy atractivo, pero Dave, su exmarido, también era poli, y jamás pensé que estuviera dispuesta a volver a salir con otro.

Al menos es un tipo divertido y está consiguiendo que se ría contando historias de su lucha contra el crimen; bueno, la verdad es que nos tiene muy entretenidos a todos. Cuenta con doce años de experiencia, así que seguro que podría estar contándonos anécdotas durante días.

La presencia de Jared no me molesta... del que quiero alejarme es de su hermano Chad, que desde que nos conocimos no para de lanzarme La Mirada. Le veo poner esos ojitos de cachorrillo tras los cristales tintados de sus gafas, está claro que le gusto, pero me dan ganas de decirle que ni en sueños. Jamás saldría con un tipo como él.

–¡Venga ya! –exclama Lishelle, mientras se ríe como una tontita.

No hay duda de que ha sobrepasado el límite con ese último mojito que se ha tomado. Ron, vodka, tequila... ha estado mezclando alcohol como una adolescente de botellón.

–Oye, ¿no te parece que deberías dejar aparcado el alcohol? Bebe agua...

A ella no parece gustarle demasiado mi consejo, porque me lanza una mirada elocuente antes de contestar:

–Estoy de vacaciones.

–Ya lo sé, pero...

–Pero nada, me encuentro geniaaal.

Vale, no es problema mío. Lishelle ya es mayorcita, tiene treinta y uno y sabe cuidarse sola.

Annelise se lleva la mano al vientre de improviso y exclama:

–¡Oh! ¡El bebé me ha dado una patada!

Todos reaccionamos con entusiasmo. Lishelle, que está junto a ella, le pone una mano en el vientre para ver si puede pillar al pequeñín en movimiento, pero al final dice mohína:

–No noto nada.

–Habrá más oportunidades, no te preocupes –le asegura Annelise.

–¿Sabéis qué?, me voy a dar un paseo –les digo, antes de ponerme en pie.

–¿Quieres que te acompañemos? –me pregunta Annelise.

–No, quedaos aquí. Voy a dar una vuelta por las instalaciones –ayer no nos dio tiempo de hacerlo, estuvimos demasiado ocupadas pasando el rato con estos dos–. Me parece que voy a ir a paso rápido para hacer un poco de ejercicio.

–Esta semana no quiero ni oír hablar de hacer ejercicio –apostilla Lishelle.

–No tardo, estaré de vuelta para la cena –esta noche tenemos mesa en el restaurante mexicano, la reservamos aprovechando un rato en que estuvimos las tres solas.

Antes de nada voy al bar a por una botella de agua, y entonces da comienzo mi paseo. Me siento liberada en cuanto salgo de la zona Platinum, por fin tengo un respiro. A lo mejor hay otros hombres que valen la pena en este lugar, solteros que no llegaré a conocer nunca si tengo a Chad pegado a mí a todas horas.

Deambulo sin una dirección fija en mente y paso junto al club infantil, que tiene un patio con columpios cercado y una piscinita poco profunda. Hay varios niños sentados bajo la parte techada, coloreando en una mesa, y una niña en concreto me sostiene la mirada mientras paso. Es adorable, una pequeña asiática que debe de tener seis años como mucho. Cuando alza la mano y me saluda sonriente, yo hago lo propio, y por alguna extraña razón se me forma un nudo en la garganta.

Está claro que es verdad eso que dicen de que el alcohol es como un sedante que hace que la mente divague, porque ver a esa niña me recuerda un objetivo mío que no sé si llegaré a alcanzar: ser madre.

Adoro a Annelise y me alegro mucho de su embarazo, pero hay una pequeña parte de mí que está celosa. Ella siente cómo se mueve el bebé en su interior, está viviendo la maravilla que supone saber que en cuestión de meses va a tener a su hijo en los brazos. Sufrió una ruptura muy dura, pero ahora ya tiene su final feliz: un hombre que la adora y un hijo que viene de camino.

Yo pasé por una ruptura muy dura... y sigo soltera. Supongo que lo que más me duele es que yo también estuve embarazada en una ocasión.

Trago con dificultad y lanzo una última mirada a la niña, que sigue mirándome.

Siento un arrepentimiento enorme mientras voy hacia la playa, aunque sé que mi reacción es ilógica. En su momento tomé la decisión que me pareció más oportuna, tuve en cuenta tanto mis necesidades como las de Adam.

Me quito las sandalias, hundo los dedos de los pies en la cálida arena, y me pongo a caminar con la esperanza de que quemar calorías me ayude a quitarme de la cabeza el recuerdo de mi embarazo.

No lo consigo, no puedo dejar de pensar en bebés.

Cuando Adam me convenció de que abortara argumentando que no estaba preparado, di por sentado que tendría otros hijos con él, pero ahora me pregunto si esa fue mi única oportunidad. En este momento aguantaría de buen grado ser el centro de las habladurías por ser madre soltera. Quiero tener un bebé, y si eso significa que debo criarlo yo sola...

—Hola.

Me quedo helada por un instante al oír esa voz, la voz de Chad. Finjo que no le he oído y no aminoro la marcha... de hecho, acelero aún más.

—¡Hola! —lo dice en voz un poco más alta, como si creyera que no le he oído la primera vez—. ¿Estás haciendo ejercicio, o intentando huir de mí?

Lo dice con voz jovial, y me paro a regañadientes antes de volverme a mirarlo.

—A lo mejor sí que estoy huyendo de ti.

Él se ríe a pesar de que se lo he dicho con el rostro completamente serio.

—Caminas muy rápido.

—Hace demasiado calor para correr, además de lo difícil que es hacerlo en la arena.

—Salta a la vista que eres una de esas personas que se ejercitan a diario aunque estén de vacaciones —comenta, mientras me recorre con la mirada.

Me llevo las manos a las caderas antes de contestar, con voz un poco jadeante:

—Ya sabes cómo son las cosas en estos sitios, uno no deja de tragar porque tienes a mano toda la comida que quieras. Me gusta compensar haciendo un poco de ejercicio.

—Tienes toda la razón, desde que estoy aquí he comido más que en toda una semana normal.

Bueno, él sí que puede permitirse pasarse con las calorías, porque está bastante delgaducho.

Me llevo la botella de agua fría a la frente, y cuando me la paso por encima de los pechos veo cómo la sigue con la mirada. Da la impresión de que le gustaría ser la botella.

—Si no te importa, me gustaría seguir con la caminata.

—¿Puedo acompañarte?

Me quedo mirándolo, me tomo mi tiempo para observarlo a conciencia de pies a cabeza por primera vez desde que nos presentaron. Es alto, calculo que poco más de metro ochenta, y su piel tiene un suave tono amarronado. Es un larguirucho, no suelo sentirme atraída por tipos tan delgados; además, las gafas le dan un aire de empollón, parece un poco friki.

—¿Y bien? —insiste él.

—Vale —preferiría que mis amigas estuvieran aquí, no acaba de gustarme la idea de estar a solas con él.

Ya sé que acabamos de conocernos, pero no soy tonta y está claro que le atraigo. Madre mía, está sonriendo como un bobalicón... supongo que no soy la primera mujer que ve en toda su vida, ¿no?

En fin, si quiere pasar más tiempo conmigo, pues vale. Que camine a mi lado no significa que vayamos a casarnos, puede hacerme compañía. Lo único que espero es que no crea que tiene alguna posibilidad de llegar a conquistarme.

Vale, ya sé que estoy siendo muy dura, pero es lo que hay.

Empiezo a caminar de nuevo, pero un poco más rápido que antes. Así es como lo hago en casa en mi cinta andadora, y si Chad no puede seguirme el ritmo, pues peor para él. No pienso esperarle.

Me sorprendo al ver que permanece a mi lado a pesar de lo rápido que camino. Mis brazos siguen el intenso ritmo de mis piernas, respiro por la boca, y al cabo de unos minutos ya estoy sudando; al oír su fuerte respiración creo que va a darse por vencido, pero no es así y soy yo la que se para antes al notar una punzada en el costado. Me inclino hacia delante, y me masajeo la zona afectada mientras respiro hondo.

—¿Estás bien? —me pregunta él.

—Sí —me acerco a una roca y me siento antes de apurar la botella de agua—. Tendría que haber traído más agua al ver el sol que hace, habría sido lo más sensato.

Chad se sienta a mi lado antes de preguntar:

—¿Quieres que vaya a buscarte otra botella?

—No, gracias. Tendrías que andar un buen trecho.

—Ya lo sé, pero estoy dispuesto a hacerlo si tú quieres.

Me giro hacia la izquierda para mirarle. Me siento bastante mal por lo que he pensado antes de él, por haberle catalogado de friki; a juzgar por cómo se ha comportado durante todo el día, está claro que es un buen tipo.

—No, no hace falta. Solo necesito un momento para recobrar el aliento.

Permanecemos sentados en silencio durante unos minutos mientras nos recuperamos con el sonido de fondo de las olas. Este sitio es un verdadero paraíso terrenal, el océano se extiende sin fin ante mis ojos y las palmeras se suman a la idílica imagen de la playa.

—Ya sé lo que puedes beber —comenta él de improviso.

—El agua salada no vale.

—No estaba pensando en eso —se levanta de la roca, y segundos después está bajo un cocotero cercano. Señala hacia arriba con la cabeza y me pregunta–: ¿Has probado alguna vez el agua de un coco recién salido del árbol?

No le contesto, me limito a fijar la mirada en el coco que está más bajo. Debe de estar a unos tres metros y medio del suelo, Chad va a tener que subirse al árbol para hacerse con él.

–Aún suponiendo que consigas alcanzarlo, ¿cómo piensas abrirlo?

–Seguro que tienen algo en el bar, ¿has probado alguna vez el agua de coco?

–No, nunca.

–Vas a tener que esperar hasta que lleguemos al bar, pero ya verás como merece la pena. Yo la probé por primera vez en Jamaica, y está buenísima. Es dulce y refrescante.

–Oye, Chad, no hace falta que... –me callo al verle trepar.

El tronco está encorvado, así que puede subir por él como si fuera un niño yendo tobogán arriba. Se sujeta con fuerza con las manos y tiene las rodillas dobladas, la verdad es que es impresionante cómo mantiene el equilibrio. Va subiendo poco a poco pero con seguridad, y no tarda en tener el primer coco a mano. Extiende el brazo, pero no alcanza por escasos milímetros...

–¡Ten cuidado!

–¡No te preocupes, ya es mío!

Da otro paso más hacia arriba con cautela, vuelve a extender el brazo, y agarra el coco con una mano. Intenta afianzarse para colocar la otra al otro lado del coco, pero veo el momento justo en que el pie le resbala del tronco. Sus ojos se ensanchan, pero mantiene las manos alrededor de su presa.

Suelto un grito al verle caer al suelo, y a él se le escapa un gemido al aterrizar sobre la arena con un sonoro golpe. Tiene el coco debajo del pecho, y mientras me levanto de un salto lo primero que se me pasa por la cabeza es que eso debe de doler mucho.

–¿Estás bien? –le pregunto, mientras corro hacia él.

–Sí –su voz no parece demasiado firme.

–¿Seguro?

–Sí, seguro.

–¡Te he dicho que no hacía falta que lo hicieras!

Le paso la mano por debajo del brazo para ayudarle a levantarse, pero él lo hace por sí solo y alza el coco con actitud victoriosa.

–¡Lo he conseguido!

No puedo evitar echarme a reír.

–Seguro que en el bar tienen cocos.

–Pero no habría sido lo mismo –se lo lleva al oído como para escuchar algo, y anuncia al cabo de un instante–: Sí, suena de maravilla.

–¿Te han dicho alguna vez que estás loco?

–A ver, ¿quieres probar el agua de coco?

–¿Cómo podría negarme después de semejante espectáculo?

Vamos al primer bar del complejo hotelero que encontramos, el que está más cerca de la playa. El camarero deja a la vista el centro hueco del coco al cortar la parte superior con un machete, y mete dos pajitas antes de devolvérmelo.

–Venga, bebe –me dice Chad.

–Toma tú el primer trago si quieres, te lo mereces.

–No, las damas primero.

Tomo un traguito, y me llevo una grata sorpresa.

–Tiene la consistencia del agua, pero el sabor... umm... está delicioso, es muy dulce y refrescante –tomo otro trago antes de pasarle el coco.

Chad bebe un poco y suspira con satisfacción.

–Vaya, está buenísimo. Algunos cocos son más dulces que otros y hay algunos un poco sosos, pero este está perfecto –bebe un poco más antes de pasármelo otra vez–. Ten, acábatelo.

Está delicioso... si no fuera por cuánto le ha costado conseguir este, la verdad es que no me importaría ir a por otro.

–¿Te apetece comer algo? –me pregunta, cuando acabo de beber.

Estamos junto a uno de los restaurantes, uno de los que te sirven a la carta y en los que hay que reservar mesa.

–No podemos entrar vestidos así.

–No, pero puedo reservar mesa para más tarde.

–Chad...

–¿Qué? –lo dice con naturalidad, como si el asunto no tuviera trascendencia alguna.

–Me lo he pasado muy bien contigo, pero... si lo que buscas es iniciar una relación, conmigo pierdes el tiempo. En este momento estoy haciendo un paréntesis en mi vida amorosa, no me interesa salir con nadie –no añado que tampoco busco un compañero de cama, eso sería dar una información excesiva e innecesaria.

–Solo estoy hablando de salir a cenar.

–Ya lo sé, pero no soy tonta –se lo digo con voz dulce y serena–. Podríamos pasar más rato juntos, tomar algo y charlar, pero ya he hecho planes con mis amigas para la cena.

Él me mira en silencio durante un largo momento. Estoy convencida de que está a punto de pedirme que me lo replantee, pero al final me contesta:

—Vale, vamos a aprovechar al máximo este momento.

—Gracias.

Él señala con la cabeza hacia la enorme piscina que tenemos a escasa distancia, y me pregunta sonriente:

—¿Nos damos un baño? Ya que estamos aquí, deberíamos aprovechar y disfrutar al máximo las instalaciones.

A juzgar por cómo me mira, está claro que está pensando en aprovechar y disfrutar de mi compañía todo lo que pueda... bueno, no me cuesta nada pasar un rato más con él, ¿no?

—¿Prefieres no mojarte? —insiste él.

Me doy cuenta de que sus palabras pueden tener un doble sentido, no sé si lo ha dicho a propósito.

—No soy de esas que se ponen un biquini en un hotel solo para lucir palmito, me apetece mucho darme un chapuzón.

Sus ojos se iluminan y exclama:

—¡Te echo una carrera hasta la piscina!

No hay duda de que tiene una sonrisa muy bonita, brillante y sincera. Está empezando a gustarme un poquito.

Vamos corriendo a la piscina, y me tiro al agua en la zona más profunda en cuanto me quito la ropa y me quedo en biquini. Chad hace lo mismo. El agua está fresquita, qué delicia.

Soy la primera en emerger y tomo una buena bocanada de aire.

—¡Qué bien!, ¡es agua salada! —exclama Chad, al emerger a mi lado un instante después.

—Sí, me encantan estas piscinas —admito, mientras me aparto el pelo de la cara.

Disfrutamos de la piscina durante unos cinco minutos, hasta que Chad me mira y me pregunta:

—¿Te apetece beber algo?

—Sí.

Vamos al bar de la piscina, yo pido una piña colada y él una cerveza. Cerca del agua hay unos taburetes a disposición de los clientes donde uno puede tomar algo y relajarse, así que vamos hacia ellos y nos sentamos el uno al lado del otro.

—¿Estás soltera?

—Eso no es un crimen, ¿no? —lo digo en tono de broma, pero la pregunta me ha molestado un poco. Hay mucha gente que parece creer que estar soltera es una especie de enfermedad.

Bueno, admito que a lo mejor soy un poquito susceptible en lo relativo a este tema.

—No lo digo en plan de crítica, te lo aseguro, es que me sorprende bastante. Lo normal sería que alguien ya hubiera atrapado a una mujer tan despampanante como tú a estas alturas... seguro que hay un montón de tipos deseando estar contigo.

Mientras me tomo en silencio mi bebida, tengo la mirada puesta en un grupo de gente que está jugando al voleibol en la parte poco profunda de la piscina, y veo que un corpulento rubio nos hace señas para que nos unamos al juego.

Yo habría hecho caso omiso del ofrecimiento, pero Chad me mira y me pregunta:

—¿Quieres jugar?

—Vale —de hecho, agradezco la interrupción.

Jugamos un rato y nos enteramos de que esta gente

ha venido desde Alabama para asistir a una boda; al cabo de un rato busco un reloj con la mirada, y veo uno detrás del bar donde pone que ya son cerca de las cinco. Tengo que prepararme para ir a cenar con Lishelle y Annelise, así que será mejor que regrese a mi habitación.

–Oye, Chad, tengo que irme ya. Mis amigas y yo tenemos mesa reservada a las seis, y tengo que ducharme y emperifollarme.

–Eres preciosa, no te hace falta emperifollarte –me dice con una sonrisa de lo más dulce.

Me toma por sorpresa lo hondo que me llega su cumplido, y aparto la mirada porque me siento un poco incómoda.

–Aun así, sigo siendo una mujer, y ya sabes cómo somos.

–Bueno, como quieras –parece un poco decepcionado por tener que despedirse de mí–. Me lo he pasado genial contigo.

–Lo mismo digo... ya nos veremos.

Me apresuro a regresar a la suite y llamo primero a la puerta de Annelise; al ver que no me contesta pruebo con la de Lishelle, pero resulta que es Annelise quien me abre.

–Qué caminata tan larga, ¿no? –comenta con suspicacia.

–Estábamos a punto de enviar una partida de búsqueda –añade Lishelle desde dentro, arrastrando las palabras. Parece bastante achispada.

Entro en la habitación y me siento en una de las sillas de la sala de estar, Lishelle está tumbada espatarrada en la cama de matrimonio.

–Me he topado con Chad, ha aparecido de improviso en la playa.

–¿Y has pasado dos horas con él? –la pregunta de Annelise más bien parece una acusación.

–Se ha subido a un cocotero y ha conseguido un coco, se ha caído de morros... pero eso es otra historia.

–¿Te gusta? –me pregunta ella.

–¡Claro que no!

–Joder, qué mal estoy –gime Lishelle.

–¿Se encuentra mal? –le pregunto yo a Annelise.

–No creo que esté en condiciones de ir a cenar. He estado dándole agua y espero que no vomite al despertar, pero apuesto a que no se salva de un dolor de cabeza de mil demonios.

–Qué bien –lo digo con cierto sarcasmo, menos mal que cada una tiene su propia habitación.

–¿Quieres que llame a Chad y a Jared?, podríamos cenar con ellos si están libres.

–No, por favor. Chad es muy agradable, pero creo que ya le he aguantado bastante por hoy.

Ya sé que estoy siendo un poco borde, que da la impresión de que Chad me resulta molesto cuando la verdad es que es un buen tipo y lo he pasado bien con él, pero lo que pasa es que no tengo intención de repetir lo de hoy.

Capítulo 8

Lishelle

–Madre mía, nena, qué coñito tienes... joder, no me canso de comértelo una y otra vez.

Estoy tumbada de espaldas en la cama y él está abriéndome los labios de par en par, me pasa hambriento la lengua por el agujero y el clítoris antes de metérmela.

Yo no aparto la mirada de él, no me pierdo ni un solo segundo de este momento tan excitante. Esa lengua... joder, tiene una lengua larga y fuerte que está enloqueciéndome.

–Cómeme el coño, Rugged. ¡Sí, cómemelo!

–Umm... –su gemido es el típico sonido que se suelta cuando estás saboreando algo delicioso.

Tengo el clítoris henchido, exquisitas sensaciones se arremolinan en su interior a una velocidad vertiginosa. Dejo caer la cabeza sobre la cama, aprieto los puños con tanta fuerza que me clavo las uñas en la palma de la mano.

–Esto... esto es... fantástico...

De repente siento frío en el coño, Rugged ha apartado la boca de allí y la desliza hacia mi muslo.

–¡No! Por favor, Rugged, quiero correrme... ¡estaba a punto!

–Vas a correrte, y vas a flipar cuando lo hagas, pero antes de nada, mi polla necesita saborear tu dulce coñito.

Suelto un gemido y él me besa. Su boca se traga mi exclamación ahogada, una exclamación tanto de placer como de protesta, y su mano desciende entre nuestros cuerpos y empieza a acariciarme.

–Oh, sí, eso es... mojada y dulce –lo dice con un gemido ronco que resuena en su pecho como un trueno.

–¡Joder! –exclamo, jadeante, cuando me penetra hasta el fondo–. ¡Oh, mierda!

Mis gemidos ganan intensidad mientras me folla enfebrecido, pero se para y sale de mi interior justo cuando creo que estoy a punto de correrme.

–¡Estás matándome! –exclamo, casi sollozante.

Él se coloca mis muslos sobre los hombros sin decir nada, sopla sobre mi coño y lo besa antes de empezar a acariciarlo. Las sensaciones que me recorren son abrumadoras.

Al final me chupa el clítoris, se lo mete en su húmeda boca y empieza a saborearlo hambriento, pero cuando pasa de lamérmelo con fuerza a acariciarlo con la punta de la lengua se me encogen los dedos de los pies y mi respiración se vuelve jadeante... y cuando empieza a mordisqueármelo con suavidad, no puedo contener un sonoro gemido de placer.

–Eso es, nena, córrete en mi boca... ummm, qué rico... –me susurra, mientras empieza a lamerme otra vez.

Es el sonido que hace, como si mi coño fuera lo más dulce del mundo para él, lo que consigue que empiece a correrme. Mi espalda y mis pies se arquean al máximo, mis muslos se tensan alrededor de su cabeza mientras grito su nombre.

Él sigue comiéndome el coño sin parar, mi reacción le espolea aún más y me chupa con más fuerza mientras gime de placer. Su lengua es cálida y húmeda... joder, no aguanto más, tengo el clítoris al rojo vivo... un segundo orgasmo me sacude de pies a cabeza.

–¡Sí, Rugged, eso es...! ¡Sí! –estoy gritando de placer cuando siento que el estómago se me revuelve con fuerza–. ¡Mierda, voy a vomitar!

Rugged alza la cabeza y me pregunta con perplejidad:

–*¿Qué?*

Abro los ojos de golpe. Me arde el clítoris... y también el estómago. Estoy desorientada, pero tengo la claridad de ideas suficiente como para salir de la cama a toda velocidad y correr hacia el cuarto de baño.

Llego al retrete justo a tiempo de vomitar, y cuando acabo me siento en el suelo de mármol y gimo con voz débil:

–Mierda.

Sigo junto al retrete cuando el estómago me arde de nuevo, pero tengo la suerte de que se me pasen las náuseas sin necesidad de vomitar. Permanezco sentada en el suelo y voy recordándolo todo... dónde estoy, las margaritas y los mojitos que me tomé, por no hablar de aquel jodido ponche de ron, y me doy cuenta de que estaba dormida y soñando con Rugged.

¿Estaré perdiendo la cabeza? No había fantaseado con él desde que rompimos... o mejor dicho, desde que cada uno tomó caminos separados. Decir que rompimos implicaría que lo que había entre nosotros era una relación de verdad.

Pero a pesar de todo, aquí estoy, sentada en el suelo de mármol de un cuarto de baño de México, con el coño húmedo y al rojo vivo.

Menos mal que tengo mi propia habitación, menudo bochorno si compartiera una con mis amigas y me hubiera puesto a gemir de placer estando dormida.

Me levanto y me lavo la cara, estoy cabreadísima conmigo misma. No me lo explico, debo de haberme dado un golpe en la cabeza o algo así. Me miro al espejo y le susurro a mi reflejo:

—Echas de menos el sexo.

Me siento un poco mejor después de pronunciar las palabras. Sí, echo de menos el sexo. Damon podría haber llenado ese vacío, pero su paquete no estaba a la altura. Quizás por eso, por el decepcionante encuentro que tuve con él, he estado teniendo estas fantasías tan absurdas sobre Rugged.

Oigo que llaman a la puerta y voy a ver quién es. Se trata de Annelise y Claudia, que parecen un poco preocupadas.

—¿Estás bien? —me pregunta la primera.

—Sí.

—¿En serio? —no parece demasiado convencida.

—Bueno, la verdad es que no. Acabo de vomitar.

—Estábamos preocupadas por ti —comenta Claudia—. Te hemos dejado dormir, ya es cerca del mediodía.

—¿*Qué?* —la miro boquiabierta, no tenía ni idea de que fuera tan tarde.

—Jared también está preocupado —me asegura Annelise.

—No estará acechando tras la esquina, ¿verdad?

—No. La verdad es que quería acompañarnos para ver cómo estabas, pero le hemos dicho que era mejor que no viniera.

–Gracias –no quiero que él me vea con estas pintas–. Decidle que estoy bien, que ya nos veremos después.

–Está en la piscina, ¿por qué no vas luego a saludarle para que vea por sí mismo que estás bien?

La sugerencia de Annelise es razonable, pero aún no estoy lista para dejarme ver en público.

–Prefiero quedarme un rato más aquí, pediré algo de comer al servicio de habitaciones... seguro que unas patatas fritas me asientan el estómago. Aún no estoy lista para salir.

–¿Seguro que estás bien? –me pregunta Claudia.

–Lo estaré.

Cierro la puerta cuando se van, y llamo al servicio de habitaciones para pedir huevos revueltos, tostadas, patatas fritas y tres zumos naturales distintos. Me pongo a comer con apetito en cuanto me lo traen, y después voy a tumbarme. Ya empiezo a sentirme mejor.

Abro los ojos sobresaltada y me doy cuenta de que he vuelto a quedarme dormida, lanzo una mirada hacia el reloj y veo que ya son poco más de las cuatro. Cómo vuela el tiempo, ¿no? En fin, está claro que necesitaba descansar.

Me visto y bajo a la piscina de la zona Platinum para reunirme con mis amigas. Yo también prefiero esta zona, porque es más tranquila que las de las piscinas más grandes del complejo. Opto por dejar aparcado el alcohol y me limito a beber zumo y agua, se agradece tener un tiempo para pasar el rato y relajarse.

Sigo bastante afectada, y excitada, por el sueño que he tenido, quiero olvidarme de Rugged de una vez por todas. Es una idiotez que empiece a pensar en él otra vez; al fin y al cabo, está a punto de casarse, así que incluso suponiendo que me viera tentada a llamarle para proponerle un «aquí te pillo, aquí te mato» y acabar con este súbito gusanillo que me ha entrado, no podría hacerlo.

–Qué bien se está aquí –comento, en un intento de quitarme a Rugged de la cabeza–. Pasar el rato junto a la piscina bebiendo agua... –alzo mi botella antes de añadir–: Esto sí que es vida.

–*Touché* –dice Claudia.

–Jared estaba preocupado de verdad por ti –me asegura Annelise–. Se ha pasado unas dos horas esperando a ver si aparecías.

–Sí, es verdad –apostilla Claudia.

–Al final se ha marchado con Chad, pero nos ha dicho que pasaría luego a verte.

–Parece una verdadera dulzura, no me extraña que hablaras tan bien de él.

Claudia enarca una ceja al oír mi comentario y me pregunta a bocajarro:

–¿Te gusta?

–Claro, es majo. No digo que vaya a casarme con él, solo que es un buen tipo.

–Yo creo que le atraes –afirma Annelise, con una sonrisa traviesa.

–Puede ser –me limito a contestar, antes de apoyar la cabeza en el respaldo de la tumbona y cerrar los ojos.

Por un lado, me parece que sería buena idea dejarme llevar y ver cómo se desarrollan las cosas con él durante esta semana; al fin y al cabo, tener un lío en vacaciones es algo que hace mucha gente, ¿no? No tendría nada de malo que charlar con él y disfrutar de su compañía me ayudara a quitarme a Rugged de la mente.

–¿Y tú qué?, ¿te gusta Chad? –le pregunto a Claudia.

–No digas tonterías. Me parece un tipo majo, pero nada más.

–¿No te apetece tener un ligue en vacaciones? –insisto, desafiante.

–Ni hablar, ¿no te acuerdas de que os dije que me he propuesto permanecer célibe?

–Ah, sí, por lo que te pasó con el capullo de Mark.

–Sí, fue entonces cuando tomé la decisión. No quiero que el sexo empañe mi próxima relación, antes de nada tendrá que haber amistad durante un buen tiempo.

Hago una mueca con disimulo. No estoy en contra del celibato per se, pero no me parece bien usarlo para castigarte a ti misma, que es lo que está haciendo Claudia: castigarse por algunas de las cosas más atrevidas que hizo para complacer a su prometido. Lo que tiene que hacer es perdonarse, dejar eso atrás y seguir adelante con su vida.

–Ya sé que a ti te parecerá una tontería, pero para mí es importante –insiste ella.

–Porque Mark te hizo sentir como una ramera. Yo creo que tendrías que haberle dado una patada en los huevos... no, aún mejor: habría estado bien que se los cortaras y se los metieras por la garganta.

–¡Lishelle!

–¿Qué? No pasa nada si ellos experimentan, se les considera héroes si se tiran a mil mujeres, pero resulta que nosotras somos unas rameras si hacemos lo mismo. ¿Sabes qué?, me dan ganas de llamar a Mark ahora mismo para decirle que se vaya a la mierda.

Claudia se echa a reír y exclama:

–¡Eres única...! ¡Te adoro, Lishelle!

–Hablando de hombres... mirad quién viene –apostilla Annelise.

Sigo su mirada y veo que Jared y Chad se acercan sonrientes. Están muy atractivos. Chad lleva pantalones color caqui y un polo y Jared vaqueros de cintura baja y camiseta ajustada. La verdad es que está para comérselo...

–Vaya, estás viva. ¿Cómo te encuentras? –me pregunta él, antes de sentarse a mi lado.

–Me he despertado con una resaca enorme, pero sobreviviré. Supongo que me está bien empleado por beber como una universitaria de primer curso, a estas alturas ya tendría que haber aprendido la lección –sonrío al ver que sigue mirándome con cierta preocupación–. He sobrevivido a más de una resaca a lo largo de mi vida, Jared. Se me pasará, no te preocupes.

–Es que me siento culpable, yo también tendría que haber tenido más cabeza.

–Estamos de vacaciones, es difícil no pasarse de la raya en un sitio como este.

–¿Quieres que te traiga algo?

–No, gracias.

Miro hacia Claudia y Chad, que están charlando. No alcanzo a oír lo que dicen, pero noto que el lenguaje corporal de mi amiga ha cambiado visiblemente al tratar con él. No estoy diciendo que se la vea súper interesada, pero no se muestra tan distante con él como antes.

–Nos vamos a cenar, ¿queréis venir? –nos invita Jared.

Miro a mis amigas para ver qué opinan, y me aparto del brazo un mosquito que acaba de picarme. Ya es tarde y la luz mortecina del anochecer empieza a bañar el hotel.

–También es la hora de la cena para los mosquitos –comento yo–. Me apunto a ir con vosotros, pero antes quiero ir a cambiarme y a ponerme repelente para los bichos. ¿Qué os parece si nos vemos en el bufé?

–Vale, estoy hambrienta –dice Annelise.

–¿Y cuándo no? –le contesto, en tono de broma.

Mis amigas y yo vamos a nuestras respectivas habitaciones para quitarnos los biquinis y embadurnarnos con repelente de mosquitos, y cuando estamos listas vamos al restaurante.

Hay unos mariachis tocando en el patio, reina un ambiente distendido y relajante que me encanta. Es fantástico descansar unos días de la ajetreada vida que llevo en Atlanta.

El restaurante abarca una zona amplísima, y la oferta de comida es interminable. Hay pizza, carne a la brasa, pollo frito, ensaladas y panes de todo tipo, y una mesa tan abarrotada de postres, que creo que voy a engordar nueve kilos solo con mirarla.

Nos sentamos a cenar y charlamos distendidamente, por primera vez hablamos de dónde vivimos cada uno y resulta que tanto Jared como Chad viven en Stone Mountain, aunque por separado. Al igual que yo, Jared ya ha estado casado antes, pero apenas ha mencionado a su exmujer y yo no intento ahondar en el tema.

Tanto Claudia como yo tenemos bastante con un primer plato, en mi caso una ensalada, pero tanto Annelise como ellos dos se sirven un segundo. En cuanto nos encontramos a estos dos hermanos en el hotel supe que iban a unirse al grupo, era lógico teniendo en cuenta que Jared es amigo de Annelise.

Al principio no me hizo demasiada gracia, pero ahora ya no me importa, porque esa amistad con Annelise nos da un vínculo, es algo que tenemos en común. He echado un vistazo, y los hombres que he visto hasta ahora por el hotel entran en dos categorías: o tienen pareja, o no son mi tipo; si tengo que pasar estos días de vacaciones con alguien, Jared es una buena opción.

Es él quien se mira el reloj en este momento y comenta:

–Dentro de unos minutos empieza un espectáculo de danza con fuego en el patio, ¿os apetece ir a verlo?

–¡Sí, vamos! –exclama Annelise con entusiasmo.

Salimos al patio que hay frente a la zona de los restaurantes y nos unimos al gentío, todo el mundo aplaude cuando empieza el espectáculo. Ya es de noche y reina un ambiente festivo... no estoy borracha, así que esta velada sí que la recordaré.

Cuando Jared me pasa un brazo por la cintura, me apoyo en él. Me gusta estar entre sus brazos, me gusta mucho.

Capítulo 9

Annelise

Jared, Chad, Claudia y Lishelle deciden ir a la discoteca, pero yo opto por regresar a mi habitación. He caminado bastante a lo largo del día y me duele un poco la espalda, pasarme la noche de juerga sería pasarme de la raya; además, me sentiría fuera de lugar sin mi hombre, al que de repente echo de menos a rabiar.

No podía dejar de pensar en Dom al ver a todas esas parejas que presenciaban el espectáculo del fuego tomadas de la mano y acarameladas, me hace falta oír su voz.

Le llamé cuando llegamos a México y nos hemos mandado unos cuantos mensajes de texto con el móvil cada día, pero hoy me he dado cuenta de golpe de lo mucho que le echo de menos. Estoy en el Paraíso, en un lugar de una belleza y un romanticismo espectaculares, pero no tengo a mi lado a mi amante.

Le envío un mensaje de texto al llegar a la habitación: *¿Estás en casa?*

Cuando me responde al cabo de medio minuto que sí, que está en casa, le envío otro mensaje: *Ve al dormi-*

torio, asegúrate de que estás a solas. Enciende el portátil y conéctate a Skype.

Me he traído mi portátil justo para esto, para cuando se presentara la oportunidad de hablar con Dom a través de Internet. Sí, es verdad que podemos hablar por teléfono, pero usar Skype tiene dos ventajas: nos sale gratis y además podemos vernos.

Me desnudo antes de nada y entonces coloco el portátil en la mesita de noche, justo al lado de la cama. Me conecto y veo que el nombre de usuario de Dom tiene la señal verde que indica que está disponible, así que le doy al botón para llamarle.

Se oye el sonido que indica que se está produciendo la llamada, y Dom contesta en cuestión de segundos.

—Hola... —abre los ojos como platos al verme desnuda, y exclama sonriente—: ¡Vaya, qué sorpresa!

—Hola, cariño.

—Espero que estés sola —me dice, en tono de broma.

—Estamos tú y yo solos. Te echo de menos.

—Yo también, ahora incluso más.

—¿Qué es lo que echas de menos exactamente? —se lo pregunto mientras empiezo a acariciarme un pezón.

—Eso —Dominic entreabre la boca y le oigo soltar un suave gemido—. Creo que podría acostumbrarme a que me llamaras así.

—Ummm... —me estrujo el pezón y veo que entrecierra un poco los ojos y se lleva la mano a la bragueta.

—Sí, claro que podría acostumbrarme.

Gimo mientras le veo en la pantalla del ordenador. Al principio me sentía un poco absurda iniciando este encuentro sexual a través de Internet, pero ya voy relajándome. Es la primera vez que practico *cibersex*o a través de Skype.

–Tienes los pechos más grandes –me dice él.

–¿Crees que me han crecido en tres días?

–Sí, y los pezones también. Parecen enormes –se pasa la lengua por el labio inferior antes de añadir–: Ojalá pudiera chupar esos jugosos pezones.

Una llamarada de calor me recorre el coño con la fuerza de un misil.

–A mí también me gustaría, ni te imaginas lo cachonda que estoy.

–Así que estás cachonda, ¿eh? ¿Mucho?

–Muchísimo.

–Bueno, mientras que no te lances a por el socorrista de la piscina...

Me lo dice en tono de broma, y yo me echo a reír antes de contestar:

–Qué va, la gorda embarazada no podría competir con las delgaduchas de cuerpos perfectos.

–No estás gorda, estás preciosa.

Le quiero más que nunca al ver la sinceridad y el sentimiento que rezuman sus palabras.

–¿Lo ves? Por eso no me haría falta buscarme un socorrista, me basta con verte y oír tu voz para estar a punto de correrme.

–¿Ah, sí? –su voz ha caído una octava.

–Sí –me cubro los pechos con las manos antes de añadir–: Vas a hacer que me corra... a través de Internet.

–Será un placer –su sonrisa se ensancha, y centra la mirada en mis manos mientras me acaricio los pechos, mientras tironeo de mis pezones para endurecerlos–. Me estás matando.

Me junto los pechos para que los pezones estén lo más cerca posible y pregunto con voz ronca:

–¿Sabes lo que estoy imaginándome?

–Mi boca cubriéndote los dos pezones a la vez.

–Dios, sí... –me excito más solo con pensar en ello–. Dime lo que quieres hacerme, cariño.

–Estoy chupándote un pezón y acariciándote el otro con los dedos, mi lengua está calentita y me pides que me meta el pezón entero en la boca y succione con fuerza.

–Sí... –me estrujo los pezones con más fuerza.

–Pero yo no te doy lo que me pides, aún no. Te chupo el otro pezón mientras tú sueltas esos sonidos que me vuelven loco. Tengo la otra mano sobre ese mismo pecho, ya tienes el pezón endurecido mientras lo acaricio con los dedos y la lengua.

–Ummm...

–Sí, arqueas la espalda tal y como estás haciéndolo ahora.

–Chúpame los dos, por favor...

–Junto los dos pezones y hago lo que me pides, me los meto en la boca y succiono con tanta fuerza que te pones a jadear.

–Estoy tan cachonda... –sigo acariciándome el pecho con una mano mientras bajo la otra hacia la entrepierna, el clítoris me arde.

–Abre las piernas, quiero ver cómo te masturbas.

–Espera... –alcanzo a decir, antes de ponerme de rodillas.

En la pantalla donde está Dom hay un cuadradito donde se ve mi propia imagen, y usándola como referencia me echo hacia atrás hasta que se ve mi cuerpo desde el cuello hasta medio muslo. Se ven a la perfección mis abultados pechos y la mano que tengo entre las piernas, es una imagen increíblemente erótica.

Ver mi cuerpo así, en una pantalla, me resulta embriagador, y ahora entiendo la sensación de poder sexual que debe de sentir una actriz porno cuando está desnuda ante una cámara; vale, en mi caso solo está viéndome Dom, pero aun así, la excitación de ser tan atrevida está avivando mi deseo.

—Sigue hablando, Dom.

—Estoy chupándote los dos pezones a la vez, también los mordisqueo. Me encanta tenerlos en la boca, están tan duros como mi polla.

No aparto la mirada de la pantalla, y contengo el aliento cuando se pone de pie y veo cómo se le marca la erección contra los vaqueros; en un abrir y cerrar de ojos, se abre la bragueta y se saca la polla.

—Joder, me encanta lo duro que te pones por mí —quiero montarme encima de él y pasarme toda la noche cabalgando—. Estoy acariciando esa polla grande y dura, la acaricio mientras tú sigues chupándome los pezones.

Su mano bombea mientras yo me acaricio el clítoris.

—Quiero comerte el coño, quiero abrírtelo de par en par y chupar esa dulce pepita de oro.

Me cuesta creer lo que estoy haciendo, que estoy en México tumbada en una cama con las piernas abiertas mientras me masturbo delante de una *webcam*. Es como si la mujer de la pantalla no fuera yo, y verla está excitándome tanto como ver a Dom.

No tenía ni idea de que esta clase de sexo sería tan excitante.

—Empieza con los dedos —le pido, jadeante—. Me encanta cuando me follas con ellos hasta que estoy chorreando y después me chupas hasta que me corro.

Estoy tan húmeda, tan excitada, que estoy casi a punto de estallar. Me aprieto el pezón con fuerza, deseando que los dientes de Dom estuvieran mordisqueándolo.

—Abre las piernas, siéntate encima de mi cara —me ordena él, con voz ronca.

—Oh, sí... me siento sobre tu cara, cariño, ya está... pero quiero que tú también te corras, así que me giro sin apartarme de tu cara y me inclino hacia delante para poder hacerte una mamada.

—Mierda, un sesenta y nueve... —su mano está bombeando a toda velocidad.

—Tengo tantas ganas de saborear tu polla... abro la boca de par en par y me la meto hasta el fondo de la garganta.

—Dios mío... me encanta ver tu coño desde atrás, me encanta tener ese culito en la cara. Estás tan mojada, que te meto dos dedos. Mientras me chupas la polla, yo te follo fuerte con dos dedos hasta que no puedo aguantar más, me chupo tu flujo de la mano... oh, Dios... ahora te cubro el coño con la boca, quiero beberme hasta la última gota.

—Oh, sí, Dom, voy a... —mi voz se quiebra cuando empiezo a correrme—. ¡Oh, sí! —el clímax es largo y delicioso, enloquezco de placer cuando un ardiente cosquilleo me inunda el clítoris y se extiende por todo mi cuerpo.

—¡Eso es, nena, eso es! —grita Dom, un instante antes de que brote el semen.

Estoy mirándole jadeante, y estoy segura de que él también tiene la mirada fija en mí. Al final me tumbo en la cama de modo que pueda verme el rostro y los pechos en la pantalla.

—Ha sido increíble —comenta, mientras se aleja del portátil. Seguro que va a por un pañuelo de papel para limpiarse.

–No sé si he tenido un orgasmo mejor en toda mi vida... bueno, contigo sí que los he tenido, pero esto del *cibersexo* es súper excitante. Está claro que un poco de atrevimiento extra no va mal de vez en cuando.

–Y que lo digas; de hecho, he tenido el atrevimiento de grabarlo todo con el portátil.

–*¿Qué?* –lo miro boquiabierta, no sé si sentirme alarmada o excitada–. ¿Lo dices en serio?

–¿Te molestaría?

–Pues... –exhalo con fuerza, no sé cómo contestar. Ha sido excitante ver tanto su imagen como la mía en la pantalla mientras nos masturbábamos, pero no sé si quiero volver a verlo.

–No te preocupes, cariño. Ha sido una broma, no lo he grabado –me mira sonriente al añadir en tono de broma–: Aunque es una lástima, porque podría haberlo vendido por un dineral... embarazada cachonda y sexy masturbándose.

–A lo mejor podríamos sacar la cámara de vídeo cuando vuelva de las vacaciones –es algo que no he hecho nunca y que jamás me habría planteado en el pasado debido a la estricta educación cristiana que he recibido, pero ahora es una idea que me atrae.

–¿Lo dices en serio?

–Solo para nuestro uso privado, claro, así que no creas que vas a poder venderle el vídeo a tipos a los que les excitan las embarazadas.

–Eso nunca –lo dice muy serio, como si pensara que estoy advirtiéndoselo de verdad.

–Es que al hacer esto me he dado cuenta de que... de que podría ser... en fin, excitante... vernos juntos. No sé, a lo mejor resulta ser una idea pésima, está claro que no tengo el cuerpo de una actriz porno.

–Tienes un cuerpo fantástico.

–Eso es lo que estás obligado a decir.

–¿Estás de broma?, ¿tienes idea de lo sexy que eres?

–A veces.

–Si quieres que grabemos un vídeo, me parece bien –me asegura, sonriente.

Yo le devuelvo la sonrisa al decir:

–Te quiero, Dominic.

–Yo también. ¿Qué tal van las otras dos posibles parejas?

–Bastante bien de momento. Están en la discoteca los cuatro, así que hay buenas perspectivas.

–Así que tu plan está funcionando, ¿no?

–Ya lo veremos cuando acabe el viaje –no quiero precipitarme, pero estoy esperanzada–. ¿Cómo está tu madre?

–Alimentándome bien.

Al ver que alza un poco la voz tengo la impresión de que está callándose algo, así que opto por presionarle un poco.

–¿Qué pasa?, ¿está rebuscando por toda la casa para ver si encuentra pelusa?

–¿Quieres que te cuente la verdad? –al ver que asiento acaba por admitir–: No deja de preguntarme por qué no quieres casarte conmigo.

–Cariño...

–Lo hace con buenas intenciones. El bebé nacerá dentro de poco, y ni siquiera hemos hablado de fijar una fecha.

Frunzo un poco el ceño, porque no quiero que nuestra conversación desemboque en una discusión.

–Ya sabes que no creo que necesitemos unos documentos legales para demostrar que siempre nos amaremos y nos guardaremos fidelidad.

–Sí, pero tú también sabes que no soy Charles.

–Dom...

–No voy a serte infiel, siempre te amaré y te respetaré. No quiero cargar con la culpa de que él te fallara.

Es la primera vez que me lo plantea así.

–Por favor, dile a tu madre que te amo y siempre te amaré.

–No estamos hablando de mi madre, sino de ti y de mí, de nuestro compromiso como pareja.

–Exacto, eso es lo que quiero decir: ni un juzgado, ni una iglesia ni nadie tiene potestad para determinar que debemos estar casados si queremos estar unidos de verdad. Tenemos que sentirlo nosotros de corazón...

–Vale –dice él, antes de que yo pueda terminar la frase.

Suspiro al oír su voz cortante, no entiendo cómo hemos pasado de practicar tórrido *cibersexo* a discutir.

–Te echo de menos, no quiero discutir –admito, con voz suave.

–Yo tampoco.

–¿Podríamos dejar el tema del matrimonio por ahora?

Seguro que es su madre la culpable de que esté tan preocupado por el tema. Apuesto a que le ha metido el miedo en el cuerpo diciéndole que si no nos casamos puedo abandonarle y llevarme al bebé cuando me dé la gana, pero tengo muy claro que eso es algo que no ocurrirá jamás.

–Estás en México, disfruta de tus vacaciones.

No sé si lo dice con sinceridad o si sigue enfadado, así que me limito a contestar:

–Te quiero, cariño.

–Yo también –se besa un dedo antes de colocarlo sobre la pantalla.

Me siento aliviada al ver su gesto de afecto, así que le imito devolviéndole el beso de igual forma.

–Hasta pronto –nos despedimos con la mano, y después de darle al botón para dar por finalizada la conexión, me tumbo de espaldas en la cama.

Me siento dubitativa. Amo a Dom y él lo sabe, pero es que no sé si estoy lista para casarme con él... de momento.

Capítulo 10

Claudia

Yo nunca me comporto así, pero estoy pasándomelo genial.

Estoy en la pista de baile con Chad, dejándome llevar por completo. Estoy sacudiendo el trasero, alzando las manos y desafinando a más no poder mientras canto las canciones que me sé. Me he tomado unos cuantos daiquiris y estoy un poco achispada, lo justo para desinhibirme y pasármelo bien.

Esta noche no pienso en que él no es el tipo de hombre con el que suelo salir, ni en el hecho de que no es el tipo más atractivo del mundo; no, lo que pienso es que la atención constante que me presta resulta bastante halagadora.

No estoy en Atlanta, aquí no hay nadie de mi círculo social habitual que pueda juzgarme, así que cuando empieza a sonar una canción lenta, dejo que Chad me abrace y se menee contra mí de forma provocativa.

No tengo ni idea de dónde están Lishelle y Jared, supongo que en algún lugar de la pista de baile... a menos que se hayan marchado de la discoteca, claro.

—Eres preciosa –me susurra Chad al oído.

Me aprieta con más fuerza cuando me río como una tontita contra su cuello; a pesar de todo lo que me he dicho a mí misma sobre lo que no siento por él, en este momento hay algo que se enciende entre nosotros. Chad huele muy bien, y me entran ganas de hincarle los dientes en el cuello.

Mi propia reacción me deja atónita, ¿cómo puedo sentirme atraída por él?

La respuesta es obvia: porque estamos juntos en este lugar tan romántico, y él me hace sentir especial al mostrarse tan atento conmigo. Esta situación dista tanto de mi vida habitual, que no estoy comportándome con normalidad.

En todo caso, mi decisión de permanecer célibe es firme, por mucho que Lishelle afirme que estoy intentando castigarme a mí misma. No quiero que mi próxima relación esté basada en el sexo.

Al oír que ponen una movida canción de Lady Gaga, me aparto de Chad y le digo:

—Será mejor que me vaya a dormir ya.

—¿Tan pronto?

—Sí.

—¿No vas a cambiar de opinión? –me toma de la mano, y me mira con esos ojitos de cachorrillo.

Aquí dentro hay mucho ruido, así que señalo hacia la puerta con la cabeza y me limito a contestar:

—Será mejor que hablemos fuera.

Me lleva hacia la puerta sin soltarme la mano, y al salir tomo la iniciativa y le llevo hacia un banco que hay cerca del patio. Es un lugar público y neutral donde voy a poder conversar con él.

—Me siento halagada por tu interés y me lo he pasa-

do muy bien contigo, pero no estoy buscando un ligue
—está claro que mis sinceras palabras le han tomado por
sorpresa, pero como no parece creerme del todo, opto
por insistir aún más. Tengo que hacerle entender la realidad—. Lo digo en serio, Chad. Lo siento, pero no estoy
interesada en un ligue pasajero.

—¿Se te ha ocurrido pensar que no estoy buscando un
ligue para las vacaciones?, ¿que estoy disfrutando de tu
compañía sin más?

Me doy cuenta de cómo han sonado mis palabras, de
que he podido parecer bastante fría e insensible, así que
intento explicarme.

—Perdona, es que... estos dos últimos años han sido
muy duros. Tú has sido encantador conmigo, pero he
decidido mantener el celibato. Nos lo estábamos pasando tan bien juntos, que he preferido dejarlo claro por
si...

—Por si se me ocurre intentar llevarte a mi cama —al
ver que no respondo, me pregunta con curiosidad—: ¿De
verdad que piensas mantenerte célibe?

En cierto modo, no puedo evitar pensar que lo que
acabo de decir es una estupidez. ¿Por qué estoy casti-
gándome por culpa de Adam? Aun así, no retiro mis
propias palabras; al contrario, me reafirmo.

—Creo que el sexo se interpone a veces en una relación, así que la próxima vez quiero crear un vínculo
mental y emocional con mi pareja antes de permitir que
el aspecto físico lo estropee todo.

—¿En qué sentido?

—¿No crees que el sexo complica las cosas? —más
que una pregunta, se trata de un desafío.

—Hay un montón de cosas que pueden complicar una
relación, y sí, el sexo es una de ellas.

Su respuesta me sorprende. Como es un hombre, he supuesto que defendería el sexo, en especial el sexo sin ataduras; al fin y al cabo, si está charlando conmigo es porque tiene esperanzas de meterse en mi cama, ¿no?

—A juzgar por la cara que pones, está claro que crees que lo único que quiero de ti es sexo —comenta él.

—¿Y no es así?

—Caramba... así que aunque te dijera que he disfrutado pasando la velada contigo, no te creerías que me gustas por cómo eres y punto, ¿no?

—No me conoces lo suficiente como para saber cómo soy.

—Me dijiste que te gusta ayudar a la gente, lo mismo que a mí. Eso es algo que me gusta de tu forma de ser. También me gusta lo inteligente que eres, el hecho de que no seas una cara bonita pero sin sesera. He disfrutado de nuestras conversaciones, me gusta lo desenfadada que eres... casi siempre.

Lo último lo añade con una sonrisa, y yo suelto un pequeño gemido antes de decir:

—Supongo que ahora estarás pensando que soy una arpía.

—No, lo que pienso es que está claro que te han herido, que alguien importante para ti te hizo daño y socavó tu autoestima, porque no es normal que una mujer tan inteligente y atractiva sea tan reservada.

Entorno los ojos mientras le miro en silencio, es un hombre muy intuitivo. Da la impresión de que me lee el pensamiento, porque al cabo de un momento añade:

—Recuerda que soy orientador, por regla general se me da bastante bien ver más allá de las apariencias.

Es muy majo, lástima que no sea mi tipo.

Sí, podría conformarme y usarlo como ligue de vacaciones, y teniendo en cuenta la atracción que siento por él en este momento, podría tener la tentación de dejar a un lado el celibato durante unos días. Tengo la impresión de que será un amante atento y dispuesto a desvivirse por complacerme.

El problema, y la razón por la que no puedo acostarme con él, es que vive en Atlanta, y eso complica las cosas. Si le gusto tanto como creo, seguro que alberga la esperanza de volver a verme al regreso de las vacaciones, puede que incluso crea que tiene posibilidades de salir conmigo.

Vale, admito que puedo parecer bastante superficial, pero no es el tipo de hombre que puedo presentarles a mis padres; en primer lugar, porque no pertenece a mi círculo social, y en segundo lugar, porque no es el tipo más atractivo del mundo. Siempre he salido con hombres muy guapos y triunfadores, y sigo creyendo que al final conseguiré encontrar a uno que lo tenga todo: simpatía, atractivo y una posición social elevada. ¿Por qué voy a conformarme con menos?

—Bueno, me voy a dormir —le digo, mientras me pongo de pie.

Él se levanta también antes de contestar:

—Te acompaño.

No le digo que no, las sureñas aceptamos con naturalidad la caballerosidad de los sureños.

Cuando llegamos a la puerta de mi habitación, él se para y me pregunta:

—¿Cuál es tu política en cuanto a besarse?

—Eh...

—¿No tienes una establecida?

—No me opongo a un beso, siempre y cuando no derive en nada más.

-De acuerdo.

Contengo el aliento al ver que baja la cabeza hacia mí, y nuestras miradas se encuentran. No entiendo por qué no me muevo. ¿Por qué me quedo aquí, quieta, como si realmente quisiera que me bese?

Sus labios me acarician la frente en vez de la boca, y algo se apaga en mi interior... me he llevado una decepción.

-Buenas noches, Claudia.

Se despide con una voz baja y profunda que consigue estremecerme. Joder, ha sonado muy sexy.

-Bu... buenas noches.

Le sigo con la mirada mientras se aleja, no sé por qué tengo el cuerpo entero en tensión.

-A ver, desembucha, ¿dónde estuviste anoche? -le pregunto a Lishelle a la mañana siguiente.

Estamos desayunando junto con Annelise en el amplio comedor de uno de los restaurantes. Yo he optado por tomar fruta fresca, un yogur, tostadas y café, y mis amigas han pedido unas tortillas que les han preparado a su gusto.

-En mi habitación -me contesta ella.

-¿Sola?

-Sí, sola. Jared y yo salimos de la discoteca y nos fuimos a charlar al bar del vestíbulo, y al cabo de un rato le dije que estaba cansada y me fui a dormir. ¿Y tú qué?, la última vez que te vi estabas bailando muy pegadita a Chad.

Annelise me mira sorprendida al oír las palabras de Lishelle y me pregunta sonriente:

-¿Es eso cierto?, ¿Chad y tú estáis congeniando?

—Yo no diría tanto. Pasamos una velada agradable, nada más.

—Eso es un buen comienzo —insiste Annelise.

—¿Qué quieres decir?

—Chad me parece un tipo muy majo. Quién sabe, a lo mejor resulta ser el hombre de tu vida.

Tomo un trago de café antes de decir:

—Ni hablar, él y yo no tenemos ningún futuro. Sí, es majo, pero no es mi tipo.

No acabo de creerme mis propias palabras. Lo cierto es que me he pasado la noche pensando en él, en que sería perfecto para mí si fuera un poco diferente.

Es muy atento y todo un caballero, pero si fuera diferente en varios aspectos, si fuera más atractivo y viniera de una familia adinerada... bueno, en ese caso puede que fuera un capullo como Adam.

A lo mejor resulta que al final no puedo tenerlo todo... pero de momento, durante estos días de vacaciones, no me parece mala idea disfrutar de las atenciones de un hombre al que parece ser que le gusto por mí misma.

Annelise, Lishelle y yo teníamos hora a eso del mediodía para nuestros masajes gratuitos, y al salir hemos tomado una comida ligerita y nos hemos venido a la zona Platinum. Nos gusta venir aquí por el servicio de mayordomo y por el hecho de que no se admiten niños.

Annelise y Lishelle han ido a por nachos a la sala de juegos, y Chad y yo nos hemos quedado aquí. Está sentado a mi lado en una tumbona, y tanto su cerveza como mi margarita están en la mesita circular que hay entre nosotros.

Ha estado hablándome de su trabajo como orientador, de lo mucho que ha madurado un adolescente en concreto que llegó a tener asustada a su propia familia; al parecer, el joven ha cambiado por completo y ha comprendido que su ira surgía del gran miedo que le tenía al abandono, ya que su padre se marchó cuando él tenía tres meses y no había vuelto a saber nada de él.

Cuanto más hablo con Chad, más me impresiona su forma de ser. Es un hombre que está influenciando para bien en la vida de otras personas, que marca la diferencia en este mundo.

—Tengo calor, ¿nos damos un chapuzón? —me pongo de pie, y al quitarme el pareo veo cómo me recorre con la mirada. Hoy me he puesto un biquini negro con un estampado a rayas.

Me zambullo en la piscina de inmediato, así que apenas tiene tiempo de contemplarme y no le queda más remedio que lanzarse al agua también. Me sigue cuando nado hacia la zona más honda, y cuando regreso al centro de la piscina y toco fondo me detengo para recobrar el aliento.

—De verdad que no entiendo cómo es posible que sigas soltera —me dice él.

—Es que aún no he conocido al hombre adecuado —contesto con fingida naturalidad, no quiero contarle mi historia con Adam.

—Seguro que tienes pretendientes llamando a tu puerta a todas horas —al ver que yo me limito a negar con la cabeza en silencio, se me acerca más y me pregunta—: ¿Podrías explicarme a qué te refieres exactamente cuando dices que quieres permanecer célibe?

Me mira tan serio, que no puedo contener la risa.

Supongo que mi arrebato se debe en parte a la cantidad de margaritas que me he tomado.

–¿Qué es lo que te hace tanta gracia? –me pregunta él.

–Es que estaba pensando que no debería sorprenderme. ¿Cuánto has tardado en volver al tema del celibato?, ¿unas dieciséis horas? Típico en un hombre.

–Siento verdadera curiosidad. Cuando afirmas que quieres mantener el celibato, quieres decir que...

–Que nada de sexo.

–¿Qué me dices de unos cuantos besos y caricias? ¿Le pararías los pies al tipo en cuestión antes de llegar a los preliminares del sexo, o los preliminares están permitidos?

Empiezo a nadar de nuevo. La verdad es que no me había planteado este tema en profundidad porque aún no había surgido la necesidad de hacerlo, pero no hay duda de que lo que me pregunta Chad tiene fundamento.

Después de salir de la piscina por la escalerilla, regreso a mi tumbona y le doy otro trago a mi margarita.

–¿No vas a contestarme?

Él sigue en el agua y me lo pregunta desde el borde de la piscina, pero como no estoy dispuesta a hablar de este tema en voz alta para que se entere todo el mundo, vuelvo a meterme en el agua con mi copa en la mano y le contesto en voz baja:

–¿De qué sirven los preliminares? Si llegas tan lejos con alguien, lo más probable es que acabes por llegar hasta el final.

–¿Y si te prometo que me pararía?

Lo miro sorprendida al darme cuenta de que no está hablando de un caso hipotético, y por alguna extraña razón, la mera idea de que Chad quiera follar conmigo consigue excitarme; aun así, finjo que no entiendo lo que está insinuando.

—¿Disculpa?

—¿Qué pasaría si solo quisiera darte placer? No estoy hablando de mantener relaciones sexuales plenas, me limitaría a satisfacerte.

—¿Ah, sí? —lo digo con claro escepticismo.

Él hace la señal de la cruz sobre el corazón, y su profunda voz de barítono suena de lo más sexy cuando me dice:

—Solo quiero conseguir que te sientas feliz, te lo prometo. Se podría decir que me gustaría que recobraras la fe en los hombres. Quiero besarte, acariciarte, hacer todo lo que me pidas hasta que quedes satisfecha.

Sus palabras me excitan, supongo que es por el ambiente que me rodea. Estoy de vacaciones en un lugar precioso donde es muy normal ligar con desconocidos.

—¿Qué pasa?, ¿acaso te doy lástima? ¿Crees que me hace falta que me echen un polvo por pena?

—No, pero tengo la impresión de que necesitas que un hombre te mime, y estoy dispuesto a asumir esa tarea.

Quiero decirle que no, pero permanezco callada mientras le miro con curiosidad.

—La decisión es tuya —se sumerge en el agua y nada hacia la parte más honda sin más, como si acabara de invitarme a cenar... cuando en realidad está pensando en tenerme a mí de plato principal.

Dejo mi copa en el borde de la piscina, y paso nadando junto a dos parejas antes de llegar junto a él.

—Da la impresión de que tú no vas a sacar nada de todo esto, Chad.

–Qué va, me encanta dar. Me resulta muy gratificante.

Parece querer demostrar sus palabras con hechos, porque me agarra la mano y traza lentos círculos sobre la palma con la punta de un dedo. Nos miramos en silencio, pero a pesar de que cada vez estoy más tentada de aceptar su ofrecimiento, soy consciente de que esto no es más que una treta para conseguir llevarme a la cama. Sabe que me han herido y salta a la vista que soy muy cauta, así que está usando otra táctica: aprovechar su encanto de niño bueno para seducirme.

Nado hacia el borde de la piscina y salgo, al girar para sentarme veo que él tiene los ojos fijos en mi trasero; la verdad es que me gusta que me mire tanto, hace que me sienta súper sexy. Me siento en el borde de la piscina con los pies en el agua, y al cabo de un instante él se me acerca y se me queda mirando con los brazos cruzados sobre el borde de piedra.

–¿Por qué estás soltero?

–Porque aún no he encontrado a la mujer adecuada, en Atlanta es una tarea difícil.

–¿Por qué? Allí hay tantos gays, que hay muchas mujeres para elegir.

–Sí, y yo he conocido a todas las que no valen la pena, las que son superficiales... las que esperan que ponga mi cuenta bancaria a su disposición, que les pague los gastos del coche y las lleve de compras. También están las que son superficiales sin más, las que solo se interesan por los cotilleos y pasan de los menos afortunados. Ya sé que no soy Will Smith, pero soy un tipo decente. No soy un picaflor. No pongas esa cara de incredulidad, no soy de los que ponen los cuernos.

–Perdona. Ya sé que no debería meter a todos los hombres en el mismo saco, pero...

—Ahí está, ese es el otro problema. Las mujeres a las que les han hecho daño están tan a la defensiva, que no reconocen a un buen tipo cuando lo tienen delante.

—¿Es eso lo que me pasa a mí?

—Sí, creo que sí.

—Creía que eras un tipo majo —le digo, mohína.

—¿Qué quieres decir?

—Que los tipos majos no tienen esta clase de conversaciones con las mujeres.

—¿Estás diciendo que a un tipo majo no se le permite sincerarse con la mujer que le gusta?

Me quedo callada, y él tarda un momento en admitir:

—Estoy loco por ti. No es solo por el físico... aunque sí, está claro que eres una mujer despampanante... pero de verdad que me gustas tú como persona.

—¿Cómo lo sabes?, apenas me conoces.

Anoche le pregunté lo mismo, y empiezo a plantearme si en el fondo dudo de si realmente puedo llegar a gustarle a un hombre por mí misma. Los hombres que he conocido desde que corté con Adam han estado interesados en mí por lo que creen que estaría dispuesta a hacer con ellos en el dormitorio.

Chad sale de la piscina y se sienta a mi lado, me pone la mano en la barbilla y me insta a que lo mire antes de decir:

—Por favor, Claudia, no sigas por ahí. Olvídate de lo que hayan podido decirte los hombres que han hecho que dudes de ti misma, eres una persona fantástica. Eres una mujer increíble y hay muchas, muchísimas cosas que me gustan de ti.

Le miro a los ojos creyendo que va a besarme, pero se inclina hacia mí y me susurra:

—Cuando estés lista para que te satisfaga, avísame. No tengas miedo de ser demasiado egoísta, deja que te dé placer sin parar. Di que sí y te daré la clase de experiencia que te mereces.

Mi cuerpo entero arde al oír sus palabras. Me siento tentada, muy tentada.

Capítulo 11

Lishelle

Estoy en el restaurante italiano del hotel con Jared, ya estamos con el postre.

—Tendría que haberle hecho caso a mi madre, Lindsay no era la mujer adecuada para mí —termina de decir él.

Ha estado hablándome de su exmujer, que tal y como su madre había vaticinado desde el principio, acabó por romperle el corazón. Lindsay ya había estado casada con anterioridad, y la madre de Jared estaba convencida de que seguía enamorada del exmarido. La cuestión es que Lindsay empezó a verse a escondidas con su ex, y al final le confesó a Jared que estaba teniendo una aventura y le pidió el divorcio.

—Seguro que había otras esperando a que quedaras libre —comento, sonriente.

—Estaba enamorado de mi mujer —admite él con seriedad.

Dejo el tenedor a un lado de mi ración de tiramisú a medio comer y le digo contrita:

—Es increíble, ¿cómo se me ocurre hablar con tanta

ligereza de tu situación? Yo también estuve casada y sufrí en mis propias carnes que me pusieran los cuernos, así que sé lo mucho que duele. Perdona.

Él se limita a asentir, no sé si está molesto.

–Lo siento de verdad, Jared. Es que... en fin, no te lo había dicho hasta ahora, pero estuve casada con un poli. Ni él ni muchos de sus compañeros de trabajo le daban importancia al tema de la fidelidad, así que supongo que desconfío bastante de los agentes de policía.

–¿Y también desconfías de mí?

–No, en absoluto –lo digo con toda sinceridad.

Tanto el afecto y el amor con el que habla de su madre como su forma de ser en general le diferencian tanto de mi exmarido, que me cuesta creer que sea poli.

No es por el físico, porque está fuerte y tiene un cuerpo adecuado para ese tipo de trabajo, pero es que... he estado casada con un miembro de la policía de Atlanta, y sé de primera mano que tener un puesto así puede hacer que una persona se vuelva demasiado autoritaria. Mi ex llegó al extremo de decidir adónde íbamos a ir a cenar sin preguntarme mi opinión, y si yo elegía un destino para las vacaciones y él no estaba de acuerdo, era capaz de vetarlo y de decidir unilateralmente adónde íbamos a ir.

Además, no se mostraba nada atento conmigo. Era inimaginable que tuviera el detalle de traerme una bebida... y ni qué decir tiene que cuando estaba enferma ni siquiera se le pasaba por la cabeza cuidarme.

El hecho de que Jared sea un hombre sensible además de viril me resulta muy atrayente, y su gran atractivo físico no está de más. Por no hablar de que me mira como si yo fuera un pastel al que está deseando hincarle el diente...

—Él también es agente de policía en Atlanta, a lo mejor le conoces.

—¿Cómo se llama?

—David Hylton, no tomé su apellido cuando nos casamos.

—Ah, sí, ya sé quién es.

—¿Le conoces? —empiezo a alarmarme un poco, si resulta que son amigos...

—He oído hablar de él. Trabajamos en zonas distintas, pero hemos coincidido en algunos actos públicos. Estuvo saliendo con una agente de mi zona, pero supongo que no quieres que te hable del tema.

—Prefiero que no lo hagas, pero doy por hecho que tiene fama de mujeriego. Lástima que no me enterara de eso antes de casarme con él.

—Te aseguro que no me parezco en nada a él.

Lo observo en silencio durante unos segundos, la verdad es que le creo.

—Aún no quiero dar por terminada la velada... ¿y tú? —me pregunta de repente.

—¿Qué tienes en mente? —me hago una idea de sus intenciones, porque el brillo ardiente de sus ojos es inconfundible.

—¿Qué te parece si vamos a dar un paseo por la playa? Así podemos ir conociéndonos mejor. Chad me ha dicho que seguramente va a quedarse un rato con Claudia en la habitación.

Puede que mi amiga esté empezando a animarse. Estaba tan empeñada en permanecer célibe, que empezaba a preocuparme. No estoy en contra del celibato, pero me preocupa que su autoestima esté por los suelos.

—Así que un paseo por la playa, ¿no? ¿Es esa tu forma de preguntarme con sutileza si quiero liarme contigo?

–Es normal que me sienta locamente atraído por ti, eres espectacular.

Me gusta que no intente mentirme. Podría inventarse alguna trola, pero está siendo sincero.

–Buena explicación.

–Pero eso no quiere decir que solo me atraiga tu físico.

–¿En serio? –lo digo en tono de broma, pero no oculto el escepticismo que siento.

–Te veo cada noche en las noticias, hace tiempo que me gustas.

–Y al final hemos coincidido aquí, en México. Qué casualidad, ¿verdad?

Después de dejar una propina sobre la mesa, se levanta y me ofrece la mano.

–Sí, qué causalidad. Ven, vamos a pasear.

Me levanto y salimos del restaurante tomados de la mano. Enfilamos por el sinuoso camino que parte de la parte delantera del complejo y conduce a la playa, y vamos dejando atrás impresionantes piscinas e incontables habitaciones. Caminamos sin prisa, como dos amantes que se toman su tiempo para disfrutar de las vistas, y tardamos un rato en llegar a la arena. Me encanta este complejo hotelero, pero es tan enorme... aunque puede que eso sea de agradecer, porque teniendo en cuenta la cantidad de comida y de bebida que ponen a tu disposición, me viene bien quemar las calorías que estoy consumiendo de más.

Me paro para quitarme las sandalias cuando llegamos a la playa, la arena está calentita a pesar de que ya ha anochecido. Hay otras parejas, pero están cerca de la orilla y a una buena distancia de nosotros. Sigo a Jared al ver que se dirige hacia el agua, pero al llegar a un palmeral se detiene de improviso, se gira hacia mí y me abraza.

Me gusta sentir cómo me rodean los brazos de un hombre fuerte, me gusta estar apretada contra su duro pecho.

Él no me besa, se limita a mirarme en silencio durante un largo momento hasta que me siento un poco incómoda y bajo los ojos.

—No, no apartes la mirada —me pide él, en voz baja.

Le miro de nuevo antes de decir con naturalidad:

—Bueno, aquí estamos, a punto de entrar a formar parte de una estadística vacacional.

—¿Qué quieres decir?

—Supongo que es prácticamente un cliché en vacaciones: se conoce a una persona atractiva, se pasan uno o dos días conociéndola mejor, y al final se da un paseo por la playa que culmina con un revolcón en la arena... por cierto, eso no es tan agradable como parece, porque la arena se mete por sitios de lo más inconvenientes...

Jared me pone un dedo en los labios para silenciarme y me pregunta con voz suave:

—¿Te pongo nerviosa?

Suelto un sonido despectivo como indicando que de eso nada, pero me doy cuenta de repente de que tiene razón, de que con todo este parloteo sobre estadísticas y arena que se mete en lugares inconvenientes da la impresión de que estoy nerviosa.

Vale, a lo mejor sí que lo estoy, pero aun así contesto con firmeza:

—No, claro que no.

Jared sube las manos por mi espalda y mete los dedos bajo los tirantes del vestido antes de decir sonriente:

—Mentirosa.

Yo me echo a reír.

—Mira, vine a México para pasar unos días con mis amigas, iba a ser una especie de último desmadre antes de que Annelise diera a luz. No tenía planeado ligar con nadie, por muy guapo que fuera.

—Pero no has dicho que no cuando he propuesto que viniéramos a pasear por la playa; de hecho, me has dejado claro que sabías cuáles eran mis intenciones.

—He dicho que no lo tenía planeado, pero tú y yo hemos coincidido aquí y los planes cambian, ¿no? —me pongo de puntillas para besarle la mejilla, pero él gira la cara y nuestros labios se encuentran.

Ya está, no hace falta nada más para que se prenda la chispa. Le paso los brazos por el cuello, él me abraza con más fuerza, y empezamos a besamos con pasión desatada. Abrimos la boca a tope mientras nos exploramos con la lengua, entre nosotros arde una pasión innegable. Suspiro de placer cuando me aprieta contra su entrepierna, y al notar lo gruesa y larga que es su erección me queda claro que no voy a llevarme una decepción con él en el dormitorio.

Jared apoya la espalda contra una palmera sin soltarme y me acaricia la espalda, sus manos se deslizan por la piel que está al descubierto antes de pasar por encima del vestido hacia el lateral de mis pechos. Esto no es algo que yo tuviera planeado, me ha tomado por sorpresa, pero estoy dispuesta a dejarme llevar; al fin y al cabo, no tengo a nadie esperándome en casa.

De repente, por alguna absurda razón, en mi mente aparece una imagen de Rugged observándome con esa mirada que dice que va a devorarme.

Esta inesperada distracción, el hecho de que el mismísimo Rugged haya irrumpido en mis pensamientos, es como un jarro de agua fría. Intento disimular, pero la intensidad del beso disminuye.

—¿Qué te pasa? —me pregunta Jared.

Miro por encima del hombro como si me preocupara que alguien pueda vernos, y veo que hay una pareja bastante cerca. Me aparto de Jared sin decir palabra, me interno aún más en el palmeral, y no me detengo hasta que llego a un lugar tan oculto entre las sombras que tengo claro que nadie puede verme.

Permanezco de pie junto a una palmera mientras Jared se me acerca, y cuando lo tengo al alcance de la mano alargo los brazos y lo atraigo hacia mí. Le cubro la boca con la mía, mi lengua se desliza entre sus labios entreabiertos y busco la suya para chupársela con ansia.

Le beso con una pasión que deja claro que no me pasa nada... y que me ayuda a olvidarme de mi ex.

Justo cuando él está disfrutando a tope del beso, me aparto y retrocedo dos pasos. Veo la sorpresa que aparece en sus ojos, la curiosidad chispeante que da paso a un deseo ardiente cuando ve cómo me llevo las manos a la espalda para bajarme la cremallera del vestido.

Cuando él lanza una rápida mirada a su alrededor para asegurarse de que estamos solos, yo me quito el vestido y dejo que caiga sobre la arena. Deslizo los pulgares bajo los tirantes del sujetador a la altura de los hombros y jugueteo con ellos, los bajo y los subo antes de bajármelos del todo.

—Joder, y yo que pensaba que estabas nerviosa...

—Lo que estoy es cachonda, y por tu culpa.

Él se me acerca como un felino a punto de abalanzarse sobre su presa, toma mi rostro entre las manos y me mira por un instante antes de besarme con fuerza. A los dos se nos escapa un gemido. Desliza las manos por mi pelo mientras toma las riendas del beso, su lengua me devora la boca con una intensidad febril. Los tirantes del sujetador se me caen aún más por los brazos, y noto que tengo un pezón al aire al sentir la caricia de la cálida brisa nocturna.

Jared gime de satisfacción al cubrirme el pecho con la mano, tironea del pezón durante unos segundos antes de hacerle lo mismo al otro. Estamos solos bajo un cielo oscuro tachonado de estrellas, el momento está cargado de romanticismo.

Me encanta cómo me acaricia los pezones, es excitante estar al aire libre y saber que podría aparecer alguien en cualquier momento. No espero que ocurra y seguro que Jared tampoco, pero el riesgo latente acrecienta mi placer.

—Dios, me encanta... —alcanzo a gemir, con voz ronca.

Jared baja la cabeza hasta mi pecho derecho y se adueña del pezón con la boca, sus intensos lametones crean corrientes de placer que me recorren todo el cuerpo. Succiona con tanta fuerza que parece que quiere tragarse el pecho entero, y me aferro a sus hombros mientras grito de placer.

Su boca pasa al otro pecho y al principio chupa el pezón con avidez, pero de repente empieza a trazar círculos a su alrededor con la punta de la lengua. Lo hace con una lentitud enloquecedora que me embriaga, y le susurro jadeante:

—¡Sí, así! ¡Estás volviéndome loca!

Le meto la mano por la cinturilla del pantalón y voy bajándola hasta llegar a su polla, se me escapa un gemido de deseo mientras lo acaricio. La verdad es que estoy impresionada con su tamaño.

—Impresionante...

—Me alegro de que te guste.

—Me encanta —cuanto más se la acaricio, más grande se pone.

Jared suelta un gemido gutural, me mete un pulgar en la boca y yo se lo chupo mientras sigo bombeando.

—Dios, eres preciosa.

Cuando he accedido a dar este paseo por la playa, no esperaba que acabáramos manteniendo relaciones sexuales, suponía que habría besos y algunas caricias como mucho. Pero ahora estoy deseando follar. Podría proponerle ir a mi habitación, pero eso le restaría morbo a la situación; además, de aquí a mi habitación hay un buen trecho, y quiero tirarme a Jared ahora mismo.

Es alto y musculoso, un verdadero Adonis de chocolate. Tiene un cuerpo digno de un jugador de rugby, y tengo debilidad por los hombres así.

—¿Tienes un condón? —le pregunto, mientras le desabrocho los pantalones. Quiero sentirlo en mi interior, pero solo si usamos protección.

—Sí, me gusta estar preparado —admite, con voz ronca.

—Perfecto.

Le desabrocho la cremallera y le bajo los pantalones... madre mía, qué muslos más musculosos... está claro que no le costará satisfacer a una mujer en la cama.

Le bajo los calzoncillos, y al verle la polla tengo claro que ya no hay quien me pare; de hecho, seguiría aunque hubiera veinte personas presenciando esto. Le miro sonriente mientras deslizo las uñas por sus musculosos muslos, y él me devuelve la sonrisa antes de besarme de nuevo.

Es un beso corto, porque sus labios bajan por mi cuello hasta llegar a un pecho que me roza con los dientes y me chupa con fuerza. Me aferro a sus hombros mientras me recorre un estremecimiento de placer, y él sigue bajando la cabeza; al llegar a mi abdomen me besa justo por encima del pubis, y es entonces cuando me baja las bragas.

Estoy desnuda frente a él entre las sombras, pero me mira como si hubiera un foco dándome de lleno. Me cubre la entrepierna con la mano, y suelto un largo y sonoro gemido cuando me acaricia el clítoris con el pulgar.

Él me suelta y saca el condón a toda prisa del bolsillo trasero del pantalón, y yo contemplo admirada su erección mientras se lo pone. Joder, qué pene tan impresionante.

En cuanto está preparado, me conduce hacia una palmera y se coloca a mi espalda. Nos besamos cuando giro la cabeza para mirarle por encima del hombro... bueno, sería más exacto decir que nuestras lenguas se restriegan la una contra la otra. Él desliza desde atrás la mano abierta por mi abdomen, va bajándola hasta que sus dedos empiezan a juguetear con los pliegues de mi sexo, y los dos gemimos a la vez cuando introduce uno en mi húmedo agujero.

Me penetra de repente desde atrás con una fuerte embestida que me arrebata el aliento. Su polla me llena por completo, está a punto de lograr que me corra a la primera.

—Oh, Dios, oh, Dios mío...

El tronco de la palmera no es demasiado cómodo, pero apoyo las manos contra él y empino el trasero para que Jared pueda penetrarme hasta el fondo. Esto es fantástico, increíble.

Va alternando entre acariciarme los pechos y aferrarme las caderas mientras me folla, y no se le olvida besarme. Me penetra una y otra vez con embestidas duras, rápidas... y condenadamente deliciosas. La forma en que está dándome de lleno en el punto G... joder, qué maravilla.

Siento un súbito vacío cuando sale de mí, pero es un vacío que no dura más que un instante, porque en un abrir y cerrar de ojos vuelve a penetrarme... entonces sale de nuevo, y vuelve a entrar. Lo repite una y otra vez, y da la impresión de que cada vez llega más hondo.

Mi cuerpo entero tiembla, estoy enfebrecida de pasión y mi placer está alcanzando un punto álgido. Baja una mano de repente y empieza a acariciarme el clítoris siguiendo el ritmo de sus embestidas, y ya no puedo contenerme más. Empiezo a correrme, y la sensación se apodera por completo de mí. Intento contener mis gritos de placer, y me llevo la boca al hombro para intentar sofocarlos. Mi orgasmo le excita aún más, porque su respiración se acelera y en cuestión de segundos me aferra la cintura con más fuerza mientras se corre.

Hay un largo momento de silencio en el que solo se oyen las olas del mar y nuestra respiración jadeante, y es ahora cuando tomo conciencia de que acabo de tirarme a Jared en un sitio público; sí, está oscuro, pero habría podido pasar alguien lo bastante cerca como para ver y oír lo que estábamos haciendo.

Cuando nuestra respiración empieza a normalizarse, él se endereza y hace que me eche hacia atrás hasta que apoyo la espalda contra su pecho; después de deslizar las manos por mi torso, me insta a que me gire hasta que quedamos cara a cara, y me dice sonriente:

—No se nos ha metido arena en ningún lugar inconveniente.

Empezamos a reírnos como un par de bobalicones, y cuando recobramos la calma oigo voces. Si hubiera oído que alguien se acercaba hace unos minutos habría sido incapaz de parar de follar, pero ahora puedo pensar con lucidez y lanzo una mirada hacia el lugar de donde procede el sonido. Veo a dos tipos en la distancia que vienen en esta dirección. Si siguen recto no pasa nada, pero si deciden desviarse un poco y cruzar el palmeral, van a llevarse un buen susto.

Contengo el aliento y ni siquiera me atrevo a moverme mientras veo cómo se acercan, aminoran el paso cuando están peligrosamente cerca... Jared me cubre la boca con la mano, a lo mejor teme que me ponga a gritar.

Los desconocidos se quedan quietos durante unos segundos, y entonces dan media vuelta y regresan hacia el hotel. Jared y yo permanecemos inmóviles mientras vemos cómo se alejan, pero a los dos se nos escapa la risa cuando ya están lo bastante lejos. Nos apresuramos a recoger nuestra ropa del suelo, y después de vestirnos a toda prisa salimos del palmeral tomados de la mano.

Me siento como nueva, y me aferro a él mientras regresamos sonrientes al camino que nos llevará de vuelta a la zona de las piscinas y las suites.

Capítulo 12

Claudia

Me he tomado demasiadas margaritas.

En este lugar las hacen bastante cargadas, y estoy muy achispada. Seguro que son las culpables de que no solamente haya accedido a venir a la habitación de Chad, sino que en este momento esté tumbada en su cama.

Él está tumbado a mi lado, y me ha pasado un brazo por la cintura con toda naturalidad. Me propuso venir a ver una película, y eso es lo que hemos estado haciendo durante las dos últimas horas. Tiene una colección considerable de producciones de Hollywood en el portátil y al final nos hemos decantado por *La conspiración del pánico*, una de suspense.

Cuando aparecen los títulos de crédito, Chad mueve ligeramente la mano por mi vientre y me pregunta:

—¿Te ha gustado?

—Sí, ha sido genial. El argumento es muy inverosímil, pero todos tendríamos que tener miedo si algo así fuera posible.

—Y que lo digas.

—Mucho, muuucho miedo —le digo, con voz lúgubre, antes de soltar una risita.

Dios, ¿por qué estoy riéndome como una bobita? ¿Por qué no puedo parar de hacerlo?

Chad me presiona un poco el estómago para que me tumbe de espaldas antes de preguntar:

—¿Qué es lo que te hace tanta gracia?

—No lo sé.

Él empieza a reírse también, nuestras miradas se encuentran y al cabo de unos segundos mi risa se desvanece. La realidad de la situación me golpea de lleno... estoy en su cama, y su mano está posada sobre mi vientre desnudo.

Él baja la cabeza y me besa la mejilla, y cuando vuelve a alzarla no puedo contener las palabras que salen de mi boca.

—¿Iba en serio lo de que querías darme placer? —me echo a reír otra vez, y me cubro la cara con las manos. Qué vergüenza—. ¡Dios mío, no me puedo creer que haya dicho eso!

—¿Qué tiene de malo?, he sido yo quien se ha ofrecido... y sí, iba totalmente en serio —añade, mientras recorre mi brazo con la punta de un dedo.

Abro la mano y le miro entre los dedos al recordarle con firmeza:

—No vamos a tener relaciones plenas.

—No, voy a limitarme a darte placer.

Oh, Dios mío... le deseo, quiero aceptar su ofrecimiento a pesar de que en mi vida normal no saldría con un hombre como él.

Al ver que no contesto, se quita las gafas y las deja sobre la mesita de noche que hay entre las dos camas. Me pasa un brazo por la espalda para acercarme aún más, y me da un beso suave y tierno que enciende en mi interior una llamarada de deseo; al cabo de un largo momento se echa un poco hacia atrás para mirarme, y yo oculto el rostro contra su hombro y vuelvo a reírme como una tonta.

Apenas me reconozco, no sé quién es esta persona que se comporta como una adolescente que está a punto de darse el lote con un chico por primera vez.

Dios, cada vez estoy más cachonda.

La boca de Chad se mueve sobre la mía con maestría y despierta en mí las emociones más deliciosas que uno pueda imaginar. Nos besamos así durante un buen rato, sus labios se limitan a juguetear pausadamente con los míos sin lenguas de por medio, y al final posa una mano en mi rostro y me pasa la lengua por la boca para que la abra.

Yo obedezco, entreabro los labios con un suspiro y el beso se ahonda cuando su lengua me penetra. Siento un hormigueo en los pechos, corrientes de placer me recorren de arriba abajo. Chad besa de maravilla, y estoy deseando sentir sus manos en mi piel.

Me acaricia la cara mientras nuestras lenguas se restriegan la una contra la otra, y ese gesto tan lleno de ternura aviva aún más mi pasión y me arranca un gemido.

Él se pone encima de mí, y cuando noto contra la pelvis el bulto de su erección, realmente impresionante, por cierto, le advierto con voz ronca:

—No vamos a follar —veo con claridad hacia dónde se encamina esto, pero a pesar de lo excitada que estoy, he sido muy clara al respecto. No quiero mantener relaciones sexuales plenas, aún no.

—No te preocupes, Claudia, no soy como los demás.

Me hace cosquillas en el cuello con la punta de la lengua, y al cabo de unos segundos la desliza por la parte inferior de mi mandíbula y la baja entre mis pechos. Se me acelera la respiración al imaginarme lo que está a punto de hacer, pero en vez de eso se coloca en el borde de la cama y agarra uno de mis pies.

Me incorporo apoyada sobre los codos y le miro sorprendida, pero no tengo tiempo de preguntarle qué está haciendo, porque empieza a masajearme un pie antes de decir:

—Ahora vengo —se va al cuarto de baño, y regresa al cabo de un momento con la botellita de loción que proporciona el hotel.

Me echa un poco en el pie, y doy un pequeño respingo al sentir el contraste de su frescor contra mi piel cálida.

—Me gustan tus pies, tienes el arco elevado y unos dedos preciosos. Llevas manicura francesa, ¿verdad?

—Sí.

Sus manos me extienden la loción por el pie a conciencia, procurando masajear a fondo el arco, y en mi mente aparece de improviso el recuerdo de otras vacaciones... de otro masaje. Me acuerdo de la masajista de Las Vegas que me dio el masaje más sensual de toda mi vida, tras el cual tuve una noche de sexo increíble.

—¿En qué estás pensando? —me pregunta Chad.

—En nada —respondo apresurada, porque no quiero contarle lo que acaba de pasarme por la mente.

Él va subiendo las manos por mis piernas, y al llegar a los muslos empieza a masajeármelos. Resulta obvio que ha hecho esto un montón de veces; o eso, o se ha formado como masajista.

—¿A cuántas mujeres has seducido así?

–¿Quiere decir eso que estoy seduciéndote? –su voz suena casi desafiante.

–Lo que quiere decir es que me gusta cómo lo haces y que salta a la vista que se te da muy bien –hago una pequeña pausa antes de añadir–: y no, no va a haber ninguna seducción. Ya hemos acordado que...

–Que no vamos a follar, pero podemos disfrutar a tope con los preliminares.

Joder, este tipo tiene un no sé qué de lo más sexy, y no me habría dado ni cuenta si no hubiera llegado a conocerle. Es un atractivo sexual que no es superficial, sino que le surge de dentro.

Me agarra el otro pie y empieza a masajeármelo, me estremezco de placer cuando me presiona los arcos con los nudillos.

–¿Has estado casado?

–No –no alza la mirada, sigue con los ojos fijos en mi pie y concentrado en su tarea.

–¿Has estado a punto alguna vez?, ¿has llegado a prometerte?

–Estuve a punto –me echa más loción y empieza a masajearme los dedos.

–¿Ya está?, ¿no vas a añadir nada más? ¡Yo te he contado casi toda mi vida! –le he contado lo de mi compromiso roto, pero no le he explicado los sórdidos detalles de mi relación con Adam.

–¿Qué es lo que quieres saber?

–Cuánto tiempo saliste con ella, por qué rompisteis... esa clase de cosas.

–Vaya, qué tensa –comenta, al posar las manos en mi pantorrilla. Hunde los nudillos en el músculo antes de añadir–: Para tu información, te diré que salí con ella poco menos de tres años y que se llamaba... mejor dicho, se llama... Andrea; en cuanto a lo de por qué rompimos, resulta que dos meses antes de la boda me dijo que no podía casarse conmigo, que me quería, pero no estaba enamorada de mí. De modo que rompimos, y punto.

Me lo ha contado con un tono aséptico y carente de inflexión, pero seguro que se quedó destrozado al recibir un golpe tan demoledor.

—¿Eso fue lo que te dijo?

—Sí.

—¿Luchaste por ella?, ¿intentaste hacerle cambiar de opinión?

—Cuando una mujer te dice que te quiere pero que no está enamorada de ti, no tiene sentido intentar luchar.

—Me cuesta creer que trates el tema con tanta indiferencia, yo estaría indignada. Estabais organizando la boda, ¿por qué tardó tanto en darse cuenta de que no estaba enamorada de ti? Qué forma tan insensible de cortar contigo.

—Puede que tengas razón, pero ya lo he superado —me pone una mano encima de cada pierna, y las sube poco a poco por los muslos.

Respiro hondo cuando va acercándolas a mi entrepierna, pero vuelve a bajarlas justo cuando están a punto de llegar y no puedo evitar fruncir el ceño; ahora que ya he accedido a que me dé placer, quiero que se ponga manos a la obra.

—¿Cuánto tardaste en superarlo?

—Bastante, pero he llegado a la conclusión de que habría sido mucho peor que me hubiera casado con ella. Imagínate si se hubiera enamorado de alguien estando casada conmigo y me hubiera abandonado, eso sí que habría sido un verdadero infierno. No, no me gustó cómo cortó conmigo, pero por lo menos lo hizo antes de que nos casáramos –se tumba a mi lado, y empieza a mordisquearme el lóbulo de la oreja antes de susurrar–: Se me ocurren un montón de cosas más entretenidas que hablar de Andrea, ¿y a ti?

–Sí, su... supongo que sí.

Él suelta una pequeña carcajada antes de bajar la boca hasta mi mejilla, y me besa ahí con ternura antes de cubrirme los labios con los suyos.

Abro la boca para darle vía libre, y nuestra respiración se vuelve jadeante mientras el beso se ahonda. Su lengua se restriega contra la mía y despierta en mi interior la clase de deseo que no esperaba sentir en mucho tiempo.

Él se coloca de lado, me cubre un pecho con la mano y me lo aprieta con suavidad. Suelta un suspiro lleno de deseo que revela lo excitado que está a pesar de que ni siquiera estoy desnuda.

El vestido que llevo tiene un escote muy bajo, así que le resulta fácil meter la mano bajo el sujetador. Mi pezón se endurece en cuanto lo toca, y él aparta la tela de inmediato y me deja el pecho al descubierto.

Vuelve a besarme mientras sus dedos juguetean con el pezón, me encanta el movimiento pausado y sexy de sus labios contra los míos. Su boca se desliza por mi mejilla antes de bajar, y su lengua recorre el valle que hay entre mis pechos mientras sus dedos tironean de mi erecto pezón. Quiero sentir su boca en mi pecho, lo necesito con desesperación.

Nuestras miradas se encuentran, y es entonces cuando su boca se dirige poco a poco hacia mi pecho. No aparto los ojos de él, no quiero perderme ni un segundo de este momento tan excitante. Entreabre los labios incluso antes de empezar a bajar la cabeza, y cuando su boca me cubre el pezón, la oleada de placer es tan intensa que mi cuerpo entero se sacude.

Me chupa el pezón con dulzura durante unos segundos, y mientras tanto desliza la mano hacia el otro pecho y lo libera del vestido y del sujetador. Gime al ver mis dos pechos desnudos, y pasa la punta del dedo por el otro pezón mientras sigue chupándome el que tiene metido en la boca.

Las sensaciones vienen por partida doble, podría correrme así. Solo tengo que cerrar los ojos y dejarme llevar...

El hecho de pensar en correrme me distrae del placer en sí y Chad parece notarlo, porque me pide con voz suave:

—Relájate.

Sus labios regresan a mi boca y le beso con desesperación, consciente de que él tenía razón: esto me hacía mucha falta.

—Levántate un poco, quiero desnudarte.

El timbre de su voz es como un baño de chocolate caliente, mi cuerpo entero arde de deseo. Creo que nunca antes había estado tan excitada.

—¿Seguro que Jared no va a venir?

Yo tengo mi habitación para mí sola, así que tendría que haberle propuesto que fuéramos allí, pero no quería que ninguna de mis amigas me viera entrar con él... y ahora que lo pienso, la verdad es que mi actitud me parece muy banal.

—Le he dicho que iba a necesitar unas tres horas como mínimo —me contesta él.

La película que hemos visto ha durado poco menos de dos horas, así que solo nos queda una. Me incorporo hasta sentarme antes de decir:

–Creo que será mejor que vayamos a mi habitación...

Él me pone una mano en el pecho para indicarme que vuelva a tumbarme.

–No te preocupes, mi hermano no entrará sin llamar antes a la puerta.

Respiro hondo mientras intento relajarme, y cuando él me pellizca los dos pezones a la vez, se me escapa un gemido y me tumbo de espaldas.

–Levántate –me susurra.

Me levanto de la cama, y en cuanto me quedo de pie frente a él me pone las manos en las piernas y las sube por mis muslos bajo el vestido. Mete los pulgares bajo la cintura de las bragas, y después de bajármelas se pone de pie y me alza el vestido. Yo levanto los brazos para que pueda quitármelo con facilidad, pero a pesar de que estoy desnuda de cintura para abajo, él no se para a mirarme.

Me pone las manos en los hombros y hace que me gire para poder desabrocharme el sujetador, que es lo único que llevo encima. Me baja los tirantes, y cuando la prenda cae al suelo hace que me vuelva y me besa con pasión. Me aprieta con fuerza contra su cuerpo, y los dos gemimos mientras seguimos besándonos durante varios segundos.

Al final soy yo la que se aparta un poco. Me siento en la cama, me echo hacia atrás y me tumbo de espaldas, y es ahora cuando aprovecha para verme bien. Se pone las gafas, y suelta el aliento de golpe mientras me contempla a placer.

Me siento increíblemente sexy, estoy desnuda y él vestido; en teoría, debería sentirme vulnerable, pero nada más lejos de la realidad: me siento poderosa, y es una sensación embriagadora.

Chad vuelve a dejar las gafas sobre la mesita de noche antes de acostarse a mi lado a toda prisa. Me besa la parte inferior del cuello, y me mordisquea el lóbulo de la oreja hasta que consigue arrancarme un suspiro de placer. Sus manos y su boca descienden por mi cuerpo, gimo con más fuerza cuando me acaricia un pezón con dos dedos y a la vez lo chupa.

Desliza las manos hacia abajo, y su boca no tarda en seguirlas. Me besa el abdomen y me mete la lengua en el ombligo, el coño me arde al tenerlo tan cerca, pero él pasa de largo y se coloca cerca de mis pies. Me sube las manos por las piernas y las caderas antes de volver a bajarlas, cuando llega a mis pantorrillas tira de mí de improviso hasta colocar mi trasero más cerca del borde de la cama. Se arrodilla en el suelo frente a mí, me abre las piernas de par en par, y se queda mirándome el coño.

—Joder, qué preciosidad de coño...

Me recorre una oleada de calor al oír su comentario, y cierro los ojos cuando me besa la parte interna del muslo. Mi excitación va en aumento mientras su lengua se acerca cada vez más a mi sexo, y doy un pequeño respingo cuando uno de sus dedos lo toca.

Mi respiración se vuelve jadeante cuando me abre los labios del coño y deja el clítoris al descubierto, me lo acaricia con unos embriagadores movimientos circulares que consiguen que me humedezca aún más.

De repente se para, solo soy consciente del sonido de mi respiración mientras espero expectante a ver qué hace a continuación... y suelto una exclamación ahogada al sentir que me chupa el clítoris. Dios, qué maravilla.

—Más, Chad, quiero más...

Otro lametón más, incluso más dulce que el primero.

–Más... por favor, más... cómeme el coño, haz que me corra –le pido, mientras me estrujo los pezones.

–Será un placer.

Me cubre el coño con la boca abierta y empieza a chuparme poco a poco. Sus gemidos de placer intensifican mi propio éxtasis, sentirse deseada resulta excitante y tengo claro que este hombre me desea.

–Oh, sí... –gimo, enloquecida, cuando me rodea el clítoris con la lengua y me lo mordisquea con suavidad.

Añade los dedos para acariciarme y chuparme al mismo tiempo, y la sensación es exquisita.

–Madre mía, Claudia, qué coñito tienes...

Se pone a devorarlo enfebrecido, me mete los dedos y me chupa el clítoris con ansia. Yo gimo sin parar, me tiro de los pezones mientras saboreo las sensaciones que se adueñan de mí.

–Córrete, cielo –me susurra, antes de empezar a chuparme con suavidad otra vez.

–Chad...

–Sí, eso es.

Traza círculos con la lengua alrededor de mi clítoris, círculos húmedos y cálidos que me vuelven loca, y cuando vuelve a chupármelo con suavidad es cuando me corro.

–¡Oh, Dios...! ¡Sí, sí! –grito extasiada mientras muevo la cabeza de un lado a otro.

Gimo cuando el placer explota en mi clítoris y se extiende por todo mi cuerpo, y aprieto las piernas alrededor de la cara de Chad. Él sigue comiéndome el coño, no para hasta que mi orgasmo se desvanece por completo.

Pequeños gemidos escapan de mis labios mientras él

me besa la parte interna del muslo, hacía mucho que no me corría y ha sido un orgasmo impresionante. Chad sube por mi cuerpo dejando un reguero de besos a su paso, y al llegar a mi rostro me besa en los labios.

–Dios, ha sido increíble –admito, con voz ronca.

–Pues esto no ha sido más que el principio.

Capítulo 13

Annelise

Lishelle y Claudia han venido a desayunar a mi suite, estamos sentadas en la terraza con una fuente de fruta fresca sobre la mesa; ellas toman café y yo zumo de naranja.

Noto diferencias visibles en las dos... a pesar de que Claudia lleva gafas de sol, alcanzo a ver cómo le brillan los ojos, de hecho, su rostro entero está radiante, y en cuanto a Lishelle... en fin, ella irradia ese aire inconfundible de mujer que ha follado y se ha quedado a gusto.

–Bueno, contadme... ¿qué hicisteis anoche? Las dos os esfumasteis.

Claudia se limita a tomar un trago de café. Está claro que no va a confesar, así que me centro en Lishelle.

–Venga, desembucha.

–Estuve con Jared –admite, sin mirarme a la cara–. Cenamos en el restaurante italiano, que es fabuloso...

–Dime algo que no sepa.

Alza la mirada y me pregunta sin pestañear:

–¿Como qué?

—Como qué fue lo que pasó después de la cena, porque apuesto a que alguien ha pasado una buena noche.

—¿Por qué das por hecho que pasó algo? —intenta ocultar una sonrisa de satisfacción, pero no lo consigue.

—A ver, no sé... puede que sea por esa sonrisa enorme que tienes en la cara, está claro que Jared no es como Damon.

—¡No, por suerte no tiene nada que ver con él!

—Te acostaste con él, ¿verdad? ¿Dónde fue?, ¿en la playa?

Lishelle se quita las gafas de sol y me pregunta en tono de broma:

—¿Acaso estabas espiándome?

Me echo a reír antes de contestar.

—Claro que no, pero me he imaginado que es algo que querrías hacer.

—Me conoces demasiado bien.

—¿Te tiraste a Jared en la playa? —le pregunta Claudia.

—¡Sí, y fue muy excitante! El cielo, las estrellas, Jared y yo desnudos, el riesgo de que te pillen... —está entusiasmada, da la impresión de que estaba deseando contárnoslo.

—¡Eres una descocada! —exclamo en tono de broma.

—Fue genial.

—Eres incorregible —apostilla Claudia.

—Al menos estoy sonriente —le contesta, con una sonrisa de oreja a oreja, antes de volverse hacia mí—. ¿Por qué estás tan contenta?

—Por nada en especial, disfruto de vuestras tórridas aventuras. Como no puedo vivirlo en carne propia, me gusta ver cómo os divertís –hago una pequeña pausa antes de preguntarle–: ¿Entonces qué?, ¿te gusta?

–Está muy bueno.

–Eso salta a la vista, pero ¿te gusta en serio?

–No sé... parece un tipo majo, pero es policía. Y teniendo en cuenta lo guapo que es, seguro que liga sin parar.

–¿Crees que es un mujeriego? –le pregunto, ceñuda.

–Él asegura que no, pero los hombres nunca admiten esas cosas.

–Yo creo que te equivocas, apuesto a que le gustas mucho.

–Te has vuelto muy sentimental desde que estás embarazada, chica.

–Quiero verte feliz, ¿es eso un crimen?

Lishelle me mira ceñuda, pero en vez de contestar se mete un trozo de piña en la boca.

Me vuelvo hacia Claudia, que aún no me ha contestado, y le pregunto implacable:

–¿Y tú qué?

–¿Qué de qué?, estoy disfrutando de un precioso día en México.

–No me refiero a eso –no me rindo al ver que se mete una uva en la boca, y le advierto con firmeza–: Eso no va a salvarte. Lishelle ya ha desembuchado y ahora te toca a ti.

–Eso –apostilla Lishelle.

–Pasé una velada muy agradable con Chad, vimos una película de suspense...

–Blah, blah, blah... –hago un gesto con la mano para indicarle que no se enrolle–. ¿Qué fue lo que pasó?

Claudia suspira con fuerza antes de contestar:

–Supongo que no tengo más remedio que confesar.

—*¿Qué...?*

Lishelle la mira boquiabierta, y yo exclamo entusiasmada:

—¡Claudia!

—¿Te quitaste el cinturón de castidad?, ¡no me lo creo! —dice Lishelle.

—Bueno, no llegué a tanto, aunque la verdad es que no fue por falta de ganas.

—No te entiendo —insiste Lishelle.

—Se ofreció a satisfacerme... con sexo oral; de hecho, prácticamente me lo suplicó. Me dijo que estaba dispuesto a darme placer sin ataduras y yo no acepté de inmediato... me lo propuso hace un par de días... pero pensé en ello y me di cuenta de que nunca antes había vivido algo así, que era la primera vez que un hombre estaba dispuesto a satisfacerme sin llegar a follar conmigo. Le dejé muy claro que no iba a acostarme con él, que si era un truco para excitarme hasta que acabara claudicando no iba a funcionarle, pero él me animó a que fuera egoísta y aceptara lo que me ofrecía.

—Caramba, menudo ofrecimiento —comenta Lishelle, con una carcajada.

—Cuando un hombre se ofrece a complacerte sin ataduras, una empieza a imaginarse que debe de ser muy bueno comiendo coños, y es normal que te pique la curiosidad. Así que pensé que no perdía nada por aceptar; al fin y al cabo, estamos de vacaciones, y no pasa nada por desmelenarse un poco.

Estoy entusiasmada por lo bien que está saliendo todo, pero me limito a decir:

—No nos dejes en ascuas, ¿qué tal fue?

—¡Una pasada!, ¡increíble!

Claudia se lleva las manos a la boca tras soltar las

exclamaciones en un arranque de euforia, pero se le escapa una risita.

–Genial.

Alzo una mano y ella me la choca antes de admitir:

–Fue como si me hubiera convertido en otra mujer. Viví el momento a tope, y no me arrepiento ni lo más mínimo.

–No creo que tardes mucho en quitarte el cinturón de castidad –afirma Lishelle.

–No sé, me gusta saber que cuento con un hombre que está dispuesto a satisfacerme por completo. Me lo pasé bien siendo egoísta.

–Y encima vive en Atlanta, ¿estará surgiendo el amor? –le pregunto, esperanzada.

–Yo no diría tanto, pero me siento mucho mejor que antes de venir a México. Y lo de anoche fue... la verdad es que nunca antes había vivido una experiencia así. Ese hombre sí que sabe usar la lengua, y cuando creí que había acabado, resulta que no había hecho más que empezar. No sé cuántas veces me corrí, fue excitante y liberador... y sí, admito que quiero volver a hacerlo.

El hecho de que quiera volver a tener relaciones íntimas con Chad es un paso hacia delante, hay que ir avanzando día a día y seguro que entre ellos puede llegar a surgir una relación seria.

Me vuelvo hacia Lishelle y le pregunto:

–¿Y tú qué?, ¿hay posibilidades de que surja el amor?

–No.

–¿Por qué no?, has admitido que te lo pasaste genial en la playa.

–Sí, fue uno de esos ratos que dos personas comparten cuando están de vacaciones, antes de regresar a casa y retomar sus vidas cotidianas.

–¿Qué es lo que te pasa? –le pregunto, preocupada al ver la indiferencia con la que habla.

–Nada.

–Pues no lo parece, ¿a qué viene ese tono de mosqueo?

–Es que no entiendo por qué te empeñas en convertir un encuentro sexual puntual en un compromiso de por vida. Me tiré a un tío, Annelise. Eso es todo.

–Lo hace de buena fe –le asegura Claudia–. Los años van pasando y quiere que seamos felices –se vuelve hacia mí antes de preguntar–: ¿Verdad que sí?

Yo me limito a asentir, y es Lishelle la que dice:

–¿Y qué se supone que tengo que hacer?, ¿apresurarme a pasar por el altar con el próximo tipo al que me tire? Eso es lo que está haciendo Rugged con Randi, ¿no?

–Vaya... –dice Claudia.

–¿Qué?, ¿qué pasa? –le pregunta Lishelle a la defensiva.

–Mira, ya sé que tardé bastante tiempo en superar de verdad lo de Adam...

–¡Yo ya he superado lo de Rugged!

–Sería normal que siguieras sintiendo algo por él, no has querido hablar del tema de su matrimonio.

Lishelle se levanta de golpe antes de contestar con firmeza:

–Esto no tiene nada que ver con Rugged. Quise follar con un tipo que me atraía y disfrutar de la experiencia, y vosotras estáis haciendo que me sienta como una ramera por el hecho de no querer casarme con él.

–¿Por qué pones en mi boca palabras que no he dicho? –le espeto, un poco a la defensiva.

–¡Yo no quería tener una vida así! Salir con tipos distintos sin llegar a formar un hogar... no, no es lo que quería. Ahora entiendo por qué decidiste permanecer célibe, Claudia.

—No creo que pueda decirse que permanezco célibe después de lo de anoche; joder, si eso se considera celibato...

Lishelle esboza por fin una sonrisa.

—Me alegro por ti, toda mujer debería vivir algo así; en mi caso, fue Rugged el hombre que... —se calla de golpe al darse cuenta de lo que acaba de decir—. Disculpadme —regresa a su suite a toda prisa, y cierra la puerta de la terraza a su espalda.

—¡Lishelle!

Agarro a Claudia del brazo al ver que hace ademán de levantarse para ir tras ella, y le digo con firmeza:

—No, déjala tranquila. Necesita estar un rato a solas.

—Sí, supongo que tienes razón, pero es que... insiste en que ha olvidado a Rugged, ¿por qué se empeña en guardarse dentro lo que siente de verdad?

—A lo mejor es que resulta duro enterarse de que alguien que te importó en el pasado te ha olvidado y está con otra, cada persona es un mundo.

—Sí, es verdad. A mí me dolió que Adam se comprometiera con otra poco después de que rompiéramos, a pesar de que tenía claro que lo nuestro se había terminado; además, en el caso de Lishelle, Rugged no le ha jugado ninguna mala pasada, fue ella la que decidió que no estaban hechos el uno para el otro.

Levanto la jarra de zumo de naranja y vuelvo a llenarme el vaso antes de decir:

—Le he aconsejado mil veces que hable con él, pero no me hace caso.

—Creo que le parece innecesario, la decisión está tomada y no tiene sentido mirar atrás.

La puerta se abre de repente y Lishelle irrumpe en la terraza como si nada; al ver que tanto Claudia como yo la miramos en silencio, esboza una sonrisa y dice en tono de broma:

—No me miréis como si me hubiera salido otra cabeza —se pone seria al admitir—: A ver, lo que pasa es que soy humana y a veces echo de menos a Rugged, nada más.

—Claro —se limita a contestar Claudia.

—Si lo que quieres es hablar con él...

Lishelle me interrumpe antes de que pueda terminar la frase.

—No, va a casarse y no tiene sentido que le llame a estas alturas. No quiero enredar el asunto —hace una pausa antes de añadir—: Lo que necesito de vosotras es que estéis a mi lado incluso cuando me haga falta desahogarme, y que no os empeñéis en ver en mis sentimientos algo que en realidad no existe.

—Vale —le digo yo.

—De acuerdo —Claudia también accede.

Lishelle se sienta de nuevo a la mesa y nos dice sonriente:

—Bueno, vamos a dejar de centrarnos en mí. Oye, Annelise, ¿has decidido ya lo que vas a hacer con la madre de Dom? ¿Vas a decirle que no puede quedarse con vosotros hasta que nazca el bebé?

—Por ahora solo sé que me alegro de estar aquí y lejos de Atlanta, es un alivio no tener que pensar en ella durante unos días.

—Pero al final no vas a tener más remedio que lidiar con la situación sea como sea —insiste Lishelle.

—Sí, ya lo sé, pero no es nada fácil.

Me he desahogado hablando del tema con ellas muchas veces, me he quejado de que quiero que mamá Deanna se marche y que no vuelva hasta después de que nazca el niño. No sé si aguantaré su agobiante presencia durante todo lo que me queda de embarazo.

–Cuando inicié mi relación con Dom pensé que todo sería perfecto, pero no suele tenerse en cuenta a la familia política. Antes era Charles quien me hacía sentir como una esposa horrible, y ahora es la madre de Dom... y eso que ni siquiera estamos casados.

–Ten en cuenta que se trata de tu vida y de la de Dom –me aconseja Lishelle–. Él tiene que ser consciente de ello, y debería asegurarse de que su madre no se pase de la raya. No estoy diciendo que deba echarla de casa, creo que eso empeoraría las cosas, pero tiene que ser firme con ella. Se sentirá resentida contigo si eres tú la única que pone las cartas sobre la mesa y marca las reglas, a una prima mía le pasó algo muy parecido y acabó convirtiéndose en la mala de la película. Su familia política dañó mucho su matrimonio.

–Lishelle... –interviene Claudia, con tono admonitorio.

–Estoy intentando ser realista –se defiende ella–. No estoy diciendo que Dom y tú vayáis a tener problemas, Annelise, porque está claro que está enamorado de ti hasta las trancas, pero vais a ser padres en breve. Tiene que haber límites, y tú no eres la única que debe establecerlos.

–Es que estoy hecha un lío... por un lado, me molesta tener a mamá Deanna en casa controlándome a todas horas, pero por el otro, la verdad es que Dom me da un poco de envidia. Sí, su madre está siendo muy plasta, pero al menos se preocupa por nosotros. Mi madre ni siquiera se ha puesto en contacto conmigo, no sé si está viva o muerta. Samera me dice que no me preocupe por ella y que me centre en mi vida, pero es que ahora que estoy a punto de tener un bebé... en fin, nunca pensé que querría que mi madre formara parte de mi vida, pero así es. No sé...

Claudia se levanta de inmediato y viene a abrazarme.

—Oye, eso es lo más normal del mundo. Estás a punto de ser madre, no me extraña que pienses en la tuya más que de costumbre. Si necesitas que Lishelle y yo te ayudemos a buscarla, solo tienes que decirlo.

—Por supuesto —apostilla Lishelle.

Los ojos se me inundan de lágrimas, pero me apresuro a secármelas. No quiero perder la mañana pensando en mi madre.

—Perdonadme, no sé lo que me pasa.

—Son las hormonas —afirma Claudia, sonriente.

Cuando me suelta alcanzo a ver algo que relampaguea en sus ojos, algo que parece tristeza; por desgracia, no me da tiempo a identificarlo con certeza, porque ella esboza una enorme sonrisa antes de añadir:

—Oye, esta fruta está buenísima, pero me apetecen unas tortitas. Llevo toda la semana vigilando mi peso, tengo ganas de darme un capricho. ¿Vamos al restaurante para desayunar de verdad?

—Estaba deseando oír eso —comento, antes de ponerme de pie a toda prisa.

Capítulo 14

Lishelle

—¡Hola, bellas damas!

Me llevo una mano a los ojos a modo de visera y alzo la vista al oír el comentario. Estoy con Claudia y Lishelle en unas tumbonas de la playa, queríamos disfrutar de estas maravillosas vistas durante unas horas... y la verdad, yo tenía la esperanza de que estando tan lejos de nuestras habitaciones lograríamos dar esquinazo a Jared y a Chad.

Tengo la cabeza hecha un lío desde que el tema de Rugged ha surgido de repente durante la conversación que he tenido con mis amigas esta mañana; después de oír tantas veces lo majo que es Jared, me siento un poco culpable por haberme acostado con él.

Supongo que es porque los dos vivimos en Atlanta. No puedo evitar pensar que querrá que sigamos viéndonos cuando regresemos, y lo cierto es que no estoy interesada en iniciar una relación.

Annelise parece alegrarse mucho al verles llegar, he notado que le encanta que nos hagan compañía. Supongo que es porque tiene el tema del amor metido en la cabeza, apuesto a que cree que el hecho de que hayamos coincidido en México con dos solteros de Atlanta es una señal indiscutible de que son perfectos para Claudia y para mí.

Después de los saludos de rigor, Chad se sienta a los pies de la tumbona de Claudia y ella le mira con una sonrisa picarona, una de esas sonrisas que dicen sin necesidad de palabras: «Gracias por darme el mejor sexo oral de mi vida».

—Hemos pensado que os apetecería salir un rato del complejo, podríamos ir de excursión —nos propone Jared, que sigue de pie.

—¿Adónde? —le pregunto yo.

Es Chad el que contesta.

—A Xel-Ha. No podéis negaros, mi hermano y yo ya hemos comprado los billetes.

—¿Ah, sí? —miro a Jared un poco mosqueada. Sí, he follado con él, pero no pienso pasarme las vacaciones comportándome como si fuéramos una pareja.

Chad nos pasa folletos a Claudia y a mí, y Annelise se incorpora y se inclina hacia mí para poder echarle un vistazo al mío.

—¡Mirad, lo llaman un acuario al aire libre! —comenta Claudia—. Se puede bucear y nadar con delfines... ¡tiene muy buena pinta!

—El precio también incluye comida y bebida sin límite, hemos pensado que estaría bien salir un rato de aquí —apostilla Jared.

—¿Cuándo queréis ir? —pregunta Claudia.

—Mañana —le contesta Chad.

—Suena genial, pero no quiero caminar demasiado —apostilla Annelise—. He tenido un poco de ciática, y solo con venir a la playa ya he sentido algunas molestias.

–Pero el agua te va bien, ¿verdad? –le dice Claudia–. Podrías bucear un poco, y en el folleto se ve que hay tumbonas. Podrás descansar todo lo que quieras.

–Yo puedo quedarme aquí con Annie si no quiere ir, id vosotros...

Claudia hace una mueca al oír mis palabras y me dice con firmeza:

–Nos han invitado a las tres, Lishelle.

–La verdad es que prefiero mantenerme a distancia de Flipper y del resto de animales marinos.

–¡Anda ya!, ¡a todo el mundo le gustan los delfines!

–¿Qué quieres que te diga? Soy una mujer negra de Atlanta a la que no le gusta demasiado el agua, y punto.

–¿Desde cuándo tienes esa supuesta aversión al agua?, te encanta nadar –afirma Annelise, con voz desafiante.

–Me encanta nadar en piscinas y en la parte poco profunda de la playa, pero la idea de adentrarme en una gran masa de agua y nadar entre animales marinos no me hace ninguna gracia.

–Yo te protegeré –me asegura Jared.

Precisamente ese es el problema, admito para mis adentros mientras nuestras miradas se encuentran. Su sonrisa refleja lo seguro que se siente de sí mismo. Estoy convencida de que su actitud se debe al hecho de que follamos a escasa distancia de aquí, pero lo que yo quería era un lío sin ataduras, no pienso mantener una relación a largo plazo con él.

–Venga, Lishelle, anímate. Te vendrá bien hacer algo nuevo.

El comentario lo hace Claudia, y Annelise la secunda.

–Sí, es verdad; además, es una atracción turística, no

estamos pidiéndote que alquiles un barco y te vayas a explorar el océano sola.

–Ríndete, son dos contra una –me dice Jared.

–Mira qué fotos tan divertidas.

En las fotos a las que se refiere Claudia aparecen turistas sonrientes con tucanes y enormes lagartos sobre los hombros, pero a pesar de que debo admitir que tiene razón en lo de que son divertidas, no pienso dejar que me pongan una iguana encima.

–Si de verdad voy a tener sitio de sobra para relajarme, yo me apunto. Seguro que lo pasamos de fábula –dice Annelise.

Miro a Claudia para ver qué opina, pero está comentando el folleto con Chad. Se nota que está muy contenta. Yo creía que Chad no encajaba en el perfil de hombre que suele interesarle, pero está claro que le gusta.

Abro la boca para protestar, pero la cierro al darme cuenta de que estoy portándome como una tonta. Solo nos quedan unos días de vacaciones, no me va a pasar nada por disfrutarlos con Jared.

–Vale –accedo, un poco vacilante.

–¡Genial!

Annelise reacciona con tanta vehemencia, que vuelvo a tener la sensación de que cree que está surgiendo el amor... lo cual es una ridiculez, al menos en lo que a mí se refiere.

–¡Nos lo vamos a pasar de maravilla!

La exclamación la suelta Claudia, y al ver lo entusiasmada que está, no puedo evitar pensar que Chad debe de haberle comido el coño de maravilla.

–¿A qué hora salimos? Supongo que vamos en un autobús para turistas, ¿no? –pregunto yo.

Es Jared quien me contesta:

—Tenemos la reserva apalabrada para mañana, pero hemos querido contar con vuestro visto bueno antes de confirmarla.

¡Sí que tengo escapatoria!, ¡debo aprovecharla!

—¡Pues vamos a confirmarla ahora mismo! —exclama Claudia, antes de levantarse a toda prisa.

Mi gozo en un pozo, adiós a mi posible escapatoria.

Mientras Chad y Claudia van juntos hacia el camino que conduce al mostrador de recepción, Annelise se pone de pie y comenta:

—Estoy un poco cansada, me voy a mi habitación a echarme una siesta.

—Espera, te acompaño... —me apresuro a decir.

—Que esté embarazada no me convierte en una inválida, puedo ir sola —afirma, sonriente.

Me guiña el ojo para indicarme que quiere que me quede aquí, y no me queda más remedio que claudicar.

—Vale, nos vemos luego —vuelvo a sentarme, agarro la piña colada que tengo sobre la mesita de plástico que hay junto a mi tumbona, y tomo un trago antes de decirle a Jared—: Nos hemos quedado solos.

—Sí, eso parece.

Yo me limito a tomar otro trago, y él añade:

—¿Estás nerviosa?

—Claro que no —esquivo su mirada y vuelvo a llevarme la bebida a los labios... esta vez la apuro del todo.

—Me alegro, porque empezaba a preguntarme si anoche te desilusioné.

Me excito al recordar cómo me folló desde atrás, y entiendo de repente por qué me cuesta tanto mirarle a los ojos. Somos dos personas que han follado al poco de conocerse y en teoría tendría que haber quedado todo en un lío de una noche, pero resulta que al día siguiente estamos charlando tan tranquilos y planeando una excursión. No me gusta el cariz que están tomando las cosas.

—Anoche no pude dejar de pensar en ti, Lishelle. Quiero más.

—¿Ah, sí?

—Sí. Un polvo rápido siempre es divertido y admito que estar en la playa fue excitante, pero prefiero satisfacer durante horas a una mujer en la cama.

No puedo evitar imaginármelo desnudo conmigo en la cama, con la cabeza metida entre mis piernas. Quiero aprovechar estas vacaciones para centrarme en eso, en disfrutar del sexo sin ataduras.

—¿Horas?

—Sí, horas y horas —repite él.

Permanezco en silencio mientras intento decidir si quiero que un lío de una noche se convierta en un lío de dos noches, y al final le advierto:

—No juegues conmigo.

—Prefiero usar la lengua a la hora de jugar.

Enarco la ceja al darme cuenta de que es más atrevido de lo que pensaba, está consiguiendo ponerme cachonda.

—Por suerte, tengo una habitación para mí solita.

—¿Te apetece enseñármela?

—¿Ahora mismo?

—¿Tienes otros planes?

—No.

—¿Estás preparada para disfrutar de unas horas de placer? —me pregunta con ojos chispeantes.

—No me gusta llevarme decepciones, si dices que van a ser horas...

—No vas a llevarte ninguna decepción, te lo aseguro.

Bueno, la verdad es que no tengo nada que perder. ¿Qué tiene de malo que me deje llevar? Jared es guapo, musculoso y alto... no estoy interesada en hincarle el diente a un plato principal, lo que quiero es disfrutar de un piscolabis.

Me pongo de pie y le beso con pasión; estamos a plena luz del día, así que a diferencia de anoche, no podemos follar en la playa, pero es un pequeño adelanto de lo que nos espera.

Él me toma de la mano, y me conduce por la arena hacia el camino empedrado. La verdad es que preferiría que me soltara, pero opto por dejarme llevar. Jared va a ser mi amante desde ahora hasta que nos vayamos de aquí, y voy a darme el gustazo de disfrutar al máximo de esta fantasía.

Cuando llegamos a mi habitación minutos después, me acerco a las puertas que dan a la terraza y bajo la mirada hacia los adultos que están en la zona de la piscina. Doy un respingo al notar que Jared se coloca detrás de mí, y me recorre una descarga de excitación cuando su pecho me toca la espalda.

—¿Te apetece que bajemos a darnos un baño?

Me lo susurra al oído, y su voz profunda me afecta como una caricia tangible. Echo hacia atrás la cabeza y la apoyo contra su hombro antes de contestar:

—Ahora no, dejémoslo para luego —corro las cortinas cuando empieza a mordisquearme el lóbulo de la oreja, y añado con voz entrecortada—: De... dejémoslo pa... ra dentro de mucho, muuucho rato...

Me cubre los pechos con las manos por encima de la ropa, y cierro los ojos mientras saboreo sus caricias.

Está retorciéndome con suavidad los pezones mientras sigue mordisqueándome la oreja, y la mezcla de ambas sensaciones es una delicia.

–¿Has...? –mi pregunta acaba en un suspiro quedo.

–¿Qué?

–¿Has cerrado bien la puerta?

–Sí, he echado la llave.

Dios, me enloquece cómo me chupa el lóbulo de la oreja, ya estoy húmeda.

–¿Te gusta esto? –me pregunta él.

–Sí, mucho.

–¿Es esta una de tus zonas erógenas? –me dice, mientras baja las manos por mis costados.

–Sí... –apenas puedo hablar.

–Quiero descubrir todas las que tienes, todas –lo susurra como una especie de promesa mientras sus manos se deslizan por mis muslos.

–No sé si tendremos tiempo...

–De aquí a que terminen las vacaciones seguro que encontramos tiempo suficiente.

Gime al posar la mano abierta sobre mi coño, y el sonido me excita aún más.

–Oh, Dios... –exclamo, extasiada, cuando me mete los dedos bajo las bragas y empieza a acariciarme el clítoris.

De repente hace que me gire y se adueña de mi boca, es un beso ardiente y profundo... pero solo dura unos tres segundos, porque él se echa hacia atrás. Suelto un gemido de protesta, y al alzar la mirada hacia él veo que está sonriendo. Me mete un dedo en el coño sin dejar de mirarme, y suspiro mientras se me cierran los ojos.

–No, abre los ojos... quiero ver la cara que pones.

Obedezco mientras sigue acariciándome con el dedo a un ritmo pausado, y mi placer se intensifica cuando me mete otro más.

–¿Tienes idea de lo preciosa que eres?, ¿sabes lo sexy que estás en este momento?

No puedo contestar, solo alcanzo a soltar gemidos inarticulados, y él me cubre la boca con la suya para acallarlos mientras empieza a acariciarme un pecho con la mano libre.

Es como un ataque frontal a todos mis sentidos, me estruja el pezón y el clítoris al mismo tiempo y mis gemidos de placer cada vez son más fuertes. Mientras sus manos siguen dándome placer, su boca cubre mi pecho por encima del vestido de algodón que llevo sobre el biquini, y me chupa el pezón como si no existiera barrera alguna entre su lengua y mi piel.

Sus dedos siguen masturbándome incansables, no se detienen ni un segundo...

–Sí, eso es... joder, qué maravilla... –digo, jadeante, mientras me aferro a sus hombros.

Cuando me muerde el pezón a través del vestido y del biquini, siento como si una descarga eléctrica me recorriera el cuerpo y fuera directa al clítoris. Ya está, siento que un intenso orgasmo se abre paso en mi interior a toda velocidad...

–Jared...

Él alza la cabeza y me mira a los ojos al decir:

–Eso es, nena. Mírame mientras te corres.

Me corro con fuerza mientras le sostengo la mirada, mientras sus dedos siguen masturbándome a toda velocidad para alargar mi orgasmo todo lo posible, y cuando mis gemidos empiezan a perder intensidad me da un beso largo y lleno de ternura antes de susurrarme al oído:

—Ya tenemos uno.

No puedo evitar echarme a reír, y le pregunto sonriente:

—¿Vas a contar cuántos orgasmos tengo?

—Sí, hasta que sean tantos que pierda la cuenta.

—Ummm... me gusta cómo suena eso.

Minutos después estamos en la cama, él tiene el rostro hundido entre mis piernas mientras yo estoy corriéndome y gritando su nombre.

Alza la cabeza y me mira, tiene los labios humedecidos con mi néctar.

—Ya van dos —me dice, antes de volver a cubrirme el coño con la boca.

Oh, sí, pienso para mis adentros, mientras se me cierran los ojos... voy a darme el lujo de disfrutar de esto durante los próximos días, lo tengo jodidamente claro.

Capítulo 15

Claudia

He empezado a mirar a Chad con otros ojos.

Aquí, en este lugar paradisíaco donde no me preocupa que me juzguen por estar con él, ha dejado de parecerme un friki del montón. Ahora me parece dulce, sexy y muy atractivo, no hay duda de que es un tipo genial.

Confirmamos juntos la reserva para ir mañana a Xel-Ha, y saber que voy a ir con él hace que me dé cuenta de algo: estoy deseando vivir una experiencia así con él. Por supuesto que no me importaría explorar ese lugar tan maravilloso con mis amigas y nadie más, pero el hecho de tener un hombre con el que ir, aunque no sea más que un ligue pasajero, hace que me sienta... como si no estuviera soltera. Es una sensación muy grata, por mucho que se trate de una situación temporal.

Estamos sentados frente a un miembro de atención al cliente, y mientras Chad se saca la tarjeta de crédito del bolsillo, yo sonrío de repente. En mi mente ha relampagueado un vívido recuerdo de la maestría con la que me satisfizo anoche.

Centro la mirada en esos labios tan sexys mientras confirma la hora a la que hay que estar delante del hotel para subir al autobús, y un cálido hormigueo me recorre el clítoris cuando recuerdo el éxtasis que sentí mientras se deslizaban por mi sexo.

Da la impresión de que él está pensando en lo mismo, porque se gira de repente y me mira con una expresión intensa antes de humedecerse el labio inferior. Me estremezco al ver el rastro húmedo que va dejando su lengua a su paso, estoy lista para repetir lo de anoche.

Vuelvo a tomar conciencia de que soy una mujer nueva, es como si hubiera tenido relaciones sexuales por primera vez; sí, claro que he vivido experiencias íntimas fantásticas, pero la idea de regresar a la habitación con Chad y dejar que me satisfaga hasta la saciedad con las manos y la lengua me resulta muy excitante. Es la primera vez que estoy con un hombre cuyo único objetivo es satisfacerme ante todo, y me encanta.

Mientras nos alejamos del mostrador, él me pasa un brazo por la espalda y me susurra al oído:

—¿En qué estás pensando?

—¿No te lo imaginas? —él niega con la cabeza, pero al ver la expresión traviesa que se refleja en sus ojos me acerco un poco más—. Ya veo, quieres que lo diga. Muy bien: quiero más de lo que me diste anoche.

—¿Ahora mismo?

—Sí, vamos a mi habitación.

—De acuerdo.

Al cabo de una hora, estoy agotada y completamente saciada. Tengo el clítoris súper sensible después de tanta estimulación, me siento incapaz de soportar un orgasmo más. Estoy desnuda, pero la sábana me cubre hasta la altura de los senos.

–¿Tienes idea de lo preciosa que estás así?

–¿Cómo?

–Tumbada en la cama con el pelo un poco revuelto y ese brillo en la piel, tienes una belleza innata.

–Los orgasmos me sientan bien.

Le he entregado hasta el último rincón de mi cuerpo, y él me ha satisfecho hasta límites insospechados. No me ha penetrado con la polla, pero me ha follado con la lengua y con los dedos en un sinfín de posiciones distintas. Me ha comido el coño mientras yo estaba de cuatro patas, me ha chupado el clítoris hasta hacerme gritar de placer mientras yo estaba sentada sobre su cara.

He sentido más placer en veinticuatro horas con él que en toda mi vida, y aunque he disfrutado de lo lindo dejando que me satisfaga, creo que ha llegado el momento de devolverle el favor.

Le deslizo un dedo por el dorso de la mano y le digo sonriente:

–No hace falta que paremos cuando me corro, me parece que es justo que te dé placer.

–¿Quieres satisfacerme?

–Lo que quiero es hacer el amor contigo –estoy lista para tener su polla en mi interior, quiero sentir cómo se corre dentro de mí.

–¿Qué has dicho?

–Ya me has oído.

–No, no sé si te he oído bien. Creo que mis oídos están jugándome una mala pasada.

¿Acaso quiere que le suplique?

–Te he dicho que quiero hacer el amor contigo, quiero llegar hasta el final.

—¿Y qué pasa con tu voto de castidad?

—¿Crees que no lo he roto ya con todo lo que hemos hecho?, venga ya —le miro frente a frente al admitir—: Me gustas y lo he pasado muy bien contigo, y ahora quiero tenerte por completo. Ya no me basta con los preliminares.

La sábana cae cuando me pongo de rodillas y le pongo la mano abierta en la entrepierna. La deslizo hacia arriba y hacia abajo por encima de sus pantalones cortos, y siento una intensa satisfacción al notar que se pone erecto.

—Teníamos un trato —me recuerda, con voz juguetona—. Me dijiste que no querías mantener relaciones sexuales plenas, y yo accedí a respetar tus deseos.

—¿Estás diciendo que no quieres follar conmigo?

—¿Tú qué crees? —echa la cadera hacia delante, y su erección se endurece aún más contra la palma de mi mano.

—Lo que creo es que estás sufriendo sin necesidad. Ya te he entregado mi cuerpo por completo y me has satisfecho, ahora quiero devolverte el favor. Si no quieres follar, deja al menos que te haga una mamada.

Le rodeo el cuello con los brazos, me echo hacia delante, y aprieto los senos contra su pecho desnudo mientras le beso. No es como la infinidad de besos tiernos y apasionados que hemos compartido hasta ahora, sino uno de esos con los que le dejas claro a una persona que quieres follar cuanto antes.

Él interrumpe el beso y me acaricia el cuello con los labios antes de decir:

—Por mucho que lo desee... y te aseguro que lo deseo con todas mis fuerzas... te hice una promesa.

—Chad...

–Si cedo ante la tentación seré igual que los otros tipos con los que has salido en el pasado, los que rompieron las promesas que te hicieron.

–Deja que te haga una mamada, es justo que tú también te corras –le pido, implorante.

–Habrá tiempo de sobra para eso.

–¿Qué quieres decir?

Él me toma de las manos antes de contestar:

–Me refiero a cuando regresemos a Atlanta.

–¿*Qué*?

Siento una punzada de pánico al oír sus palabras. ¿Era ese su plan?, ¿darme placer hasta dejarme exhausta para que quiera seguir viéndole al volver a casa?

–¿No? –me pregunta, con expresión interrogante.

Tardo unos segundos en contestar. ¿Cómo puedo decirle que no, teniendo en cuenta lo que hemos vivido juntos? En todo caso, ahora no quiero pensar en el futuro, no quiero echar a perder este momento ni el tiempo que nos queda de vacaciones.

–¿Para qué vamos a esperar a llegar a Atlanta si podemos hacerlo ahora mismo?

–Porque me gustas de verdad, Claudia. Quiero algo más que algo temporal, y estoy dispuesto a esperar.

Dios, qué dulce que es... demasiado.

–Creo que entre nosotros se ha creado un vínculo de verdad. Antes de conocerte tenía mis dudas, pero Annelise tenía razón al decir que eres una mujer increíble.

Siento una sensación muy extraña al oír su comentario, y le miro desconcertada.

–¿A qué te refieres?, ¿a qué viene eso de que Annelise tenía razón? –sus ojos se ensanchan cuando se da cuenta de que ha metido la pata, y yo le presiono más–. Venga, desembucha.

Él suspira con fuerza antes de admitir:

—No es nada del otro mundo, es que... a Annelise se le ocurrió que sería buena idea que te conociera, y que Jared conociera a Lish...

—¿Estás diciendo que organizó una encerrona? —me siento de culo y vuelvo a taparme con la sábana.

—No estoy al tanto de todos los detalles, Jared y ella...

—Está claro que sabías lo suficiente como para estar dispuesto a subir a un avión. De eso se trata, ¿verdad? Jared, Annelise y tú planeasteis este viaje en Atlanta, no nos encontramos aquí por casualidad.

—No te enfades con ella. Nos dijo que llevabas bastante tiempo soltera, y que Lishelle...

—Oh, Dios mío...

—Le pareció una buena idea —me sostiene la mirada al añadir con firmeza—: Y tenía razón.

Quiero protestar, pero teniendo en cuenta la cantidad de orgasmos que me ha dado, parecería una hipócrita; aun así, pienso para mis adentros que Annelise no tenía derecho a actuar por su cuenta.

—¿Estás bien? —me pregunta con preocupación.

—Sí, es que ha sido una sorpresa —le contesto, con una sonrisa forzada.

Estoy más que sorprendida, me molesta que Annelise nos haya tendido esta trampa a Lishelle y a mí. ¿Acaso cree que somos unas desesperadas que no pueden encontrar el amor por sí solas?

Voy a buscar a Lishelle en cuanto Chad se marcha de mi habitación, quiero averiguar si estaba enterada de los planes de Annelise.

Mi amiga me abre la puerta ataviada con uno de los albornoces del hotel. Huele a jabón y tiene el pelo húmedo, así que salta a la vista que acaba de ducharse.

—¿Estás sola?

—Sí, Jared se ha ido ya —esboza una sonrisa picarona antes de añadir—: El pobre necesitaba descansar.

—Perfecto, quiero hablar contigo.

Entro en la habitación, y ella cierra la puerta y me sigue hasta la sala de estar. Se sienta en el sofá que está frente al mío antes de preguntarme con curiosidad:

—¿Qué pasa?

—¿Ha hablado Annelise contigo sobre este viaje?, ¿te ha contado el objetivo que tenía en mente cuando lo organizó?

—Quería hacer un último viaje con nosotras antes de dar a luz, y de paso aprovechar para alejarse unos días de la madre de Dom.

—¿Eso fue lo que te dijo?

—Sí, ¿por qué?

Suponía que ella tampoco tenía ni idea de la verdad, pero tenía que asegurarme.

—Acabo de tener una charla con Chad, y se le ha escapado que Annelise planeó este viaje por entero... es decir: que lo organizó todo para que Chad y su hermano vinieran también y nos conocieran.

—¿*Qué*?

—Ella quería que pareciera un encuentro causal... supongo que porque sabía cómo reaccionaríamos nosotras si nos enterábamos de que estaba preparado con antelación... pero todo formaba parte de un plan que se orquestó en Atlanta.

—¿Lo dices en serio? —su rostro refleja incredulidad.

—Sí.

Lishelle permanece en silencio durante un largo momento, frunce el ceño mientras le da vueltas a lo que acabo de contarle.

—Ahora entiendo por qué insistía tanto en que le gustaría que surgiera el amor, pero me cuesta creer que haya llegado a estos extremos.

—Sí, a mí también.

—Será mejor que vayamos a hablar con ella, a ver qué explicación nos da. Voy a vestirme, no tardo.

Cuando está lista vamos a la habitación de Annelise, que nos recibe con una sonrisa que se desvanece en cuanto nos ve bien la cara.

—Ay, Dios... ¿qué pasa?

—¿Podemos entrar? —le pregunta Lishelle.

—Claro —retrocede un paso, y abre más la puerta para dejarnos pasar.

Entro tras Lishelle, ella permanece de pie y yo opto por sentarme; en cuanto Annelise cierra la puerta, es Lishelle la que toma la palabra.

—Un pajarito me ha contado que no conocimos a Jared y a Chad por casualidad.

La mandíbula de Annelise se tensa y los ojos se le ensanchan un poco, son pequeños cambios que solo notamos los que la conocemos bien.

—¿En serio?

—Ríndete, estamos enteradas de todo —Lishelle se lleva las manos a las caderas y hace una pequeña pausa antes de preguntar—: ¿Por qué nos tendiste esta trampa?

Annelise permanece en silencio, pero al final suelta un sonoro suspiro y nos pregunta:

—¿Cómo os habéis enterado?

—Chad me lo ha dicho sin querer —apostillo yo.

—Quiero saber por qué lo has hecho, ¿crees que somos incapaces de encontrar pareja por nuestra cuenta? —insiste Lishelle.

—Los tipos a los que habéis conocido últimamente no valen la pena. Yo conocí a dos que son muy majos y quise presentároslos, ¿qué tiene eso de malo?

—Tendría que haberme dado cuenta, tendría que haberlo adivinado cuando te encontraste a tu amigo por casualidad.

—¿Crees que era necesario recurrir a una estratagema así? Podrías haber organizado un encuentro en Atlanta, no hacía falta que viniéramos a México...

—Y habríais rechazado la idea de plano, os conozco a la perfección.

—Como mínimo tendrías que habernos contado lo que estaba pasando en realidad —insiste Lishelle.

—¿Ah, sí? ¿Cómo crees que habríais reaccionado? Las dos estáis a la defensiva...

—¡Eso no es verdad!

—¡Sí, sí que lo es! Claudia hizo un voto de castidad, y tú... tú no bajas la guardia en ningún momento —al ver que Lishelle frunce el ceño pero no dice nada, añade con firmeza—: Conocí a Jared cuando investigó lo del robo en mi estudio y ya en aquel entonces pensé que haría muy buena pareja contigo. Es un tipo genial, y encaja en el modelo de hombre que suele gustarte.

—Es policía.

—Aunque te cueste creerlo, la verdad es que hay policías capaces de ser fieles. Debes admitir que es muy majo, todo un caballero.

—Aun así, ahora que sé que todo esto estaba planeado, no me sentiré culpable al decirle que no quiero volver a verle cuando regresemos a Atlanta.

—Vale, genial... así que has conocido a un hombre

que podría ser perfecto para ti, pero como resulta que he intentado hacer de celestina, ni siquiera vas a intentar ver si la cosa puede funcionar entre los dos. ¿Es eso lo que estás diciendo?

—Exacto.

—¿Y encima te preguntas por qué no quise contaros mis planes? ¡Sabía que os negaríais a conocerles! Habéis empezado a sentir algo por ellos cuando no estabais enteradas de la verdad.

—Hemos tenido un lío pasajero con ellos, nada más. ¿Verdad que sí, Claudia?

Yo siento que lo que he compartido con Chad es más que un lío pasajero, pero como no quiero que parezca que apruebo lo que ha hecho Annelise, opto por contestar:

—La verdad, si hubiera sabido que estabas haciendo de celestina, lo más seguro es que no le hubiera prestado ninguna atención a Chad.

—¿Lo ves? —apostilla Lishelle.

—Aun así, estoy pasando unas vacaciones fantásticas —admito, sonriente.

—Pues a mí no me hace falta que me ayuden a encontrar pareja —insiste Lishelle—. Cada vez que alguien ha intentado emparejarme con algún conocido, la cosa ha acabado fatal. Me siento feliz estando soltera.

—Justo por eso no intenté emparejarte con Jared en Atlanta, porque sabía que te negarías —le explica Annelise—. Y en cuanto a lo de que te sientes feliz estando soltera... ¿lo dices en serio? Esta misma mañana te has puesto a hablar de Rugged, y sigo pensando que no puedes olvidarle.

—¿Crees que por eso no quiero meterme en una relación con Jared?, ¿porque no puedo olvidarme de Rugged?

–No lo sé, pero rompiste con él y da la impresión de que no puedes superarlo. Mira, Lishelle, si ese es el caso... pues no pasa nada, ¿qué más da que seas mayor que él y que sea un rapero? Si es el hombre al que amas...

Lishelle alza una mano para interrumpirla y le contesta airada:

–Venga ya, tú no eres la persona más adecuada para hablarme de amor.

–¿Qué quieres decir?

Mierda, la discusión está caldeándose. Me interpongo entre ellas y les propongo con tono conciliador:

–¿Por qué no respiramos hondo y...?

Lishelle me ignora por completo y le espeta a Annelise:

–Tú tienes un hombre que te adora, que besa la tierra que pisas, y te niegas a casarte con él.

Annelise abre la boca, pero no dice nada y es Lishelle la que sigue hablando.

–¿Y por qué te niegas?, ¿porque estuviste casada con un capullo que te ponía los cuernos y tu matrimonio se fue a pique? Pues bienvenida al club.

–¡Lishelle! –exclamo, con clara desaprobación.

–No es tan sencillo –la voz de Annelise es apenas un susurro.

–¿En serio? Yo no dudaría en volver a casarme si tuviera a un hombre como Dom en mi vida, pero no voy a conformarme con nadie, ni con un Rugged ni con un Jared, si no es la persona adecuada para mí –al ver que Annelise respira hondo y nos da la espalda, Lishelle añade implacable–: ¿A que no es nada agradable que te psicoanalicen?

Annelise se vuelve de nuevo hacia nosotras, tiene los ojos inundados de lágrimas.

–Os quiero y lo sabéis, solo quiero que seáis felices. Hice lo que hice porque os quiero, porque deseo que seáis tan felices como yo con Dom. Si eso es un delito, me declaro culpable.

Las tres guardamos silencio mientras nos miramos, mis ojos van de la una a la otra mientras me pregunto si la discusión ha llegado a su fin.

Lishelle suelta un fuerte suspiro antes de decirle a Annelise:

–Anda, ven aquí.

Las dos se abrazan, y Annelise le asegura entre sollozos:

–Solo quiero que seáis felices.

–Ya lo sé, y te quiero por cómo eres. Deja de llorar, por favor. No estoy enfadada.

Yo me sumo al abrazo de grupo y apostillo sonriente:

–Oye, que no pasa nada. Supongo que es inevitable que tres amigas que se van siete días de vacaciones acaben teniendo alguna que otra discusión, pero yo tampoco estoy enfadada contigo. Es que esto me ha tomado por sorpresa, pero ya está. Te adoro por lo mucho que te preocupas por nosotras, y hasta ahora he disfrutado a tope de este viaje –le froto la espalda en un gesto tranquilizador antes de añadir–: He perdido la cuenta de la cantidad de orgasmos que he tenido.

–¡Oh, por el amor de Dios! –Annelise deja de llorar y se echa a reír.

–A mí me pasa lo mismo que a Claudia –apostilla Lishelle–. He pasado unas horas muy ardientes, y la culpa no la tiene el sol del Caribe.

Annelise se seca las lágrimas mientras sigue riendo con suavidad, y retrocede un paso antes de decir:

–Entonces tendríais que estar dándome las gracias en vez de regañarme.

–Gracias –lo digo a toda prisa, y yo misma me río ante mi entusiasta respuesta.

–Bueno, vale, gracias –Lishelle finge que lo dice a regañadientes, pero su sonrisa revela que está bromeando–. La verdad es que me lo he pasado de maravilla, pero no esperes una invitación de boda.

Capítulo 16

Annelise

Por suerte, el resto de las vacaciones transcurre sin contratiempos. Estaba convencida de que Lishelle decidiría no ir a la excursión a Xel-Ha solo por llevar la contraria, pero me equivoqué y disfruté viendo lo bien que se lo pasó con Jared en esa especie de acuario al aire libre.

No se dejó vencer por su aversión a las grandes masas de agua y logró pasar un buen rato, pero aun así, permaneció cerca de Jared y estuvo aferrada a su mano durante gran parte del tiempo. Buceó con él y se entusiasmó al ver varios bancos de peces exóticos, y a pesar de los comentarios negativos que había hecho sobre Flipper, se lo pasó de fábula nadando con los delfines y dejando que uno de ellos la besara en la mejilla.

Me resultó muy gratificante verla reír, jugar y estar acaramelada con Jared, el hombre que podría resultar ser su alma gemela; y en cuanto a Chad y Claudia... durante la excursión me dio la impresión de que estaban muy unidos, parecían casi inseparables. Tengo un buen presentimiento en lo que a ellos se refiere. Hacía mucho que no la veía tan radiante, no sé si aventurarme a decir que Chad podría ser su príncipe azul.

Sí, ya sé que es demasiado pronto para ponerse a pensar en finales felices, pero la posibilidad existe, ¿no? Las dos han disfrutado a tope del resto del viaje, han pasado gran parte de los dos últimos días en sus respectivas habitaciones, mientras que yo... en fin, yo he leído bastante y he conseguido ponerme morena.

Fue un alivio que Lishelle dejara correr el asunto de mi estratagema después de la discusión que tuvimos. Detesto pelearme con ella, y la verdad es que no solemos hacerlo. Seguro que sabe que mis acciones fueron fruto del afecto que le tengo, tanto Claudia como ella son como hermanas para mí. Lo único que quiero es que las dos encuentren a un hombre especial que las ame y las adore para siempre.

¿Serán Jared y Chad los afortunados? No sé, es posible; en todo caso, espero que cuando lleguemos a casa, cuando retomemos nuestra rutina diaria, estén dispuestas a descubrir qué tipo de relación puede llegar a surgir de lo que han compartido con esos dos hermanos que tan bien me caen.

Nuestro avión aterriza poco después de las seis de la tarde del domingo, y al cabo de un cuarto de hora ya vamos a por el equipaje. Jared y Chad regresaron a Atlanta anoche, tendré que llamarles para ver cómo se lo han pasado durante las vacaciones y qué les han parecido mis amigas.

—¡Madre mía! —exclama Lishelle, cuando nos acercamos a la salida que conduce a la zona de recogida del equipaje.

–¿Qué pasa?

Mi pregunta apenas se oye a causa del gritito que suelta Claudia, y es entonces cuando veo lo que pasa: Dominic está junto a la cinta transportadora número cinco, y tiene en las manos un ramo de rosas rojas gigantesco.

–Es increíble... –es lo único que alcanzo a decir.

–Sí, sí que lo es.

Miro a Claudia al oír el tono ensoñador de su voz, y veo que está sonriendo de oreja a oreja.

Dom alza la mano al verme y echa a andar hacia mí; teniendo en cuenta lo grande que es el ramo, seguro que la gente se pregunta si ha venido a recibir a algún pariente al que no ve desde hace años. La verdad es que no hacía falta que se tomara tantas molestias.

A lo mejor es por cómo acabó nuestra charla a través de Skype, seguro que tiene remordimientos y quiere compensarme. Espero que esto signifique que no va a volver a sacar el tema del matrimonio, al menos de momento.

–Hola, cariño, te he echado de menos –me dice, antes de besarme con ternura.

–Yo también.

–Ten, son para ti.

–Eso espero –acepto sonriente las rosas antes de añadir–: No hacía falta que te tomaras tantas molestias, la gente va a pensar que soy una antigua novia que se fue de la ciudad con otro hombre y que por fin regresa a tu lado.

Él se echa a reír y comenta en tono de broma:

–Puede que la gente imagine otra cosa.

–Sí, que has tenido una aventura en mi ausencia. ¿Cuántas rosas hay?

–Tres docenas.

Me guiña el ojo... y de repente, en medio del aeropuerto, hinca una rodilla en el suelo frente a mí; antes de que me dé tiempo de asimilar lo que está pasando, oigo que Claudia suelta una gritito de entusiasmo.

Dom me toma de la mano antes de añadir:

—Annelise, eres lo mejor que me ha pasado en toda mi vida. Te amo y te amaré siempre —se saca una cajita azul de Tiffany del bolsillo, y al abrirla deja al descubierto un anillo de compromiso con un diamante—. Si te casas conmigo, seré el hombre más feliz sobre la faz de la Tierra.

Claudia suelta otro gritito, pero este es tan fuerte que está a punto de destrozarme el tímpano. La gente que nos rodea nos mira sonriente y las exclamaciones de entusiasmo se suceden.

Miro a derecha e izquierda... todo el mundo está mirándome expectante a la espera de mi respuesta. Vuelvo a mirar a Dom, está guapísimo con ese pelo castaño claro y esa sonrisa de oreja a oreja. Creo que nunca antes había visto tanta felicidad en su rostro.

Inhalo aire mientras intento recobrar la compostura, y doy la única contestación posible:

—¡Sí!

Dominic se levanta de golpe, me abraza y me hace girar mientras exclama entusiasmado:

—¡Sí!, ¡ha dicho que sí!

Todo el mundo aplaude, y yo me aferro a Dom y sonrío a los espectadores; en cierto sentido, me siento como si estuviera interpretando un papel.

Alargo la mano y contemplo el anillo mientras Dom conduce rumbo a casa. Es precioso, tiene engarzado un enorme diamante de talla princesa que debe de haberle costado una pequeña fortuna.

–¿Te gusta? –me pregunta él.

–¿Cómo no va a gustarme?, pero es... demasiado.

–No digas tonterías. Nada es demasiado para la mujer a la que amo, la mujer que lleva a mi hijo en su vientre.

Me limito a asentir en silencio, me siento... no sé, extraña. Me duele decirlo, pero siento que esta proposición ha sido una especie de emboscada, sobre todo después de la conversación que tuvimos a través de Skype. Me ha tomado totalmente desprevenida que se arrodillara ante mí en medio del Aeropuerto Internacional Hartsfield.

–¿Ha sido idea de tu madre?

Las palabras salen de mi boca como por voluntad propia, y él me lanza una mirada que refleja la sorpresa y la desilusión que siente ante semejante pregunta.

–¿Lo dices en serio?

–Es que me extraña que hayas hecho esto de improviso después de la conversación que tuvimos cuando estaba en México.

–No quiero casarme contigo por el mero hecho de que a mi madre le parezca una buena idea, sino porque te quiero y vamos a formar una familia –me asegura, con cierta irritación–. Me gustaría que por una vez te dieras cuenta de que no soy Charles.

–¡Eso ya lo sé!

–Pues no lo parece, tengo la impresión de estar pagando por sus pecados.

¿Es eso lo que estoy haciendo?, ¿estoy haciéndole pagar por las transgresiones de Charles?

Le acaricio la cara con ternura al asegurar:

–Si fueras Charles, yo ya estaría huyendo a toda velocidad; de hecho, sería capaz hasta de meterme en ese campamento donde está mi madre.

Él sonríe, pero en cuestión de segundos se pone serio y me pregunta:

–¿Eres feliz?

Estoy con el hombre al que amo, un hombre que me adora; y tal y como él mismo ha dicho, estamos a punto de formar una familia.

–Claro que sí –le aseguro, antes de agarrarle la mano.

Mi felicidad se acrecienta cuando llegamos a casa y me entero de que mamá Deanna se ha ido a pasar unos días con una hermana suya a la que acaban de operarle la cadera. Espero que su estancia se alargue más de lo previsto, porque seguro que la hermana en cuestión necesitará ayuda mientras se recupera... en fin, la esperanza es lo último que se pierde.

–¡La casa está vacía!, ¡me cuesta creerlo! –exclamo, cuando salgo del todoterreno.

–No te acostumbres.

Hago una mueca al interpretar que se refiere al inevitable regreso de su madre, pero él me mira el abultado vientre con una expresión que habla por sí sola y añade:

–Antes de que nos demos cuenta, adiós a nuestra privacidad.

El hecho de ser madre compensa con creces la pérdida de privacidad, y contesto sonriente:

–En ese caso, será mejor que aprovechemos el tiempo que nos queda.

Él agarra mi maleta, y se dirige hacia la puerta que

comunica el garaje con la casa. Yo le sigo con el equipaje de mano, y en cuanto entramos en la casa le rodeo la cintura con los brazos y le beso en los labios.

Él me abraza por la cintura y suelta un gemido de placer antes de decir:

—Ha llegado la hora de celebrar nuestro compromiso con sexo, ¿verdad?

—Exacto.

Le saco la camisa de la cinturilla de los vaqueros mientras nos besamos, y aquí mismo, en medio del pasillo, deslizo la mano bajo los pantalones y le cubro el pene.

—Ya veo que me has echado de menos —comento, al notar que empieza a endurecerse de inmediato.

—Ni te lo imaginas —el beso gana intensidad, y empieza a acariciarme los pechos por encima de la camisa—. Joder, es verdad que los tienes más grandes. Me gusta, a lo mejor me encargo de tenerte embarazada constantemente.

—No me importa practicar todo lo que haga falta —no paro de acariciarle la punta de la polla con un dedo.

Él empieza a retroceder mientras me conduce hacia la sala de estar, y al llegar me siento en el sofá y me quito la camisa y el sujetador. Él permanece de pie mientras se quita a toda prisa los pantalones, pero antes de que pueda acabar de bajarse los calzoncillos, me inclino hacia delante y le agarro la polla.

Le paso la lengua por la punta, y saboreo el líquido salado que le sale. Él gime de placer mientras me hunde los dedos en el pelo y tira con suavidad, y yo bajo la lengua por su duro miembro y al llegar a las pelotas se las masajeo con la mano a la vez que se las chupo.

Oigo que suelta un profundo gemido, y entonces subo la lengua por su polla antes de metérmela en la boca. Le chupo la punta y le paso la lengua por encima, y Dominic arquea las caderas hacia delante mientras me agarra el pelo con más fuerza.

Sé lo que quiere y se lo doy. Me meto su polla hasta el fondo de la garganta, y voy subiendo y bajando la cabeza mientras succiono para acrecentar su placer. Le pongo mucho empeño al asunto, no dejo de chuparle y de rozarle con los dientes tal y como le gusta. Él está haciendo esos sonidos guturales que tanto he echado de menos, una semana alejada del hombre al que amo es una eternidad.

—Oh, Dios... eso es, nena... joder, esto sí que es una vuelta a casa en condiciones.

Suelto un gemidito y un suspiro de placer porque sé lo mucho que le gusta oírme mientras hago que se corra. Parece que he estado fuera tres meses en vez de una semana, he echado muchísimo de menos esto. Me encanta lo poderosa que me siento cuando le hago una mamada, en este momento está debilitado y por completo a mi merced.

—Oh, sí... —cada vez estoy más cachonda. Mamársela a Dom está excitándome más que nunca, me resulta embriagador tener el control absoluto y saber que su placer está en mis manos.

Él gime a modo de protesta cuando me saco la polla de la boca, pero empiezo a deslizar la mano hacia arriba y hacia abajo y al cabo de unos segundos le succiono la punta con fuerza, como si quisiera sacarle el semen.

Él tensa las manos en mi pelo y le tiemblan las piernas, está a punto de correrse.

—Dios, nena... a lo mejor deberías parar, necesito estar dentro de ti.

–Vas a estarlo, pero después.

Vuelvo a metérmelo en la boca hasta el fondo, sacudo la cabeza, y vuelvo a hacer sonidos guturales. Añado una mano para bombear mientras sigo devorándole, y noto que empieza a sacudirse contra mi garganta.

Eso es, cariño, eso es... córrete en mi boca.

–¡Dios! –exclama él, justo antes de correrse.

Su cálido semen me baja por la garganta mientras él gime fuerte, mientras suelta sonidos inarticulados de placer que me excitan aún más. Me lo trago todo, solo lamento no poder alargar aún más su orgasmo.

Amo a este hombre, quiero que eso quede muy claro. Le amo y quiero satisfacerle, ningún otro me ha excitado tanto en toda mi vida. Alzo la mirada cuando me saca la polla de la boca, y sonrío al ver la felicidad absoluta que se refleja en su rostro.

Se sienta a mi lado en el sofá sin perder ni un instante y nos besamos con pasión, con la mezcla de deseo y ternura que solo pueden sentir un par de enamorados.

Gimo de placer cuando baja la cabeza hasta mi pecho y empieza a chuparme el pezón con avidez; Dios, la sensación es más intensa que nunca. Además de ponerme la libido por las nubes, el embarazo hace que las sensaciones físicas sean más intensas.

Después de chuparme el otro pecho febrilmente, Dom se echa un poco hacia atrás para apretarlo contra el otro y suelta un sonido gutural antes de meterse los dos pezones en la boca.

Joder, la sensación es increíble... me enloquece de placer mientras me los chupa y los mordisquea, tengo el coño al rojo vivo y estoy a punto de correrme.

Él baja los labios hasta mi estómago, y yo me llevo las manos a los pechos para seguir estimulándolos mientras él desliza la boca por mi abultado abdomen y lo besa con dulzura. Me sube la falda hasta la cintura y no se molesta en bajarme las bragas, se limita a apartarlas a un lado antes de cubrirme el coño con la boca. Me chupa el clítoris con avidez y susurra contra mi piel desnuda:

—Ummm... sí, por fin... no sabes cuánto te he echado de menos, cariño.

Siento la caricia de su cálido aliento en mi zona más sensible, y gimo de placer cuando me succiona el clítoris. Qué delicia, estoy a punto de correrme...

Jugueteo con mis pezones, los retuerzo mientras él me chupa sin parar. Mi respiración se vuelve jadeante, el placer va intensificándose más y más, y cuando Dom empieza a acariciarme el clítoris con un dedo sin dejar de chuparme, arqueo la espalda y me corro. El orgasmo me sacude con fuerza, el placer me recorre en una oleada tras otra.

Esto es una maravilla, nunca antes había sentido algo así. Nunca. Mientras el placer me invade, soy consciente de que jamás podría vivir esta intensa satisfacción con otro hombre. Ni hablar.

Dominic gime mientras sigue chupándome enfebrecido, y el orgasmo se alarga y se alarga; cuando al fin empieza a remitir, tenso las piernas alrededor de su cabeza y susurro:

—Ha sido maravilloso...

Él alza la cabeza y me besa antes de decir:

—Te amo, cariño. Dios, cuánto te amo.

Tomo su rostro entre las manos y le contesto sonriente:

—Yo también te amo.

Él alza mi mano izquierda, la que tiene puesto el impresionante anillo de compromiso, y la besa antes de besar el anillo.

–Jamás te haré daño –me asegura, con un tono de voz enfático que destila sinceridad–. Siempre te amaré y te honraré, siempre te protegeré.

Está recitando las palabras como si fueran votos matrimoniales, y el corazón se me inunda de amor. Adoro a este hombre... ¿por qué no me siento feliz del todo por lo del compromiso? Tendría que estar loca de alegría, pero hay una sombra de duda que empaña mi felicidad.

La verdad es que en el fondo aún tengo el recuerdo de otra boda no muy lejana, la boda en la que prometí ante Dios que amaría a Charles por el resto de mis días. A lo mejor es ese el problema: que en su día pronuncié votos matrimoniales con plena convicción y llena de ilusión, y ahora siento como si no estuviera bien volver a hacerlo.

Eso no significa que aún no haya podido olvidar a mi difunto marido, porque tengo clarísimo que ya no siento nada por él. Lo que pasa es que me acuerdo de lo felices que estábamos en el día de la boda, de lo convencida que estaba de que nada podría interponerse entre nosotros.

Y al final todo se fue a pique.

Ya sé que Dom no es Charles, pero me queda una pequeña semilla de duda, no puedo evitar tener miedo de que este matrimonio también se rompa; al fin y al cabo, nadie se compromete a amar y a honrar a otra persona pensando en que va a acabar divorciándose, pero es algo que ocurre a diario.

Dominic me arranca de mis pensamientos al besarme, y mis dudas se desvanecen. Lo principal ahora es el nacimiento del bebé, que ya está a la vuelta de la esquina. Primero hay que centrarse en eso, y ya habrá tiempo de pensar después en la boda.

Puede que no la celebremos hasta el año que viene, así que aún queda tiempo de sobra.

Estoy secándome el pelo al cabo de una hora, pero apago el secador al ver que Dom aparece en la puerta del cuarto de baño. Le miro con expresión interrogante, y es entonces cuando me doy cuenta de que tiene el teléfono inalámbrico en la mano.

—Es para ti.

Me alarmo un poco al ver la expresión tan rara que tiene en el rostro, y le pregunto de inmediato:

—¿Qué pasa, cielo? ¿Quién es?

—Dice que es Ruth, tu madre —me dice, sin inflexión alguna en la voz, mientras me alarga el teléfono.

—¿*Qué*?

Sus palabras me impactan de lleno, y ni siquiera alargo la mano para agarrar el teléfono. No puede ser, hace siglos que mi madre no se pone en contacto conmigo y me había hecho a la idea de que no iba a volver a saber de ella. ¿Por qué se le ha ocurrido llamarme ahora?

—Ten.

Dom me da el teléfono, y respiro hondo antes de llevármelo al oído.

—¿Diga?

—¿Annie?

El corazón empieza a martillearme con una fuerza dolorosa. Sí, no hay duda de que es mi madre. Ha pasado tanto tiempo...

–¿Annie? –insiste ella.

–Sí, soy yo. ¿Cómo estás?

–Bastante bien, cariño, eres tú la que me preocupa.

–¿Por qué? –no me molesto en ocultar la incredulidad que siento.

–No sé... es que he tenido un presentimiento y necesitaba llamarte, quería saber si te pasaba algo malo.

No sé cómo tomármelo, pero empiezo a molestarme un poco. Si tan preocupada está por mí, no entiendo por qué no he sabido nada de ella en un año. La última vez que hablamos fue cuando me llamó de improviso y le conté que Charles había muerto y estaba saliendo con Dom. Pasé la etapa más dura de toda mi vida a raíz de lo que pasó con Charles, me parece que lo normal habría sido que una madre preocupada por su hija llamara de vez en cuando en vez de cortar la comunicación de raíz, ¿no? Le di el número de teléfono de la casa de Dom para que pudiera contactar conmigo, y además, no he cambiado ni el número del estudio ni el del móvil; aun así, dejó de llamar de nuevo en cuanto se enteró de que vivía con Dom estando tan reciente la muerte de Charles. Está claro que no le parece bien que yo viva en pecado.

Cuando me quedé embarazada, di por hecho que me había borrado de su vida, tal y como había hecho con Samera por su comportamiento supuestamente pecaminoso. El hecho de que mi hermana decidiera trabajar de stripper fue la gota que colmó el vaso, mi madre estaba convencida de que iba a acabar ardiendo en el infierno.

–Estoy bien, no me pasa nada.

–¿Estás embarazada?

Miro a Dom, que está apoyado en la puerta escuchando con curiosidad.

–¿Te lo ha dicho Dom?

–No, no ha sido Tom. Lo he visto en un sueño.

–¡No es Tom, es Dom!

–Perdona –parece decirlo con sinceridad–. Bueno, dime, ¿estás embarazada?

Respiro hondo antes de admitir:

–Sí.

–¡Lo sabía!

Tengo la impresión de que está contenta con la noticia, pero no estoy segura.

–Salgo de cuentas en tres meses.

Mantengo cierta reserva, le doy respuestas escuetas porque no entiendo para qué me ha llamado. Me encantaría compartir esta noticia con ella como cualquier hija ilusionada, pero de mi madre siempre me espero que me suelte a la más mínima algún comentario desagradable, en especial ahora.

–¿Tomas algún suplemento de hierro? Siempre estuviste al borde de la anemia, así que tienes que controlar...

–Ya lo sé –le espeto, con voz un poco cortante.

–Come espinacas a diario, eso fortalecerá al bebé.

Por el amor de Dios, me recuerda a la madre de Dom.

–Tengo una alimentación adecuada, como muy bien.

–Yo me preparaba un zumo especial con remolacha, apio y zanahoria durante el embarazo. Cómpralo todo orgánico y bebe un vaso dos veces al día, por la mañana y por la noche.

Suelto un sonoro suspiro antes de contestar:

–Ya sé que estás intentando ayudarme, pero estoy siguiendo las indicaciones del médico. No tienes de qué preocuparte.

–Prométeme que irás al médico de inmediato si sientes cualquier molestia.

—Te lo prometo.

—¿Cuándo os habéis casado?

Aquí está el temido comentario desagradable, aunque supongo que era de esperar que sacara el tema del matrimonio; en su mundo de estrictas creencias religiosas, dos personas no deberían tener relaciones sexuales fuera del matrimonio, y mucho menos tener un hijo.

—No estamos casados —lo admito con un tono de voz casi desafiante.

—Como estás embarazada, he dado por hecho que...

—Sí, ya sé lo que has dado por hecho, pero te pido por favor que no me des la lata con este tema. Conmigo puedes ahorrarte los sermones sobre rectitud, suéltaselos si quieres a la gente que comparte tus creencias. Me da igual lo que podáis opinar tanto tú como el resto del mundo, te recuerdo que ya estuve casada una vez y que eso no cambió en nada las cosas.

La madre de Dom también está presionándome para que me case con él antes de que nazca el bebé, y estoy harta.

—Estoy haciendo las cosas como mejor me parece, me da igual que creas que voy a acabar ardiendo en el infierno por toda la eternidad... ¡tu opinión no me importa lo más mínimo! Hacía un año que no sabía nada de ti y ahora vas y me llamas para darme la lata, ¿tú te crees que eso es normal? ¡Adiós!

Me siento satisfecha y poderosa al darle al botón para cortar la llamada, pero de repente me siento abrumada por un torbellino de emociones encontradas. Me acerco a Dom, y le abrazo mientras me echo a llorar.

Capítulo 17

Lishelle

—¡El muy capullo me ha enviado una invitación de boda!

Lanzo la invitación en cuestión sobre la mesa con indignación. Estoy en el Liaisons con Claudia y Annelise, es el primer domingo tras el regreso de México; tendría que estar feliz y con la líbido a tope después de las vacaciones tan eróticas que he tenido, pero estoy cabreada.

Claudia agarra el sobre color crema impreso con letras doradas, y parece bastante impresionada al leer lo que pone.

—Caray, la ceremonia es en la iglesia baptista Ebenezer y el banquete de boda en el Georgian Terrace Hotel... está claro que no van a reparar en gastos.

—¡No entiendo por qué me ha invitado! —insisto yo.

Annelise le quita la invitación a Claudia y le echa un vistazo.

—A ver, ¿cuándo es...? ¡Dentro de tres semanas! Qué bien, una boda en noviembre.

—¿Cuántos famosos habrá entre los invitados? —apostilla Claudia–. Usher seguro que va, y todos los grandes nombres de la industria de la música.

–Yo no voy a ir.

Annelise no ha debido oír mi tajante comentario, porque añade con toda naturalidad:

–A mí me encantaría conocer a Boris Kodjoe, está buenísimo.

–¡Nadie va a conocer a nadie!

Mis amigas no me prestan ni la más mínima atención; de hecho, ni siquiera me miran, es como si fuera invisible.

Claudia alza el dedo en un gesto admonitorio y le dice a Annelise en tono de broma:

–Oye, tú tienes que portarte bien. Acabas de comprometerte, así que no puedes fantasear con Boris Kodjoe.

–Dom no va a tener más remedio que aguantarse, Boris está el primero en mi lista de los cinco principales.

–¿Qué cinco principales? –pregunto yo, desconcertada.

Es Claudia la que me da la explicación.

–Ya sabes, los cinco famosos con los que hay carta blanca.

–Vaya, qué bien –lo digo con sarcasmo.

–¿Con quién vas a ir a la boda? –me pregunta Claudia.

–Podrías proponérselo a Jared –propone Annelise.

–¿Se os ha ido la pinza?, ¿por qué dais por hecho que voy a asistir a la boda de Rugged?

–Pues porque van a asistir un montón de famosos –me explica Claudia.

–No... voy... a... ir –lo afirmo de forma categórica, enunciando bien cada palabra.

–Ah –Claudia parece haberse llevado una gran decepción.

Al ver pasar a Sierra cerca de la mesa, le hago una seña para pedirle que venga. Hoy me hace falta tomarme algo más fuerte que la mimosa de costumbre.

–Hola, chicas. La semana pasada se os echó de menos.

–Es que estábamos en México –le explica Claudia.

–Sí, fuimos a la Riviera Maya –añade Annelise.

Sierra la mira y comenta sonriente:

–Claro, por eso estás tan morena; bueno, son las doce y treinta y tres, así que el bar ya está abierto. ¿Os traigo lo de siempre? ¿Mimosas para vosotras dos y un zumo de naranja y té de jengibre para ti?

–Hoy voy a cambiar, ¿puedes traerme un vodka con zumo de arándanos? –le digo yo.

–Marchando. ¿Vais a serviros del bufé?

–Sí. Ah, y trae también una jarra de café, por favor.

–Vale.

Cuando Sierra se va, Claudia se vuelve hacia mí y me pregunta:

–¿No crees que es demasiado temprano para tomar vodka?

–No entiendo por qué me ha invitado a la boda –insisto en ello, porque antes no me han contestado.

–Supongo que porque le gustaría que asistieras, para demostrarte que quiere mantener una relación cordial contigo –sugiere Annelise.

–Eso es una ridiculez, invitar a tu boda a un antiguo ligue está fuera de lugar.

–No acabasteis mal, así que supongo que le parece normal invitarte –comenta Claudia.

–Tendría que ir con Jared para demostrarle a Rugged

que estoy de maravilla —al ver que Annelise enarca una ceja me apresuro a añadir—: Apuesto a que me ha invitado para hacerme daño, no le encuentro otra explicación. Tres meses atrás no paraba de decirme cuánto deseaba estar conmigo, y ahora resulta que va a casarse y quiere que yo asista a la boda. Seguro que quiere restregármelo en las narices.

—¿Creéis que Morris Chestnut está invitado? —pregunta Claudia, con ojos chispeantes.

—¡Claudia! —exclamo, exasperada. ¡No está haciéndome ningún caso!

—Perdona.

—Yo creo que te equivocas —me dice Annelise, que sí que me ha prestado un mínimo de atención—. Supongo que intenta demostrarte que seguís siendo amigos, que no hay rencillas entre vosotros.

Frunzo los labios mientras intento decidir si debería ir a la boda, y de ser así, si voy a llevar a Jared como acompañante. Apenas tardo diez segundos en darme cuenta de que esto último es una idea pésima.

—No, no voy a ir con Jared.

—Yo te acompañaría encantada —me ofrece Claudia.

—¿Crees que voy a presentarme en la boda de Rugged sin un acompañante masculino?, ¡ni hablar! Si yo no voy, no va nadie —las miro con severidad para que les quede claro que, en el supuesto caso de que Rugged les enviara una invitación a ellas, tendrían que declinarla.

Sierra llega en este momento con las bebidas, y yo pruebo mi vodka. Está riquísimo, así que echo la cabeza hacia atrás y apuro el vaso de golpe.

—Oye, que no es un chupito —me advierte Claudia.

—Ya lo sé.

–Tómatelo con calma, ten en cuenta que has venido en tu coche –insiste ella.

–Solo es una copa –la verdad es que me apetece tomarme otra.

–¿Piensas llamar a Rugged para decirle que no vas a ir?

–¿Crees de verdad que voy a llamar a ese capullo?

–No es un capullo, Lishelle –me dice Annelise con desaprobación–. Te entendería si te hubiera dejado tirada por Randi y ahora estuviera invitándote a la boda, pero las cosas no fueron así.

Sé que tiene razón, pero aun así sigo enfadada... lo que no sé es por qué lo estoy.

–Supongo que... que no creía que fuera capaz de llegar a casarse con ella –admito al final con voz suave–. Sí, ya sé que se comprometieron, pero pensé que a lo mejor era un montaje para vender CDs o algo así. Pero es real, la boda va a celebrarse –me paro para tragar saliva antes de añadir–: Creía que era sincero al decir que me amaba, pero está claro que me equivoqué.

Ya está, acabo de sincerarme: me negaba a pensar en Rugged porque soy incapaz de aceptar que me siento dolida; por muy irracional y absurdo que pueda parecer, tengo la sensación de que me ha traicionado.

Me dijo lo importante que era para él y cuánto deseaba estar conmigo, pero resulta que se lió con Randi al cabo de un par de meses de que dejáramos de vernos. No se trata de si creo o no creo que hubiéramos podido durar como pareja; de hecho, siempre pensé que nuestra relación no tenía futuro a pesar de la increíble química sexual que hay entre nosotros.

Supongo que me duele saber que superó nuestra ruptura tan pronto, aunque sé que mi reacción es irracional.

Lishelle me arranca de mis pensamientos al decir con voz suave:

—Si tienes la necesidad de hablar con él, de decirle lo que sientes...

—¿Para qué?

No, hablar con Rugged no serviría de nada. ¿Cómo puedo acusarle de que no fue sincero al decirme que me amaba, si fui yo la que dio por terminado lo nuestro?

—No quiero seguir hablando de esa dichosa boda... prefiero hablar de la tuya, Annelise. ¿Alguna novedad?, ¿habéis fijado ya la fecha de la boda?

—No, claro que no —alza la taza de té, y sopla para enfriarlo un poco.

—¿Por qué no? —le pregunta Claudia—. Di por hecho que querríais pasar por el altar antes de que naciera el bebé.

—En ese caso tendría menos de tres meses para encargarme de los preparativos, es demasiado apresurado.

—Si quieres consejos sobre cómo organizar una boda relámpago, pregúntale a Rugged —comento yo con sarcasmo; de repente se me pasa una idea por la cabeza, y me quedo helada—. Joder... ya sé que he hecho algún que otro comentario jocoso sobre la posibilidad de que Randi esté embarazada, pero ¡a lo mejor resulta que sí que lo está! Eso explicaría por qué tienen tanta prisa en casarse.

—Lo dudo, ya nos habríamos enterado... tú la primera, te lo habrían dicho en el trabajo —argumenta Claudia.

—Sí, supongo que tienes razón.

Aun así, el corazón sigue latiéndome acelerado. Si Randi está embarazada... ¿qué?, ¿qué pasa si lo está?

Es una pregunta que no me atrevo a contestar.

Estoy harta de pensar en Rugged. Ya he entendido por qué me molesta tanto que se haya comprometido, así que ahora ya puedo olvidarme del tema. Está claro que me cuesta creer a los hombres... qué sorpresón.

Mi exmarido me rompió el corazón cuando dejó embarazada a otra, y después resulta que mi novio de cuando iba a la universidad, Glenn, regresó a mi vida y me jugó una mala pasada. Es normal que a alguien que ha sufrido ese tipo de traiciones le cueste confiar en los demás.

A pesar de todo, sigo creyendo en el amor... bueno, al menos lo intento, y quizás por eso decido llamar a Jared cuando estoy de vuelta en mi coche. Hemos hablado un par de veces desde que regresamos de México, pero no hemos podido vernos por culpa de nuestras respectivas agendas. Sé que hoy tiene el día libre, y aunque en un principio no tenía pensado quedar con él, espero que no tenga planes.

Jared contesta al segundo tono.

—Hola, Lishelle.

—Hola, guapetón. ¿Qué estás haciendo?

—Poca cosa, limpiar un poco y hacer la colada.

—Qué aburrimiento, ¿te apetece que vaya a verte?

—¿Ahora mismo?

—¿Por qué no? —bajo un poco la voz al añadir—: Necesito un poco más de lo que me diste en México.

—¿Dónde estás?

—En el centro, acabo de comer con Claudia y Annelise. Puedo ir directa a Stone Mountain si quieres, dame la dirección y la meto en el GPS.

Pongo rumbo a su casa en cuanto me da la dirección.

Llego a casa de Jared en menos de una hora, y en cuanto me abre, le beso y le saludo con coquetería:

—Hola.

—Hola –me contesta, con una cálida sonrisa; su mirada se alza por encima de mi hombro, y suelta un pequeño silbido–. ¡Vaya cochazo tienes!

—Sí, no está mal.

Me adentro un poco más en la casa mientras él cierra la puerta, y un primer vistazo me basta para saber que es preciosa... muebles de cuero negro, paredes en un tono verde oliva, y pilares de estilo romano que conducen a la sala de estar. Es un lugar abierto, y el hecho de que no esté abarrotado de muebles contribuye a que parezca grande y espacioso.

Me gusta, pero no he venido a contemplar la decoración.

—¿Te ha costado llegar? –me pregunta, mientras se acerca a mí.

—No, mi GPS no me falla nunca.

—Perfecto –me pasa la mano por la espalda antes de dirigirse a la cocina–. Tengo vino, tinto y blanco; supongo que no tienes hambre, porque antes has dicho que acababas de comer, pero si te apetece picar algo...

Enmudece cuando le rodeo con los brazos desde atrás, está claro que le he tomado por sorpresa.

—No tengo hambre, pero me encantaría saborear el postre –lo digo con voz profunda y seductora.

Él se gira hasta que estamos cara a cara antes de comentar:

–Sí que estás cachonda, ¿no?

–No puedo dejar de pensar en lo que pasó en México... sexo en la playa, cómo hiciste que me corriera en el agua en Xel-Ha... y sobre todo aquella última noche, que fue increíble –me alzo un poco para besarle debajo de la barbilla antes de añadir–: Dime que tú también has estado recordándolo...

–Sí.

–Ummm...

Le paso la mano por encima de la polla; aún no está erecto, pero de eso me encargo yo. Sigo acariciándole por encima de los vaqueros mientras me pongo de cuclillas, y empieza a endurecerse cuando le bajo la cremallera y meto la mano.

–Cuánto he echado de menos esta polla tan dura...

Le desabrocho el botón de los pantalones, y se los bajo junto con los calzoncillos. Empiezo a acariciar poco a poco su polla, que es realmente impresionante. Le beso la punta, y al oírle gemir le paso la lengua por encima. Sigo atormentándolo así hasta que protesta con voz ronca:

–Estás matándome.

–¿Ah, sí?

Nuestros ojos se encuentran, y le sostengo la mirada cuando abro bien los labios y me lo meto en la boca hasta el fondo. Me agarro a sus fuertes músculos mientras deslizo la boca hacia arriba y hacia abajo, mientras le chupo sin parar y disfruto de lo duro que está.

–Joder, Lishelle... –me agarra los hombros, y me insta a que me ponga de pie–. Vamos a mi dormitorio.

Retrocedo y permanezco en silencio mientras él acaba de quitarse los pantalones y los calzoncillos, jamás me cansaré de contemplar su cuerpo.

—Vamos —me dice él.

Le sigo sin apartar la mirada de su trasero y de sus muslos, y al llegar al soleado dormitorio, él se acerca a la ventana y baja las persianas. Yo me tumbo en la cama sin perder ni un instante, y cuando me subo hasta la cintura el ajustado vestido que llevo puesto, se queda atónito al ver mi coño desnudo... es que me he quitado las bragas en el coche.

Me siento y abro las piernas de par en par bajo su atenta mirada, y cuando empiezo a acariciarme y me meto un dedo, solo alcanza a decir con voz ronca:

—Madre mía...

—Necesito tenerte dentro ahora mismo.

Sigo jugueteando con mi coño mientras él saca un condón y se lo pone; cuando veo que está listo, me pongo a cuatro patas y alzo el trasero. No hace falta que le diga con palabras que quiero que me folle desde detrás.

Él se sube a la cama, me agarra las caderas y me penetra con una dura embestida que me arranca una exclamación de placer. Arqueo la espalda mientras alzo aún más las nalgas, y gimo al sentir que él saca la polla y vuelve a metérmela.

—¡Oh, Dios...! ¡Sí, sí...! ¡Más fuerte, cielo, fóllame más fuerte! —mi placer va en aumento cuando él incrementa el ritmo y la fuerza de las embestidas, y le ruego jadeante–: ¡Más fuerte! ¡Sí, eso es...! ¡Oh, Dios...!

Está taladrándome con embestidas duras y rápidas que me hacen gemir sin parar, él jadea mientras me folla, y los sonidos van ganando intensidad con cada segundo que pasa.

Oh, Dios, su polla está dándome de lleno en el punto G, está dándome en el lugar justo. Me siento como si flotara.

–¡Sí, justo ahí! ¡Más fuerte! ¡Más!

–Eso es, nena, siente cómo me follo este dulce coñito...

Mis caderas se estremecen cuando el orgasmo se adueña de mi cuerpo, grito de placer y apoyo la cabeza en la cama mientras el coño se me contrae.

–¡Síííí! ¡Oh, sí!

Jared no para, sigue con el mismo ritmo rápido y firme mientras sus gemidos van ganando intensidad, y empieza a correrse tras una profunda embestida que hace que me estremezca extasiada.

Nos dejamos llevar juntos por oleada tras oleada de placer, y me derrumbo sobre la cama cuando el clímax remite al fin. Él se tumba a mi lado al cabo de un momento, y noto en la piel la calidez de su aliento jadeante.

–Joder, nena, no creo que hoy me haga falta hacer más ejercicio.

Sonrío de oreja a oreja, y le beso con suavidad antes de contestar:

–A mí tampoco.

–Me alegro de que me llamaras –me pone una mano en la cadera, y me acerca más a su cuerpo–. Me alegro de que esto no se haya acabado tras regresar de México.

–Lo mismo digo –le paso la pierna por encima del muslo y le doy un beso lento e intenso, un beso que deja claro que aún no he acabado con él ni mucho menos.

Quiero volver a follar con él, quiero seguir haciéndolo hasta que logre hacerme sentir algo parecido al amor.

Capítulo 18

Claudia

Estoy encima de Chad, cabalgando a toda velocidad. Tengo la espalda arqueada, y él está jugueteando con mis pezones.

—¡Sí, así! ¡Me corro!, ¡me...! ¡Sííí! —coloco las manos sobre las suyas, y le sostengo la mirada mientras saboreo hasta el último instante del clímax.

—Eres tan hermosa, tan jodidamente hermosa... —me pone una mano en la nuca para instarme a que baje la cabeza, y me besa mientras su polla sigue moviéndose en mi interior.

Le mordisqueo el labio inferior, y restriego la lengua contra la suya mientras suelto pequeños sonidos de placer. Ahondo el beso cuando noto que acelera aún más el ritmo de sus embestidas, le devoro la boca mientras su polla me enloquece, y al cabo de un momento interrumpo el beso para susurrarle al oído:

—Eso es, cariño, dámelo todo. Así, ju... justo así...

Me aferra las caderas, suelta fuertes jadeos con cada potente embestida. Yo vuelvo a alzar el cuerpo y a arquear la espalda, y no tardo en pillar su ritmo frenético.

Noto que me hunde los dedos en la piel y que su polla se sacude dentro de mí, oigo el fuerte gemido que sale de sus labios cuando empieza a correrse.

Vuelvo a bajar el cuerpo, nos besamos ardientemente. Sus manos están abiertas sobre mis nalgas, y las mías le enmarcan el rostro... Dios, los sentimientos que me embargan en este momento son embriagadores.

Regresamos de las vacaciones hace dos semanas, y en ese tiempo nos hemos visto seis veces; no sé si ha sido un plan premeditado por su parte, pero el hecho de que se mantuviera firme y no accediera a tener relaciones sexuales plenas conmigo en México avivó mis ganas de volver a verle. Estaba loca por vivir la experiencia, por hacer el amor con él... y ahora que lo he hecho, me tiene cautivada.

Tal y como me esperaba, Chad ha resultado ser un amante atento y considerado que antepone mi satisfacción a la suya. Los preliminares duran todo lo que yo quiero o necesito... o todo lo que soy capaz de soportar hasta quedar exhausta; por no hablar de su aguante, que es inigualable tanto en los preliminares como cuando me folla.

Me encanta su polla. Es larga y tiene un grosor considerable, pero lo más impresionante de todo es cómo la usa. No hay duda de que Chad tiene claro cómo satisfacer a una mujer.

Me aparto de su cuerpo y me tumbo a su lado mientras nuestra respiración va normalizándose, y él me pasa un brazo por la cintura casi de inmediato.

Hace que me sienta adorada, me siento sexualmente liberada de verdad por primera vez en toda mi vida. Estaría dispuesto a hacer lo que fuera por complacerme, accedería a todo lo que yo le pidiera... y no, no me refiero al tipo de cosas morbosas que hice con Adam. Me refiero a explorar el sexo con tu pareja por completo, a que dos personas consigan que el acto sexual sea lo más ardiente posible. Sé con total certeza que, a diferencia de Adam, Chad no me pedirá que haga nada que pueda incomodarme.

—Estaba pensando que esta noche podríamos salir a cenar por ahí —me propone, mientras entrelaza los dedos con los míos—. Podríamos ir a algún sitio tranquilo, íntimo y selecto.

—Prefiero quedarme aquí contigo, no quiero moverme de la cama.

—Es que no hemos hecho otra cosa desde que volvimos de México, hemos pasado todo el tiempo en la cama.

—¿Y eso te parece mal? —me apoyo en un codo, y le miro bajo la tenue luz de la habitación.

—No, pero me gustaría hacer más cosas contigo —hace una pequeña pausa antes de añadir—: Es lo que hacen las parejas de verdad.

Sus palabras hacen que se me acelere el corazón, pero contesto con aparente calma.

—¿Qué culpa tengo yo de desearte a todas horas?

—Podríamos arreglarnos y salir, ir a un buen restaurante y después venir a tomarnos el postre aquí...

—Yo propongo llamar para que nos traigan la comida —se lo digo con voz juguetona, y le beso la mejilla—. Así podremos recobrar fuerzas, y seguir de inmediato con lo que estábamos haciendo.

—¿Por qué te empeñas en que no salgamos? —en su voz se refleja cierta exasperación.

Es una pregunta razonable a la que no quiero dar respuesta; por mucho que disfrute de la explosiva química sexual que hay entre nosotros, no estoy preparada para hacer pública nuestra relación.

—Hasta ahora nos hemos visto siempre aquí —insiste él—. ¿No te apetece salir? Estaría bien ir a cenar o a un club, es sábado por la noche. Podríamos ir al Lucky Lounge o a cualquier otro local para pasar un buen rato, tomar algo, bailar un poco, escuchar buena música... ¿qué te parece la idea?

Me siento aliviada cuando mi móvil empieza a sonar, la interrupción llega en el momento perfecto. Salgo de la cama a toda prisa y saco el móvil del bolso, pero no reconozco el número que aparece en la pantalla. Lo único que está claro es que pertenece a Atlanta.

Por regla general, suelo dejar que las llamadas de números desconocidos vayan directas al buzón de voz, pero en esta ocasión opto por contestar.

—¿Diga?

—¿Claudia?

Es una suave voz femenina que habla vacilante, no la reconozco.

—Sí, soy yo.

—Eh... me dijiste que podía llamarte si necesitaba hablar con alguien...

Sigo sin saber quién es.

—Ummm...

—Soy Sasha. Me llevaste en tu coche hace un mes más o menos, cuando...

—¡Ah, sí! —la ubico por fin, y me pongo alerta al recordar las circunstancias en las que la conocí—. ¿Estás bien?

—No, la verdad es que no.

—¿Dónde estás?, ¿necesitas que pase a recogerte?

—Si no es mucha molestia...

—Dime dónde estás y voy ahora mismo.

Ella me da la dirección de un club del centro. Está bastante lejos de aquí, pero su hermana no está en casa y la pobre no sabía a quién llamar.

–Tengo que irme –le digo a Chad, mientras me acerco al sofá donde está mi ropa.

–¿*Qué*?

–Lo siento, pero es que tengo que ir a buscar a una chica que conocí hace poco. Está liada con un hombre mucho mayor que ella que creo que la maltrata, le dije que me llamara si necesitaba ayuda.

–Te acompaño.

–No, no hace falta –lo digo apresurada mientras me pongo las bragas.

Me siento culpable por comportarme así. Chad está especializado en asesorar a adolescentes con problemas, así que seguro que él sabría mejor que yo cómo actuar en estas circunstancias, pero es que dejar que me acompañe en una situación así... no, aún no estoy lista para considerarlo mi pareja. De momento es el tipo con el que me acuesto y nada más.

–No quiero que se asuste –añado, al ponerme los pantalones–. A lo mejor se pone nerviosa si me ve llegar acompañada, prefiero ir sola.

Él se levanta y viene hacia mí, lo único que tiene puesto es el condón. Me abraza y me besa la frente antes de preguntar:

–¿Seguro que esa es la única razón por la que no quieres que te acompañe?

Trago con dificultad al oír sus palabras, ¿a qué viene esa pregunta?

–Pues claro, ¿qué otra razón podría haber?

–Hasta ahora solo nos hemos visto aquí, en mi casa; cada vez que he propuesto ir a la tuya, te has negado.

–Porque estoy viviendo en casa de mis padres, Chad.

–Vale, lo entiendo, pero también te has negado a tener una cita de verdad, a que salgamos en público.

Poso una mano en su pecho antes de afirmar:

–Es que me gusta que estemos los dos a solas, desnudos.

–¿Cuántas veces he hecho que te corras?

–*¿Qué?*

–Y aun así, no quieres dejarte ver en público conmigo.

–¡Eso no es cierto! –estoy mintiendo, y soy consciente de ello–. Oye, tengo que irme ya. Sasha está esperándome.

–Vale –no parece demasiado convencido.

–Luego te llamo –le miro a los ojos para intentar adivinar si está enfadado conmigo–. ¿De acuerdo?

Él se limita a repetir:

–Vale.

Me echo hacia delante para besarle, pero él me suelta antes de que pueda hacerlo y se dirige hacia el cuarto de baño. Ni siquiera me lanza una última mirada antes de desaparecer por la puerta.

Siento que se me encoge el corazón al darme cuenta de que sí que está enfadado, y aunque me debato durante unos segundos entre ir tras él para hablar y marcharme, al final opto por lo segundo, porque Sasha me necesita. De modo que bajo a la primera planta y salgo de su casa.

Mientras conduzco hacia el centro intento quitarme sus palabras de la cabeza, pero no puedo sofocar el miedo creciente que siento... el miedo de haberlo echado todo a perder.

Capítulo 19

Annelise

—¿Estás bien, Annie?

Abro los ojos al oír la pregunta, no me había dado cuenta de que los había cerrado hasta que Claudia ha hablado.

—¿Estás bien? —repite ella.

—Eh... sí —estoy aferrada a un bastidor de ropa. Parpadeo varias veces para intentar aclararme la vista, que se me ha nublado por un segundo.

—¿Quieres que vayamos a sentarnos? Llevamos un buen rato de compras, debes de estar cansada —apostilla Lishelle.

—Estoy bien, es que me duele un poco la cabeza.

—Ven, será mejor que te sientes —insiste Lishelle, mientras me toma del brazo.

Estamos en una boutique de Buckhead especializada en productos para bebés. Hace un par de días me di cuenta de repente de que salgo de cuentas dentro de dos meses y medio y aún no tengo casi nada, ya es hora de ponerme las pilas y comprar todo lo necesario. Dom ha pintado ya la habitación del bebé en un suave tono amarillo y tenemos la cuna, pero hay que comprar muchas más cosas.

Él hace honor a su condición de hombre y tiene un interés nulo en todo lo relativo a cambiadores y sacaleches, así que ha dejado en mis manos la elección de ese tipo de cosas; por otra parte, me horrorizaba la idea de venir de compras acompañada de mamá Deanna, porque seguro que le sacaría pegas a todo lo que yo eligiera: sí, ya ha vuelto, y no tengo más remedio que aguantarme.

He venido a esta tienda con Lishelle y Claudia porque son mis dos mejores amigas y valoro su opinión. Quedamos en vernos aquí directamente, y al salir vamos a ir a comer al Liaisons.

—Estoy bien —dejo que Lishelle me conduzca hasta una mecedora tapizada en velvetón rosa que tiene una otomana a juego, y suspiro encantada cuando me hundo en el mullido asiento—. ¡Qué maravilla, tengo que conseguir una de estas! —es súper cómoda, y se balancea con total fluidez.

—Vale, eso está hecho —me dice Lishelle.

—Dices lo mismo cada vez que me gusta algo.

—¿Y qué?

—¡Que no vas a comprármelo todo!

—Ella comprará una parte y yo el resto —apostilla Claudia—. La tita Lishelle y la tita Claudia van a mimar a este bebé a más no poder, así que te aconsejo que vayas haciéndote a la idea.

Como sé que es inútil discutir, opto por sonreír y permanecer callada.

Claudia se acerca a una cuna, y exclama encantada:

—¡Qué preciosidad, me dan ganas de comprarla ahora mismo!

La ropa de cama es de satén blanco, negro y rosa, y la cuna tiene lazos en los mismos colores y un faldón de tul blanco con lunares rosa.

–Venga ya, Claudia, no puedo meter a mi hijo en una cuna así.

Mis dos amigas abren los ojos como platos y me preguntan al unísono:

–¿Es un niño?

–Aún no sé si es niño o niña, por eso tengo que comprarlo todo en colores neutros hasta que nazca.

–Sabes que me estás matando, ¿no? –refunfuña Claudia.

–En cualquier caso, Dom y yo ya hemos comprado la cuna –vuelvo a cerrar los ojos, y respiro hondo.

–¿Quieres que te traiga agua? –me pregunta Claudia.

–Sí, gracias. He procurado no tomar paracetamol aunque el médico me dijo que podía hacerlo, pero me parece que me vendrá bien tomarme uno.

Claudia va a toda prisa hacia la parte delantera de la tienda, y Lishelle se sienta junto a mis pies en la otomana.

–¿Seguro que estás bien?

–Sí, solo es un ligero dolor de cabeza.

–¿Nada más?

–Pues... la verdad es que estoy un poco estresada.

–¿Por culpa de la madre de Dom?

–Él insiste en que nos casemos antes de que nazca el bebé. Dice que no quiere una boda por todo lo alto, que se conforma con una ceremonia sencilla en el ayuntamiento.

–¿Pero...?

–Pero no es un buen momento para organizar una boda. A mí me da igual que el bebé nazca antes de que seamos marido y mujer de forma oficial.

–Pero a Dom sí que le importa, ¿no? –me dice ella con voz suave.

Me salvo de tener que responder, porque Claudia llega con una botella de agua.

–Gracias –saco un paracetamol de mi bolso aunque me gustaría tomarme dos, y mientras me lo tomo con ayuda de un poco de agua veo que mis amigas están mirándome como si pensaran que voy a desmayarme de un momento a otro–. Dejad de miradme así, por favor. No es más que un dolor de cabeza.

–¿Has comido algo antes de salir de casa? –me pregunta Lishelle.

–Un yogur, como habíamos quedado en ir a comer...

–Bueno, eso lo explica todo –Lishelle me da unas palmaditas en la pierna antes de añadir–: ¿Qué os parece si vamos ya al restaurante y retomamos luego las compras?

–Sí, no es bueno para ti estar tanto rato de un lado para otro con el estómago vacío –me dice Claudia.

–Tienes que cuidarte, *bambina*.

Hago una mueca al oír hablar a Lishelle con un pésimo acento italiano, y de repente veo que Claudia vuelve a echarle un vistazo a su iPhone por enésima vez.

–¿Esperas una llamada importante? –le pregunto, mientras me pongo de pie.

–No, eh... bueno, puede que sí. ¿Os acordáis de la chica de la que os hablé?, aquella a la que le eché una mano al cruzármela por la calle...

–¿La que estaba con un hombre mayor?

–Exacto.

–¿Esperas una llamada suya? –le pregunta Lishelle.

–Os lo cuento todo en el coche; si vamos a volver después, dejad los vuestros aquí y vamos en el mío.

Una de las dependientas, una pelirroja menuda que se ha ofrecido a asesorarnos cuando hemos llegado a la tienda, se acerca a nosotras al ver que vamos hacia la puerta.

—¿No han visto nada que les guste?

—Volveremos en un par de horas —le contesto yo.

Cuando salimos de la tienda, Lishelle me mira y comenta:

—La fiesta para celebrar la llegada del bebé es la semana que viene, yo creo que deberías esperar y no comprar nada hasta después.

—¿Ni siquiera las cosas más grandes? —de repente me doy cuenta de lo que pasa—. Ah, claro, ahora que ya habéis visto lo que me gusta... por favor, ni se os ocurra tirar la casa por la ventana.

Claudia desbloquea su BMW con la llave electrónica antes de contestarme con voz almibarada:

—Anda, sube al coche.

Yo me siento en el asiento trasero, Lishelle en el del copiloto y Claudia se pone al volante.

—Bueno, cuenta, ¿qué pasa con esa chica? —le digo yo, al ver que le echa otro vistazo al iPhone antes de arrancar.

—Se llama Sasha, me llamó anoche bastante asustada; como era de esperar, había vuelto con el capullo ese que podría ser su abuelo. Se sintió obligada a hacerlo, él la tenía amenazada. Pero anoche consiguió escabullirse de la casa aprovechando que Merv estaba duchándose, y me llamó.

—¿Por qué no llamó a la policía? —le pregunta Lishelle.

Claudia pone rumbo al restaurante antes de contestar:

–Supongo que porque yo le había dicho que podía llamarme a mí; además, no quería recurrir a la policía.

–Pero nos dijiste que tiene una hermana, ¿verdad? ¿No la llevaste a su casa el día que la conociste? –le pregunto yo.

–Están enfadadas, se ve que la hermana no estaba de acuerdo con alguna de las decisiones que ha tomado Sasha; en fin, la cuestión es que me llamó y yo fui a buscarla y la llevé a una casa de acogida para mujeres.

–Si realmente le tiene miedo a ese tipo, debería acudir a la policía –afirma Lishelle.

–Sí, yo también creo que debería hacerlo. La pobre tiene moratones en el cuello y el brazo, está claro que ese tipo es un capullo de primera. Pero ella no quiere presentar cargos, sino olvidarlo y pasar página.

–Ojalá se mantenga alejada de él –comenta Lishelle.

–He decidido que voy a trabajar de voluntaria en esa casa de acogida –anuncia de pronto Claudia.

–¿Lo dices en serio? –le pregunto yo.

–Ya sabéis que llevo tiempo queriendo hacer algún trabajo que me permita ayudar a gente con problemas. Llevar a Sasha a esa casa de acogida, hablar con ella en general... no sé, hizo que me diera cuenta de que hay muchas mujeres que necesitan asesoramiento. A lo mejor puedo ayudarlas.

–¡Bien dicho! –exclama Lishelle.

–Yo sé por experiencia propia lo que es sentirse perdida –sigue explicándonos Claudia–. No, no me quedé junto a un hombre que me maltrataba, pero sí que permití que Adam abusara de mí en cierto sentido. Hice cosas con él para no perderle, no porque me apeteciera hacerlas.

Al ver que se calla y respira hondo, me inclino hacia

delante y le doy una palmadita en el hombro antes de decirle con voz suave:

—Oye, eso ya quedó atrás; y por cierto, tu decisión me parece fantástica.

—Anoche estuve hablando con la directora de la casa de acogida y quedamos en que volveré la semana que viene, antes de nada tienen que comprobar mis antecedentes y todo eso. ¡Estoy muy ilusionada!

—¿Se lo has contado a Chad? —le pregunto yo.

—¿Para qué?

—Trabaja de orientador, Claudia —la respuesta me parece obvia.

—No, no se lo he contado.

Me ha parecido notar algo raro en su tono de voz, y no vacilo en preguntarle:

—¿Por qué lo dices así?

—¿Así cómo?

—Habéis empezado a salir, ¿no?

—He quedado con él un par de veces para pasar un buen rato, pero ¿salir, lo que se dice salir? —se interrumpe para soltar una carcajada burlona antes de continuar—. Dios, claro que no; de hecho, creo que ya es hora de dar por finiquitada nuestra relación.

—Ya conoces a Annelise, seguro que creía que a estas alturas ya estaríais con los planes de boda —comenta Lishelle, en tono de broma, antes de lanzarme una mirada por encima del hombro.

Claudia y ella se echan a reír, pero yo las miro ceñuda y me quedo callada. La visión se me nubla de nuevo, así que cierro los ojos y mantengo la cabeza apoyada en el respaldo del asiento hasta que llegamos al restaurante.

Capítulo 20

Claudia

Compruebo mi móvil por tercera vez en lo que va de tarde, pero sigo sin recibir ningún mensaje de Chad.

–¡Qué preciosidad!

Alzo la mirada al oír la exclamación de Annelise, y veo que tiene en la mano un móvil con estrellas y lunas de esos que se cuelgan sobre la cuna. Es una monada y hago las exclamaciones de entusiasmo de rigor junto con el resto de invitadas, pero mi mente no está centrada del todo en esta habitación.

Es sábado y estamos en casa de Annelise, celebrando la fiesta de bienvenida para el bebé en compañía de su hermana Samera, su futura suegra, y varias amigas más. Dom se ha ido a trabajar a su despacho, y Samera, Lishelle y yo nos hemos encargado de decorar la sala de estar con serpentinas de colores y de colocar bandejas de comida.

Hace una semana que no veo a Chad, y en este tiempo no he sabido nada de él. No he recibido ni un solo correo electrónico suyo, ni un mensaje de texto, ni una llamada... nada.

Llevo siete días repitiéndome a mí misma que me da igual, que si no quiere volver a hablar conmigo, pues peor para él, que ha sido un ligue genial pero ya llegarán otros.

Sí, llevo siete días repitiéndomelo, y durante esos siete días he sido consciente de que no era cierto. Estoy intentando obligarme a no sentir nada, pero es inútil.

No puedo dejar de pensar en la última vez que le vi, no me quito de la cabeza su mirada de desilusión; cuando vi que pasaba un día entero sin que se pusiera en contacto conmigo, supuse que lo haría al siguiente, pero parece ser que no quiere volver a verme.

Me siento fatal, peor que en mucho tiempo.

El martes le llamé y le dejé un mensaje en el contestador, al ver que no me contestaba le mandé un mensaje de texto, y después le mandé otro más. Empecé en un tono distendido y natural, preguntándole cómo estaba y tal, pero al final acabé admitiendo que le echaba de menos y que estaba deseando verle.

Y ahora, mientras Annelise empieza a abrir una enorme caja envuelta en papel dorado, no puedo evitar echarle otro vistazo a mi móvil. Lo tengo todo el rato en la mano y sé que no ha vibrado, pero aun así, me decepciono al ver que no hay ningún mensaje de Chad.

Me pongo a escribirle uno usando un tono despreocupado... al final le pido que me conteste aduciendo que me gustaría saber qué tal le va, sugiero que podríamos vernos.

Lishelle hace una mueca al ver lo que estoy haciendo.

—¡Claudia! La verdad, no entiendo cómo te las arreglabas antes de todos estos avances tecnológicos. Qué manía tiene la gente de no separarse del móvil ni a sol ni a sombra, es increíble.

Las demás se echan a reír al oír sus palabras, y yo hago caso al toque de atención de mi amiga y me meto el móvil en el bolso. Procuro dejar de pensar en Chad mientras Annelise sigue abriendo el resto de los regalos.

Más tarde estoy en la cocina con Lishelle preparando una bandeja de comida, y ella me da un codazo con disimulo y me pregunta en voz baja:

—Oye, ¿estás bien?

—Sí, genial —le aseguro, antes de darle un bocado a una rama de apio.

—No me mientas, Claudia. ¿Se puede saber qué es lo que te pasa?

Conozco ese tono de voz, y sé que es inútil intentar mentirle. Me conoce demasiado como para creerse una trola.

—Vale, vamos fuera.

Varias de las invitadas están en el amplio patio con vistas al bosque, así que voy hacia el fondo de todo para tener algo de privacidad; en cuanto me apoyo en la verja, admito sin dilación:

—Se trata de Chad, no sé nada de él.

—¿Chad?

—Le he llamado y le he enviado mensajes, pero...

—¡Espera!, ¡espera un momento! Creía que no querías volver a saber nada de él, la semana pasada nos dijiste que vuestra relación se había terminado.

Yo suelto una carcajada carente de humor antes de admitir con ironía:

—Sí, eso fue lo que os dije.

—Pues no lo entiendo.

–Creo que está cabreado conmigo, no me ha devuelto ni las llamadas ni los mensajes.

–Seguro que ha salido de viaje o algo así, ya sabes que está colado por ti.

–Lo estaba... hasta que yo la cagué –a juzgar por la cara que pone mi amiga, salta a la vista que está desconcertada, así que opto por empezar de nuevo–. Ya sé que os aseguré que no quería tener una relación con él, y que llegué a decir que sería mejor que dejara de acostarme con él porque no quería darle falsas esperanzas.

–Te parecía un tipo majo, pero que no encajaba contigo.

–Exacto –me detengo y suelto un fuerte suspiro antes de continuar–. No fui honesta del todo con vosotras, la última vez que vi a Chad... en fin, creo que le ofendí.

–¿Se ofendió porque follaste con él?

–Me acusó de no querer que nos vieran juntos en público. Yo le dije que se equivocaba, pero la verdad es que tenía razón –me aferro a la verja, y admito apesadumbrada–: No es el tipo de hombre con el que suelo salir, así que no quería dejarle entrar en mi mundo. Era reacia a ir a algún restaurante con él, a...

Lishelle se queda esperando a que termine, pero veo el momento justo en que entiende lo que realmente pasa.

–¡Madre mía!, ¡estás colada por él!

–¡Pero es que no es mi tipo! En México me dejé llevar y lo pasé bien, y a nuestro regreso le llamé al darme cuenta de que quería mantener relaciones sexuales plenas con él. Follamos y punto, se suponía que la cosa se iba a quedar ahí, así que no entiendo por qué está enloqueciéndome el hecho de que no me llame.

–Así que él cree que te avergüenzas de salir con él,

que solo quieres tener una relación de puertas para adentro.

Me siento superficial a más no poder al oír la realidad resumida con tanta precisión. Mi amiga ha dado justo en el clavo.

—Exacto —admito, avergonzada—. Llevo toda la semana analizando la situación. Al principio era incapaz de admitir lo que estaba haciendo, intenté convencerme de que no quería dejarme ver con él en público porque lo nuestro no era una relación seria. ¿Para qué empezar a salir de verdad? Pero me he dado cuenta de que Chad tenía toda la razón... y lo que es peor, me he dado cuenta de lo mucho que me gusta. Es dulce, atento, apasionado, y hace que me sienta fantásticamente bien... ¿qué más da que no pertenezca a mi círculo social y que no sea el hombre más guapo del mundo? ¿Por qué soy reacia a llevarlo a casa de mis padres por el mero hecho de que a lo mejor no le dan el visto bueno?

—Porque es muy difícil romper con años y años de condicionamiento.

—Gracias por el apoyo —esbozo una sonrisa que se desvanece cuando admito—: Me siento fatal; por mucho que me hayan inculcado desde pequeña que lo principal en un hombre es su aspecto físico y su estatus social, me repatea saber que puedo llegar a ser tan superficial. ¿Y si resulta que Chad es la pareja perfecta para mí?, ¿qué pasa si es el hombre capaz de hacerme feliz por el resto de mi vida? ¡No puedo echarlo todo a perder!

—Vaya, vaya... me parece que estás muy pillada, amiguita —afirma ella, sonriente.

—No sé lo que siento.

—Pues yo creo que lo tienes muy claro, porque no te veía así desde lo de Adam.

Abro la boca para contestar, pero vuelvo a cerrarla al darme cuenta de que tiene razón.

—Me parece que ya tienes la respuesta que querías —añade ella—. Si Chad te importa de verdad, confiésaselo abiertamente. Dile lo que acabas de decirme a mí... háblale de tus sueños y de tus miedos, sincérate con él.

Vale, Lishelle es muy convincente dando consejos, pero me gustaría saber si se aplica el cuento a sí misma.

—¿Has llamado a Rugged? —le pregunto a bocajarro.

Su sonrisa se desvanece de golpe y admite con voz queda:

—No.

—Todo lo que acabas de decirme vale para ti también, las dos sabemos que sigues sintiendo algo por él.

—¿Qué más da?, ¡se casa dentro de una semana!

—Sí, y eso podría ser un error garrafal por su parte si él tampoco te ha olvidado.

—No, no pienso ni planteármelo. Ha tomado la decisión de casarse, y eso son palabras mayores.

—Ha tomado esa decisión porque tú le diste la patada, sabes tan bien como yo que seguramente seguiríais juntos en este momento si no hubieras cortado con él. Siempre pensé que Roger estaba enamorado de ti hasta las trancas, que...

He usado el verdadero nombre de Rugged a propósito, y mis palabras parecen afectar mucho a Lishelle.

—¡Por favor, Claudia! —su súplica es cortante, y en su rostro se refleja un profundo dolor.

Sé con total certeza que está huyendo de sus propios sentimientos, al igual que sé que no debe de resultarle nada fácil llamarle después de todo este tiempo; aun así, en el fondo creo que debe hacerlo, que se lo debe tanto a Roger como a sí misma. No puede permitir que se case sin oír al menos las explicaciones que él quiera darle.

En cualquier caso, me trago mi opinión y me limito a decir:

—Vale, no voy a insistir más en el tema. Sabes que te quiero y que deseo que seas feliz, al igual que yo sé que el sentimiento es mutuo.

La expresión de Lishelle se suaviza, y me da unas palmaditas en la mano al contestar:

—Sí, claro que sí. Perdona que haya reaccionado así, es que... mi situación con Roger es diferente.

No estoy de acuerdo en eso, pero es inútil discutir. Es ella la que tiene que decidir lo que va a hacer. De modo que me limito a decir:

—Sí.

Miro por encima del hombro y veo que Annelise viene hacia nosotras, tiene la mano en el estómago y está sonriente. He notado que ha engordado bastante en esta última semana... tiene la cara mucho más rellenita, al igual que el vientre.

—¡Aquí llega la futura mamá! Esto sí que es una barriguita de embarazada —le pongo una mano en el vientre antes de añadir con una sonrisa—: Parece mentira el cambio que has dado en una semana.

—No me lo recuerdes —me contesta ella, en tono de broma—. ¿Qué hacéis aquí solas?, ¿pasa algo?

—Qué va... bueno, nada grave. Ya te lo contaré, esta tarde los protagonistas sois el bebé y tú.

Annelise sonríe de oreja a oreja, pero de repente los ojos se le llenan de lágrimas. Es algo que ocurre con frecuencia últimamente, está muy sensible por culpa del embarazo.

—Mi bebé, voy a ser madre.

No puedo contener las ganas de volver a ponerle la mano en el vientre... y siento una súbita oleada de melancolía, ese pequeño poso de envidia. Anhelo con todas mis fuerzas llegar a ser madre, ¿cuándo va a cumplirse mi sueño?

—Gracias por la fiesta. Necesitaba una tarde así, tener a otras mujeres en casa aparte de mamá Deanna.

—De nada, cielo —le dice Lishelle.

—Os quedaréis cuando se vaya todo el mundo, ¿verdad?

—Claro.

Es Lishelle la única que da una respuesta, y Annelise me mira esperando la mía; en condiciones normales, le diría que sí sin dudarlo, pero me saco el iPhone del bolso y contesto vacilante:

—No lo sé, tengo que hacer una llamada... disculpadme.

Como gran parte de las invitadas están en el patio trasero, cruzo la casa y voy al porche delantero. Marco el número de Chad, y acaba saltando el contestador automático después de cuatro tonos.

No le dejo ningún mensaje, y entro ceñuda en la casa. Lo de Chad va a tener que esperar, porque hoy toca celebrar la inminente llegada del bebé. Me quedaré con mis amigas cuando las demás invitadas se vayan, y procuraré no volver a pensar en él en toda la tarde.

Mi determinación no dura mucho, porque al entrar en la cocina recuerdo lo que me ha dicho Lishelle, lo de que debería sincerarme con él. Chad está ignorando mis llamadas y mis mensajes, así que no voy a tener más remedio que ir a verle si quiero confesarle lo que siento por él... dudo mucho que pueda ignorarme si estamos cara a cara.

La decisión está tomada. Regreso al patio, y llego justo cuando Annelise y Lishelle están entrando en la casa con varias invitadas.

–Lo siento, Annelise, pero tengo que irme.

–¿Por qué?, ¿qué pasa?

Como no quiero perder el tiempo dando explicaciones, miro a Lishelle y le pido:

–Explícaselo tú, por favor.

–¿Has hablado con él?

–No, pero voy a hacerlo aunque tenga que pasarme la noche entera delante de su casa para conseguir que me escuche.

Annelise nos mira a la una y a la otra mientras intenta entender lo que sucede.

–¿De quién estáis hablando?, ¿de Chad?

–Lishelle te lo contará todo.

Le doy un beso en la mejilla a cada una a modo de despedida, y doy media vuelta.

–Creía que no sentía nada por él.

Sonrío al oír el comentario de Annelise. Yo también pensaba lo mismo, pero me he dado cuenta de lo equivocada que estaba... y voy a dejarle claro a Chad cuáles son mis verdaderos sentimientos.

El corazón me martillea en el pecho cuando llego a la casa de Chad, pero me llevo una gran decepción al ver que su coche no está.

Intento calmarme. Tendrá que aparecer tarde o temprano, y cuando lo haga, no quiero que vea mi coche de inmediato. No quiero arriesgarme a que decida largarse otra vez. De modo que sigo avanzando por la calle hasta que doy media vuelta y me quedo de cara a la casa.

Estoy a unos ciento ochenta metros, así que espero que no me vea cuando llegue.

Ahora solo queda esperar. Escucho la radio durante unos tres cuartos de hora, hasta que al final me aburro... bueno, la verdad es que no estoy aburrida, sino nerviosa. Decido ver un vídeo en el iPhone, pero no dejo de lanzar miradas hacia la casa. No hay manera, no puedo concentrarme, así que me rindo y dejo el iPhone en el asiento del copiloto.

Me sobresalto cuando empieza a sonar unos diez minutos después y lo agarro a toda prisa, pero me llevo una decepción al ver el número de mi madre en la pantalla y no contesto. Seguro que me llama para preguntarme si voy a ir a cenar a casa, ya comprobaré después el buzón de voz.

Miro hacia la casa de Chad por enésima vez, y el corazón me da un brinco al ver llegar su Acura negro. Las ruedas de mi coche chirrían cuando arranco a toda velocidad, y lo detengo frente a la casa de Chad justo cuando él está saliendo del suyo. Pone cara de sorpresa al verme, pero al menos no echa a correr y se limita a esperarme junto a su vehículo.

Bajo a toda velocidad de mi coche y me acerco a él tan deprisa, que cuando llego estoy sin aliento.

—¡Chad! Eh... hola —ahora que lo tengo delante, no sé qué decirle.

—Hola —lo dice con cierta reserva.

—No me has devuelto las llamadas ni los mensajes de texto... y tampoco los correos electrónicos —mientras las palabras salen de mi boca, soy consciente de que lo que digo es una obviedad y parezco una boba.

—Sí, ya lo sé.

—¿Por qué?

Él vacila por un instante, y sus hombros se encorvan un poco en un gesto derrotista cuando me contesta:

–Habría sido un esfuerzo inútil.

–¿Ni siquiera quieres hablarlo?, ¿después de todo lo que hemos pasado juntos?

–Si no sientes nada por mí, pues no lo sientes, y punto.

–¡Yo nunca he dicho que no sintiera nada por ti!

–Y tampoco que sí, ese es el problema.

–¿Podemos entrar a hablarlo con calma? –le pido, llena de frustración.

–Claudia...

Doy un paso hacia él, pero contengo las ganas de tocarle. Echo hacia atrás la mano que había empezado a alargar hacia él, y la poso sobre mi propio hombro antes de pedirle suplicante:

–No me digas que no, vamos a hablarlo al menos. Si después insistes en que me vaya y no quieres volver a verme, lo aceptaré.

Él se lo piensa durante unos segundos, pero al final asiente y dice con resignación:

–Vale, vamos a hablar.

Le sigo hacia la casa, estoy hecha un manojo de nervios; de hecho, hacía mucho que no estaba tan nerviosa, todo depende de esta conversación tan crucial.

Chad abre la puerta principal, y yo entro y me paro en el vestíbulo mientras la cierra; no digo nada, espero a que sea él quien tome la iniciativa, y al ver que deja las llaves sobre la mesa auxiliar y va hacia la sala de estar sin decir ni una sola palabra, respiro hondo y le sigo.

Ninguno de los dos nos sentamos.

–Chad...

–¿A qué has venido?

Al ver lo distante que parece, empiezo a temer que ya sea demasiado tarde.

–Lo siento.

–¿El qué?

Lishelle me ha aconsejado que me sincere y tiene razón, no puedo andarme con rodeos ni inventarme excusas. Tengo que ser sincera del todo.

–Siento haber sido una arpía engreída.

Sus ojos se ensanchan al oír mis palabras, está claro que mi franqueza le ha tomado por sorpresa.

–Me han inculcado desde pequeña que ciertas cosas, como el estatus social y el aspecto físico, son primordiales. En México me sentí como en un mundo aparte, así que llegué a conocerte al dejar a un lado mis prejuicios y me gustaste. Cuando regresamos a Atlanta, tenía muchas ganas de seguir viéndote, necesitaba hacerlo, pero a pesar de todo, seguía estando convencida de que nuestra relación no tenía futuro por mucho que me gustaras; al fin y al cabo, no eres hijo de un banquero ni eres médico, sabía que mis padres no te darían el visto bueno.

–Muy bien, ya está todo dicho –me dice él con rigidez.

–No, ni hablar. Las cosas no son tan simples ni mucho menos. Admito... admito que no quería dejarme ver en público contigo –veo que tensa la mandíbula, pero sigo con mi explicación–. No quería que la gente de mi círculo nos viera, gente que ha sido muy dura conmigo desde mi pública y embarazosa ruptura con mi prometido. Ya sé que eso no es ninguna excusa, me limito a contarte lo que sentí. No quería darles más carnaza para que siguieran cotilleando sobre mí. No sé, a lo mejor me comporté así porque sabía que yo te gustaba de verdad y pensé que siempre estarías ahí... ni se me pasó por la cabeza que pudieras darme la espalda y negarte a volver a verme, y cuando lo hiciste... –me detengo un instante para tragar saliva antes de admitir–: Ya sé que parece un cliché, pero al perderte me di cuenta de lo importante que eres para mí.

Le miro a los ojos para intentar ver si mis palabras le han afectado, pero él baja la mirada y sigue muy rígido.

–¿Me has oído? Me importas mucho, Chad.

–Sigo siendo el mismo, un orientador que trabaja en una casa de acogida para menores. No provengo de una larga saga de cirujanos ni de jueces –hace una pequeña pausa antes de añadir–: No soy lo bastante bueno para ti.

Se me rompe el corazón al oírle decir eso. Me acerco a él, y esta vez no contengo las ganas de tocarle. Poso la mano abierta sobre su pecho y le contesto con firmeza:

–No digas eso, no vuelvas a decirlo nunca más. Claro que eres bastante bueno, lo supe desde el principio; de hecho, por eso me lié contigo... y puede que también fuera eso lo que me daba miedo, la razón por la que no quería dar el siguiente paso en nuestra relación. Porque sabía que podía llegar a sentir algo por ti, algo muy profundo. Eres distinto al resto de tipos con los que he salido –al ver que hace una mueca, me apresuro a explicarme–. Lo digo como algo positivo, algo genial. Mis relaciones pasadas nunca funcionaron, siempre acababa sufriendo o decepcionada. Tú eres el único que nunca me ha decepcionado, Chad.

Le acaricio la cara y él no se aparta, pero sigue sin mirarme a los ojos.

—La verdad es que soy yo la que no te merece a ti. Tenías todo el derecho del mundo a darme la patada, porque no estoy a tu altura —no puedo evitar que se me quiebre la voz.

Él me mira a los ojos por fin, y me dice con voz suave:

—Eso no es verdad...

—Sí, sí que lo es —respiro hondo para intentar recobrar algo de compostura—. Pero espero que no siga siendo así, porque he estado haciendo examen de conciencia y me he dado cuenta de que no puedo vivir pendiente de lo que puedan pensar los demás, ni siquiera mis padres. Si no les gustas, pues que se aguanten, porque lo que importa es lo que sienta yo —le sostengo la mirada durante un largo momento antes de admitir—: Estoy enamorándome de ti.

El mundo entero queda sumido en silencio mientras espero expectante su respuesta. Sigue estando serio y distante, pero he hecho todo lo que estaba en mis manos. He sido brutalmente honesta, y si aun así sigue sin querer estar conmigo... pues no puedo hacer nada al respecto.

—No quiero ser tu amante clandestino.

—No lo eres ni lo serás. Te lo digo de verdad, Chad. Quiero estar contigo, me haces feliz y sacas lo mejor que hay en mí. Por favor... por favor, dame otra oportunidad.

—¿Y qué me dices de tus padres? Es fácil decir que no te importa su opinión, pero...

—Si soy feliz, ellos acabarán por aceptar mi decisión, y si no es así... tengo treinta y un años, no puedo vivir pendiente de lo que ellos quieren. Mi vida es mía. Contigo he encontrado al fin la felicidad, la felicidad verdadera y el amor... porque he encontrado el amor, ¿verdad?

—Sabes bien que estaba loco por ti.

—¿Lo dices en pasado?

Él esboza una sonrisa antes de admitir:

—En pasado y en presente. Me enamoré de ti en cuanto te conocí.

Me siento tan aliviada y feliz, que se me escapa una carcajada y le pregunto sonriente:

—¿Sigues queriendo estar conmigo?

—Sabes que sí, pero solo si puedo tenerte por completo. Eso significa salir a cenar y al cine, ir a eventos familiares... no quiero que le ocultemos nuestra relación al resto del mundo.

—Claro que no. Voy a estar contigo al cien por cien, cariño; de hecho, podríamos ir a cenar esta misma noche a uno de mis restaurantes preferidos, tengo ganas de disfrutar de una buena celebración.

Él me rodea por fin con los brazos antes de contestar:

—A riesgo de parecer un hipócrita, debo admitir que hoy prefiero quedarme en casa —me pone la boca en el oído y añade en voz baja—: Han pasado siete días, siete días de soledad.

—Y que lo digas, yo también lo he pasado fatal —admito, mientras le acaricio el cuello con la nariz.

—Te amo, Claudia —me dice, con el corazón en los ojos.

—Yo también te amo, te amo con toda mi alma —se me ocurre una idea de repente—. Oye, ¿por qué no vamos a cenar a casa de mis padres? Así podré presentaros por fin.

Él me besa bajo la mandíbula y dice sonriente:

–Me encanta que estés dispuesta a demostrarme que vas en serio conmigo –alza la cabeza, y me besa en la frente–. Iremos a ver a tus padres, pero hoy no –su voz baja hasta convertirse en un ardiente susurro cuando añade–: Hoy quiero que pasemos la velada solos, porque te he echado mucho, muchísimo de menos.

–Lo mismo digo –suelto una risita al añadir–: Ni te imaginas cuánto he echado de menos tu lengua.

–No te preocupes, cielo, eso lo soluciono yo ahora mismo; de hecho, me voy a pasar toda la noche solucionándolo.

Me pongo cachonda de golpe, y Chad baja la cabeza y me besa. Es un beso lleno de significado, lleno de amor, y siento una felicidad desbordante cuando me toma de la mano y me conduce hacia su dormitorio.

No quiero sonar cursi y tampoco quiero engañarme a mí misma, pero estoy convencida de que he encontrado al hombre que he estado esperando durante toda mi vida.

Tengo muy claro que Chad es mi príncipe azul.

Capítulo 21

Lishelle

Claudia se ha marchado hace poco y ahora estoy en la cocina con Annelise, ayudándola a meter la vajilla sucia en el lavaplatos. La mayoría de las invitadas a la fiesta se han ido ya, aunque todavía quedan unas cuantas.

–¿Cómo crees que les estará yendo a Claudia y a Chad?

–Seguro que lo solucionan –me contesta ella, sonriente.

–Sí, seguro que sí. La verdad es que esto me ha tomado por sorpresa, no sabía que Claudia estuviera tan pillada por él. Está claro que nunca se sabe con quién se puede llegar a encajar.

Me acuerdo de Rugged en cuanto pronuncio esas palabras, pero me apresuro a apartarlo de mi mente y me vuelvo para agarrar unos cubiertos sucios que hay sobre la encimera.

–A lo mejor se me conceden unas alas de cupido oficiales por ayudarles a encontrar el amor verdadero.

–Te las has ganado.

Hay un breve silencio hasta que Annelise me pregunta:

—¿Has hablado con Jared?

—Hace un par de semanas que no nos vemos.

La verdad es que él me ha llamado y yo he evitado verle poniendo la excusa de que estoy muy ocupada. Es majo y me gusta, pero no lo suficiente; en todo caso, el hecho de que no haya vuelto a quedar con él para follar no significa que no vuelva a hacerlo. Lo que pasa es que quiero dejar muy claro que solo somos amigos con derecho a roce, nada más.

—Jared es majo, pero...

—Pero no es el hombre de tu vida —al ver que asiento, Annelise añade con total naturalidad—: Rugged se casa dentro de una semana, ¿verdad?

Estaba a punto de meter una bandeja en el lavavajillas, pero mis manos se quedan inmóviles al oír el comentario y me limito a contestar:

—Sí.

—¿Has...?

—Joder, Claudia y tú sois pesadísimas —el corazón me va a mil por hora.

Annelise se vuelve a mirarme antes de decir:

—No quiero que después te arrepientas.

—Estás pasándote un poco con lo de ser cupido —no puedo evitar decírselo con voz cortante.

—¡Oye, no hace falta que te pongas borde!

Yo permanezco en silencio y sigo llenando el lavaplatos, pero estoy un poco enfadada. Me cabrea que mis amigas insistan en sacar el tema de Rugged, y me fastidia el hecho de que me afecte oír hablar de él.

—Es que... os empeñáis en hablar de Roger, y es una pérdida de tiempo. Ya os dejé claro lo que pienso: que es obvio que no me amaba tanto como decía. No sé, puede que sea una cuestión de ego o que me haga falta ir a terapia para superar un arraigado problema de inseguridad, pero acabaré por olvidarle. Ese capítulo de mi vida quedará cerrado y finiquitado cuando él se case.

Ahora es Annelise la que permanece en silencio, pero sonríe al ver entrar en la cocina a Jenny, una de las clientas de su estudio fotográfico.

—Me voy ya —le dice Jenny, antes de darle un abrazo—. Lo de antes iba en serio, puedo echarte una mano en el estudio cuando nazca el bebé. Piénsatelo y ya me dirás algo.

—Vale.

Annelise se vuelve a mirarme de nuevo cuando Jenny se va, y yo la sorprendo al decir:

—Me parece que voy a llamar a Jared, a ver si tiene planes para esta noche.

—¿Por qué?

—Porque no me vendría nada mal un buen revolcón.

—Es broma, ¿verdad? No creo que se te ocurra llamarle.

—¿Por qué no?

—Porque acabamos de quedar en que no es el hombre de tu vida, y es un buen tipo.

—Sí, y también es mayorcito para tomar sus propias decisiones.

—Oye, si no estás interesada en él...

—Disfruto estando con él, eso está claro —me alarmo un poco al ver que cierra los ojos y se agarra a la encimera—. ¿Estás bien?

—Sí, solo es un ligero ardor de estómago.

—¿Seguro?

En vez de contestar, insiste en el tema de Jared:

—No entiendo para qué vas a perder el tiempo acostándote con él, si no te interesa de verdad.

—¿Qué tiene de malo?

Ella baja la voz al responder con enfado:

—¡Por el amor de Dios, Lishelle! ¿Te has planteado lo que siente él, o solo piensas en ti misma?

—¿Qué esperabas?, ¿que me enamorara de él?

—Es un hombre que merece la pena —me contesta, dolida.

—Sí, eso no lo niego, pero es que...

—¿Por qué no le llamas de una vez?

—¡Pero si acabas de aconsejarme que no lo haga, Annie!

—No me refiero a Jared, sino a Rugged.

Yo me quedo sin palabras, y ella sigue insistiendo.

—Está claro que le echas de menos.

—Sí, pero va a casarse. ¿No habíamos quedado en dejar el tema?

—No sabes qué tipo de relación tiene con ella, y si sigues pensando en él...

—¿Se puede saber por qué estamos hablando de esto otra vez?

—Cuando recibiste su invitación de boda, lo primero que hiciste fue llamar a Jared y acostarte con él. Lo entendería si estuvieras interesada en Jared de verdad, pero lo que estás haciendo es muy autodestructivo. Jared es una distracción, ¿y por qué necesitas una? Pues porque te niegas a admitir lo que verdaderamente sientes por Rugged.

—¡No me mandó una carta confesando su amor eterno por mí, sino una invitación de boda!

—¡Eso ya lo sé! Después de todos estos años, creo que te conozco mejor que tú misma.

—En ese caso, supongo que sabes a donde voy a ir en cuanto me marche de aquí, y para qué voy a ir.

—Vale, haz lo que te dé la gana.

—Estás cabreada conmigo, ¿verdad?

—Está claro que mi opinión es irrelevante.

Pensaba quedarme un rato más con Annelise, pero decido largarme ahora mismo. Esta discusión está agotándome mentalmente. Necesito espacio al margen de mi amiga, un respiro. Ya hablaremos mañana o pasado y seguro que todo se arregla, pero en este momento necesito marcharme.

—Me voy ya —le digo, mientras me seco las manos con un paño de cocina.

—Vale.

Respiro hondo al ver que va a por una bandeja que hay encima de la mesa sin dignarse a mirarme; si quiere ponerse así, ella misma.

Salgo de la cocina sin volver la vista atrás.

Al cabo de unos minutos estoy en mi coche, y bastante cabreada. Si Annelise va a molestarse por el hecho de que quiera quedar con Jared para follar, ¿por qué narices me lo presentó? Está claro que no sabía a ciencia cierta si acabaríamos enamorándonos.

Sí, es verdad que me conoce bien y que ha acertado de lleno al decir que necesito una distracción. Le he dicho medio en broma lo de que iba a llamar a Jared, pero he decidido hacerlo; al fin y al cabo, él es una distracción de primera.

Además, nunca se sabe, es fantástico en la cama y le gusto... no he afirmado en ningún momento que descarte que podamos llegar a tener futuro como pareja; en cualquier caso, ya es mayorcito y puede verme si le da la gana. Y huelga decir que sabe de qué va esto, yo nunca le hice promesa alguna.

Arranco el coche y marco su número de teléfono mediante los controles del *Bluetooth*. Hago caso omiso de la vocecilla interior que quiere hacerme dudar, la que me advierte que Annelise tiene razón.

–Hola, Jared. Soy Lishelle –le digo, con voz sexy, cuando contesta.

–Hola, ahora mismo estaba pensando en ti.

En su voz se intuye una sonrisa que hace que me sienta mal de repente por haberle llamado, pero ignoro mi absurda reacción y le digo:

–¿En serio?, eso sí que es una casualidad. ¿Estás ocupado?

–¿Ahora mismo?

–Cuando te vaya bien, pero preferiría que fuera ahora –bajo la voz al añadir–: Siento no haber podido llamarte en estas dos semanas, pero me encantaría verte.

–Había quedado con varios compañeros de trabajo en el gimnasio, pero puedo dejarlo para otro día.

–Genial, porque quiero verte ahora mismo. ¿Estás solo?

–Sí.

–Perfecto, voy corriendo.

Sí, la verdad es que pienso correrme... una y otra vez.

Cuando llego a casa de Jared, él me abre la puerta y me mira sonriente. Parece alegrarse mucho de verme.

–Hola –le beso en los labios, y al hacerlo poso las manos sobre su pecho. Es una forma sutil de decirle que quiero que vayamos a la cama cuanto antes.

–¿Qué tal te va? Te he llamado un par de veces, pero no me has contestado.

–Perdona, es que he estado muy ocupada preparando la fiesta de celebración en honor al bebé de Annelise; de hecho, de allí vengo ahora. Tenía en mente llamarte en cuanto pudiera –le beso la mandíbula antes de mordisqueársela, y al ver que no dice nada deslizo los dedos por sus muslos hasta llegar a su pene–. He echado de menos esto.

En vez de ponerse erecto, tal y como espero, me cubre la mano con la suya y me la aparta de su entrepierna.

–¿Qué pasa? –le pregunto, desconcertada.

–Tenemos toda la noche por delante, Lishelle. Antes podríamos ver una película, charlar un rato.

¡Anda ya! ¿Que veamos una película?, ¿que charlemos? Lo dice de broma, ¿no? Supongo que en mi cara se refleja lo sorprendida que estoy, porque añade con firmeza:

–Sí, lo digo en serio.

–Hace dos semanas que no me ves, y ¿lo que quieres es ver una película? –no puedo contener una pequeña carcajada.

–¿Por qué has venido?

–Porque quería verte.

No entiendo a qué viene todo esto. Sonrío con dulzura para intentar que se relaje un poco, pero él suspira y admite sin más:

–Me gustas, Lishelle.

–Perfecto, porque empezaba a dudarlo –le rodeo la cintura con los brazos mientras hablo.

–No estoy hablando de química sexual –me sostiene la mirada durante un momento que se alarga demasiado antes de añadir muy serio–: Y tú lo sabes.

No sé qué decir, así que retrocedo un paso. Se ha cargado mi buen humor.

—No tenemos ninguna prisa, podemos charlar y conocernos mejor en vez de ir directos a la cama.

Estoy atónita, esto sí que no me lo esperaba... al igual que tampoco me esperaba la tristeza que se entrevé en los ojos de Jared. Pero son sus siguientes palabras las que realmente me dejan de piedra:

—Háblame de Rugged.

—*¿Qué?*

—Estuve hablando con Annelise hace un par de días.

—¿Te ha contado lo mío con Rugged? —se lo pregunto con voz un poco cortante.

—Le pregunté por ti para saber qué tal estabas, me dijiste que me llamarías y no lo hiciste. Annelise me contó que aún no habías olvidado a tu ex.

—Eso es una chorrada.

—¿En serio? Porque por fin lo entendí todo. En México pensé que teníamos algo que podría llegar a consolidarse, pero en realidad ni siquiera estás interesada en llegar a conocerme, ¿verdad? No pienso ser un rollete esporádico.

Oírle decirlo de forma tan descarnada hace que me sienta sucia, como si fuera una ramera, y no estoy de humor para consentir que se me juzgue.

De modo que doy media vuelta y le espeto con voz cortante:

—Vale, ya me largo. No quiero seguir ofendiéndote con mi sucia presencia.

Alcanzo a dar dos pasos hacia la puerta, pero Jared me agarra del brazo con firmeza y me obliga a volverme hacia él. En sus ojos veo una emoción que no alcanzo a descifrar, pero que me deja sin aliento.

De repente vuelve a hacer algo que me toma por sorpresa: me agarra la mano y me la pone en su entrepierna... está duro como una roca.

–¿Notas lo duro que estoy?

–Sí –mi voz es apenas un susurro.

–Podría follar contigo ahora mismo, Lishelle. Desde un punto de vista sexual, me enloqueces de deseo. ¿Te crees que se me ha olvidado lo que pasó en México, lo bien que nos compenetramos? –hace una pequeña pausa antes de añadir–: Pero sé lo que se siente al estar enamorado de alguien y no poder olvidarle. No puedes llenar ese vacío con sexo, al menos de forma indefinida. Me gustas muchísimo, demasiado como para conformarme con sexo cuando lo que quiero es algo más.

Abro los labios, pero solo alcanzo a exhalar aire. Me he quedado sin palabras al darme cuenta por fin de que Jared está realmente pillado por mí.

Seguro que se lo confesó a Annelise, y esa es la razón de que ella no quisiera que yo le llamara: porque sabía que él había empezado a sentir algo por mí.

–Oh, Dios mío... –me llevo la mano a la boca, me siento fatal porque sé que no puedo darle lo que quiere. Yo le gusto de verdad, pero para mí no ha sido más que una distracción–. Lo siento, lo siento mucho...

Él me pone las manos sobre los hombros y me dice con voz tranquilizadora:

–Oye, no te preocupes. No hace falta que te disculpes, entiendo lo que te pasa. Llámame si quieres cuando hayas resuelto los asuntos que tienes pendientes, nunca se sabe lo que puede llegar a pasar en el futuro.

Casi habría preferido que hubiera follado conmigo esta noche y no hubiera vuelto a llamarme, o que tuviera una mala opinión de mí y me mandara a la mierda.

Sería mucho más fácil despedirme de él si las cosas terminaran con acritud.

Tengo claro que cuando salga de esta casa no volveré a llamarle, porque es un hombre de los de «todo o nada», y no estoy enamorada de él.

Es deprimente... he conocido a un tipo genial que debería atraerme más allá del aspecto físico, y resulta que lo único que nos une es una intensa química sexual.

De repente recuerdo lo que le he dicho a Annelise: «Está claro que nunca se sabe con quién se puede llegar a encajar».

—Eres uno de los pocos hombres que realmente merecen la pena —admito, con una pequeña sonrisa.

—No todos somos unos impresentables.

—Sí, ya lo sé —le beso en la mejilla antes de marcharme.

Cuando llego a mi coche y lo arranco, me vuelve a la mente lo que él acaba de decirme, y sus palabras me golpean de lleno. «No todos somos unos impresentables...».

Es algo que Roger solía repetirme a menudo. Yo dudaba a veces de que pudiera serme fiel, sobre todo teniendo en cuenta que es un famoso rapero, y él insistía en que los hombres no son todos iguales.

Una de las razones por las que corté con él fue la diferencia de edad, que me parecía un obstáculo infranqueable, pero la razón principal fue mi temor a que me. fuera infiel; sí, esa era mi principal preocupación.

Un hombre como él, una estrella de la música, tiene fans que se le insinúan a todas horas. ¿Cuánto iba a tardar en caer en esa tentación constante?, ¿cuánto iba a tardar en ponerme los cuernos?

«No todos somos unos impresentables».

No sé por qué, pero se me llenan los ojos de lágrimas. No sé si lloro por Jared o por Rugged.

La respuesta me viene por sí sola mientras me seco los ojos: estoy llorando porque permití que mis miedos me alejaran del hombre al que amo.

Sí, es cierto que amo a Roger a pesar de que intenté controlar mis sentimientos. Lo que hice para intentar proteger mi corazón fue convencerme a mí misma de que acabaría haciendo lo mismo que Glenn, que acabaría haciéndome daño.

Pero no me siento protegida, sino hundida.

El corazón me da un brinco cuando mi móvil empieza a sonar. Deseo con todas mis fuerzas que sea Rugged, porque quiero hablar con él... miro la pantalla, y al ver que el número que aparece es el del móvil de Annelise, le doy al botón que hay en el volante para contestar.

—Dime.

Recibo de improviso la noticia que destroza mi mundo.

Capítulo 22

Claudia

No sé lo que habría hecho si Chad no hubiera estado conmigo cuando he recibido la llamada.

Cuando me ha sonado el móvil estaba desnuda en su cama, así que he estado a punto de dejar que saltara el buzón de voz, pero al ver que se trataba de Lishelle, he decidido contestar para contarle cómo me había ido todo.

Y en vez de eso, mi amiga me ha dado una noticia devastadora.

—Acaba de llamarme Dom, Annelise está en el hospital —me ha dicho, muerta de angustia—. Dios mío, Claudia, puede perder el bebé...

—¿Qué?

—Ve al Centro Médico de Atlanta en cuanto puedas —su voz se quiebra cuando añade—: Mierda, la culpa la tengo yo. Si pierde el bebé...

—No, es imposible, no... no puede perderlo.

En cuanto la llamada ha terminado, la situación me ha superado y me he echado a llorar. Las palabras de Lishelle eran un tormento, saber que Annelise podía perder el bebé...

Gracias a Dios que Chad estaba conmigo. En este momento me lleva al hospital en su coche, porque yo no estoy en condiciones de conducir.

–Tranquila, ya verás como todo sale bien –mantiene una mano en el volante, y la otra la posa sobre la mía.

No ha parado de darme ánimos desde que le he contado lo que pasaba, pero el miedo me tiene como paralizada y ni siquiera puedo contestarle. Las lágrimas me bajan por las mejillas sin parar. Quiero creer en sus palabras tranquilizadoras, pero no puedo dejar de pensar en el terror que se reflejaba en la voz de Lishelle. Nunca antes la había oído hablar así.

Annelise puede perder el bebé.

Me siento culpable por haber tenido celos de su embarazo. Yo creía que mi amiga tenía una vida perfecta, y ahora corre el riesgo de perderlo todo.

–Ya estamos aquí –me dice Chad, cuando enfila por el camino de entrada del hospital–. Te dejo en la puerta de Urgencias y me voy a aparcar, nos vemos dentro.

–Vale.

Me aprieta la mano izquierda mientras abro la puerta del coche con la derecha, y la mirada de ánimo que me lanza es como un rayo de esperanza para mí. Chad llegó a mi vida de forma súbita e inesperada, y aun así no puedo imaginarme estar aquí, enfrentándome a esta situación, sin tenerle a mi lado.

Entro en Urgencias a toda prisa y me detengo para ver si encuentro a Dom o a Lishelle, y es a esta última a la que veo venir hacia mí con paso rápido y los brazos extendidos. En su rostro se refleja lo mismo que llena mi corazón: un miedo terrible.

–¿Qué ha pasado? –le pregunto.

Ella me abraza con fuerza. He estado luchando por

contener mis emociones, pero este abrazo hace que me tema lo peor y estoy a punto de echarme a llorar de nuevo.

Me echo un poco hacia atrás, y le repito la pregunta.

—No sé gran cosa, he visto a Dom apenas unos minutos cuando he llegado. Está hecho polvo, Claudia. Han metido a Annelise de inmediato para que la examine un médico y estoy esperando a que me digan algo, pero lo que sé es que le han entrado unas náuseas bastante fuertes después de la fiesta. Al principio no les dio importancia y se tumbó un rato, pero empezó a dolerle mucho la cabeza y se le nubló la vista; según Dom, decidió tomarse un analgésico creyendo que no pasaba nada, pero de repente le ha dado un fuerte dolor en el abdomen —Lishelle se para por un instante y se lleva un puño a los labios antes de añadir llorosa—: No sabremos nada más hasta que él salga.

—¿Va a perder el bebé? —no quiero ni pensarlo y mucho menos decirlo, pero tengo que saberlo.

—No... no lo sé, pero el hecho de que la hayan entrado a toda prisa en cuanto ha llegado... —se le quiebra la voz, y de repente retrocede hasta apoyar la espalda contra la pared y se agarra el estómago.

—Seguro que todo sale bien —lo único que podemos hacer es pensar en positivo y rezar.

—¿Y si no es así?

—Hasta que no sepamos lo que...

—¡Yo tengo la culpa de lo que ha pasado!

—No, claro que no...

—¡Sí, claro que sí! Tú no lo entiendes... es que hemos discutido después de que tú te marcharas. Yo quería llamar a Jared, ella me ha dicho que no lo hiciera y me ha acusado de estar dándole falsas esperanzas, y yo me he enfadado. Ha habido un momento en que parecía como si no se encontrara bien, pero estaba tan cabreada con ella, que no...

—Eso no significa que la culpa sea tuya —le aseguro con voz suave.

—¡No tendría que haber discutido con ella!, ¡a lo mejor le ha pasado esto por culpa del estrés! Ella tenía razón al aconsejarme que no llamara a Jared, pero no he querido hacerle caso. Si soy la culpable de que esté aquí...

—No lo eres, así que deja de martirizarte —le ordeno con severidad.

—Es que si pierde el bebé...

—No digas eso, ni siquiera lo pienses. Necesita que seamos fuertes, que le mandemos energía positiva y recemos por ella. Eso es lo que necesita en este momento.

Lishelle asiente, pero no parece convencida del todo. Nos vamos a un extremo de la sala de espera, y nos sentamos en unas sillas de lo más incómodas; al cabo de unos segundos, las dos cerramos los ojos.

Yo empiezo a rezar en silencio, y estoy convencida de que Lishelle está haciendo lo mismo.

La siguiente hora se me hace eterna. Chad ha estado sentado con nosotras, pero al cabo de unos tres cuartos de hora le he aconsejado que se fuera. Le llamaré en cuanto sepamos algo, y de momento Lishelle y yo podemos apoyarnos la una en la otra.

Me levanto como un resorte al ver aparecer a Dom. La sangre se me hiela en las venas al ver la cara que tiene, y Lishelle susurra horrorizada:

—No...

–No traigo buenas noticias –nos dice él.

–Dios, no, por favor... –alcanzo a decir, con los ojos llenos de lágrimas.

–No saben si van a tener que provocarle el parto.

–¡Pero si aún es demasiado pronto! Solo está de... de veintiséis semanas, ¿verdad?

–Sí –Dom se pasa una mano por el pelo. Está claro que no es la primera vez que lo hace en lo que va de noche, porque lo tiene muy alborotado–. Ahora están dándole una medicación para intentar estabilizarla.

–¿Qué es lo que le pasa?

–No saben si es hipertensión causada por el embarazo o preeclampsia, que también está asociada a una tensión arterial alta; en caso de que sea preeclampsia, tendrá proteína en la orina, y eso perjudica aún más al bebé.

No entiendo la mitad de lo que dice, pero suena fatal. El corazón me va a mil por hora.

–Será mejor que vuelva a entrar –añade él–. Están intentando estabilizarla por todos los medios, pero me han dicho que va a quedarse ingresada un par de días como mínimo. Saldré a deciros algo en cuanto haya alguna novedad.

–Vale.

Lishelle y yo le abrazamos al mismo tiempo, y al cabo de unos segundos vuelve a cruzar a toda prisa la puerta de Urgencias.

Dom regresa al cabo de una hora, y en esta ocasión lo hace con una pequeña sonrisa en el rostro.

–Está bien por ahora, aunque ha habido un momento en que la cosa se ha puesto bastante mal. Han confirmado que lo que tiene es preeclampsia y han estado a punto de adelantar el parto, pero han conseguido estabilizarla.

—¡Gracias a Dios! —exclamo, entusiasmada, mientras me acerco a abrazarle.

Al ver que Lishelle se pone a llorar en silencio, Dom le agarra las manos y le dice con voz tranquilizadora:

—Ya verás como todo sale bien, Annie es una luchadora.

—¿Te han dicho los médicos qué es lo que ha desencadenado todo esto?

—Solo sé que me han asegurado que es una afección bastante común. Annelise ha estado sufriendo varios síntomas que ha obviado... dolor de cabeza, visión borrosa... y acaba de admitir que había empezado a ver puntitos blancos cuando cerraba los ojos. La cuestión es que no les dio mayor importancia.

—¿Sabes si el estrés ha podido ser el desencadenante?

Al oír la pregunta que Lishelle hace con voz queda, opto por explicarle a Dom:

—Cree que Annelise ha podido alterarse por algo que le ha dicho ella, y que el disgusto le ha provocado esto. ¿Podrías decirle tú que no es cierto?

—El embarazo es el desencadenante, lo que le ha provocado la subida de tensión. Lo peor de todo es que Annelise no les dio importancia a los primeros síntomas; si hubiera ido al médico cuando tuvo el primer dolor de cabeza, habríamos sabido lo que le pasaba y habría empezado a medicarse. Ah, por cierto, el rápido aumento de peso es otro de los síntomas.

—La verdad es que ha ganado bastante peso en poquísimo tiempo —admito yo.

–Si da a luz ahora...

Lishelle deja la frase inacabada, y yo le aseguro con firmeza:

–De ser así, los médicos salvarán al bebé. Vale que es pronto, que está de veintiséis semanas, pero hoy en día hay unos avances tecnológicos increíbles. Lo tendrán en la Unidad de Cuidados Intensivos Neonatales y seguro que sale adelante sin problemas –lo digo tanto para tranquilizarla a ella como a Dom.

–¿Podemos entrar a verla? –pregunta Lishelle.

–Sí, pero solo un momento. Los médicos quieren que descanse. Van a tenerla vigilada durante las próximas veinticuatro horas y procurarán controlarle la tensión arterial –hace una pequeña pausa, salta a la vista que está luchando por mantener la compostura. Esto ha sido un golpe durísimo para nosotras, pero para él debe de ser incluso peor–. Si no lo logran, lo más seguro es que le practiquen una cesárea.

Tanto Lishelle como yo permanecemos en silencio mientras asimilamos esta información; por mucho que haya avanzado la medicina, me aterra la idea de que Annelise dé a luz tan pronto.

Nunca se sabe al cien por cien lo que va a pasar.

–Venid, ya la han subido a planta –nos dice Dom.

Él hace las veces de guía. Vamos por el pasillo de Urgencias, y tras doblar una esquina subimos en uno de los ascensores a la planta donde está la habitación de Annelise; después de recorrer otro pasillo y doblar una última esquina, Dom abre una puerta y nos indica que entremos.

–Pasad a verla, yo espero aquí.

Antes de que Lishelle y yo podamos entrar, una enfermera nos cierra el paso y nos advierte:

–Solo pueden entrar familiares.

Lishelle la mira como si la mujer tuviera tres cabezas, y le contesta con total convicción:

—Nosotras lo somos, es nuestra hermana.

Entra sin más en la habitación, y deja a la enfermera ahí plantada; a juzgar por la cara de desconcierto que pone, está claro que no entiende cómo es posible que dos mujeres negras sean hermanas de una blanca, pero la firmeza con la que ha hablado Lishelle es inapelable.

Entro en la habitación tras mi amiga sin dudarlo, y veo a Annelise en la cama. Tiene los ojos cerrados, pero los abre al oírnos llegar y esboza una pequeña sonrisa.

Lishelle, la mujer que acaba de tratar a una enfermera de forma tan tajante, se echa a llorar en cuanto se detiene junto a la cama.

—¡Lo siento mucho, Annie! No tendría que haber discutido contigo, me he dado cuenta de que tenías toda la razón. ¿Cómo se me ocurre pelearme contigo? ¡Eres mi mejor amiga, y encima estás embarazada! Perdóname, por favor.

—¿Puede saberse de qué estás hablando? —le pregunta Annelise, con voz débil.

—Se siente culpable por haber discutido contigo por Jared, está convencida de que la tensión de la pelea ha contribuido a que estés aquí.

—Qué va —Annelise le agarra la mano a Lishelle y le asegura con firmeza—: No te disculpes, por favor. No hace falta.

—No tendría que haber discutido contigo. Dios, a veces puedo ser una verdadera arpía —insiste Lishelle, mientras lucha por contener las lágrimas.

—Shhh... no tienes la culpa de lo que me ha pasado, te lo aseguro. Fui yo la tonta que no hizo ni caso de los síntomas.

Me siento en la cama junto a ella antes de decir:

—No eres tonta, eres una primeriza que no tenía ni idea de lo que pasaba.

—Vas a ponerte bien, y el bebé nacerá sano y salvo —afirma Lishelle con voz más firme.

—No puede nacer tan pronto —la voz de Annelise tiembla un poco, da la impresión de que va a echarse a llorar de un momento a otro.

—Por eso estás aquí, para que puedan teneros controlados a los dos.

—Estoy dispuesta a hacer lo que sea, lo que importa es darle al bebé el máximo tiempo posible para que crezca dentro de mí —a pesar de su sonrisa, sus ojos revelan lo asustada que está.

—Todo va a salir bien. Lishelle y yo estamos rezando, y seguro que mamá Deanna también —me alegra ver que mis palabras le arrancan una sonrisa, así que añado en tono de broma—: Tómatelo por el lado bueno, vas a librarte de ella durante unos días.

—A lo mejor tenía razón al aconsejarme que comiera más espinacas.

—Ni se te ocurra sentirte culpable —miro a Lishelle, porque mis palabras también van para ella—. Vas a ponerte bien, y en el remoto caso de que des a luz antes de tiempo, recibirás los mejores cuidados y la pequeña Claudia será una niñita perfecta.

—¿Se va a llamar Claudia? —me pregunta Annelise, sonriente.

—¿Has pensado en un nombre mejor? —le digo, con fingida indignación.

—Oye, ¿y yo qué? —apostilla Lishelle.

Las tres nos echamos a reír. Mis comentarios han animado un poco el ambiente, es justo lo que nos hacía falta... sonrisas y felicidad en vez de tristeza y preocupaciones. Lo mejor que podemos hacer por Annelise en este momento es mantenerla animada.

Dom entra en la habitación y nos dice en tono de broma:

—¿Qué pasa aquí? Apuesto a que estáis criticando a los hombres.

—Qué va, eso nunca —le asegura Annelise.

Dom pasa junto a mí y al llegar junto a la cabecera de la cama le acaricia la frente a Annelise, que tiene el flequillo húmedo y el pelo sin brillo. La forma en que la acaricia refleja el amor que siente por ella, y eso me conmueve. Lo que estoy presenciando es precioso.

Algún día yo también estaré así, a punto de dar a luz en el hospital, y será Chad el hombre que esté a mi lado. Si me ama la mitad de lo que Dom ama a Annelise, soy una mujer muy afortunada.

—No sé si es un buen momento para que os cuente cómo me ha ido con Chad.

—¡Claro que sí! —Annelise se sienta en la cama antes de pedirle a Dom—: ¿Te importaría esperar en el pasillo, cariño?

—¡Pero si acabo de entrar!

—Ya, pero es que vamos a hablar de cosas de chicas.

Él sonríe al ver sus ojos chispeantes, y la besa en la frente antes de contestar:

—De acuerdo.

—Gracias por entenderlo, cariño —Annelise espera a que salga de la habitación antes de pedirme a bocajarro—: Venga, desembucha.

—Lishelle ya te ha contado que he ido a verle para poder disculparme en persona, ¿verdad?

—Sí.

–Pues al final hemos arreglado las cosas –sonrío de oreja a oreja, estoy loca de felicidad–. Le he invitado a que venga a cenar a casa de mis padres mañana, y ha aceptado.

Annelise suelta un gritito de entusiasmo antes de preguntar:

–¿De verdad que vas a presentárselos ya?

–¿No es un poco pronto? –apostilla Lishelle.

–Es el hombre de mi vida y tengo claro que mi futuro está a su lado, no tiene sentido esperar a presentarle a mi familia.

–¡Madre mía! –Annelise se lleva una mano a la boca al darse cuenta de lo fuerte que ha gritado, y añade en voz más baja–: No me lo creo... bueno, sí que me lo creo, porque tengo claro que estáis hechos el uno para el otro. ¡Qué bien!

–Todo ha sido gracias a ti, Annelise, así que gracias. Chad me ha tratado mejor que nadie, nunca me había sentido tan llena de vida y pletórica –me inunda una profunda emoción y admito sonriente–: Lo digo y lo repito, es el hombre de mi vida.

–¿Cómo crees que va a reaccionar tu madre? –me pregunta Lishelle.

–Ni lo sé, ni me importa; por primera vez en toda mi vida, su opinión me trae sin cuidado. Chad es el hombre con quien quiero estar, y ella no va a tener más remedio que aceptar mi decisión –lo digo con plena convicción.

Annelise suelta otro gritito, y las tres nos echamos a reír; al cabo de unos segundos, la enfermera con la que hablamos antes aparece en la puerta, y a juzgar por la cara que tiene, está claro que está deseando abroncarnos a Lishelle y a mí.

–¿Va todo bien?

–Perdone, estamos hablando de cosas de chicas –le explica Annelise.

–Procuren bajar el tono de voz, por favor. Ya no estamos en horario de visita.

Annelise se lleva la mano a los labios y finge que se los cierra con una cremallera, pero nos echamos a reír de nuevo en cuanto la enfermera se va. Me da igual que vuelvan a llamarnos la atención.

La risa es la mejor medicina que hay, y quiero asegurarme de que Annelise reciba una buena dosis.

Capítulo 23

Annelise

Durante las últimas sesenta horas he pasado de un estado de ánimo a otro a una velocidad vertiginosa. He tenido momentos buenos gracias a Dom, a mi hermana y a mis amigas, que han procurado levantarme el ánimo; además, Samera y Miguel me han sorprendido gratamente con la noticia de que se han comprometido.

Pero también he tenido bajones, sobre todo porque aún no ha habido mejoría alguna en mi estado. Sigo teniendo la tensión demasiado alta, y cada vez es más probable que tenga que adelantarse el parto.

También me he llevado un disgusto por algo que no está relacionado con mi condición física, algo que nos ha tomado por sorpresa tanto a Dom como a mí: anoche nos enteramos por el personal del hospital que un padre soltero no tiene derechos sobre su hijo en el estado de Georgia. Para solucionar ese problema, un padre que se encuentre en esa situación debe firmar lo que se conoce como Reconocimiento Voluntario de Paternidad, un documento en el que afirma que es el padre del bebé y que piensa asumir las responsabilidades que eso conlleva.

Yo sería incapaz de usar el tema de la paternidad como arma arrojadiza contra Dom, pero podría largarme y llevarme a mi hijo en cuanto me diera la gana si él no firma ese documento. Y lo que es peor, y nuestra verdadera preocupación, tal y como están las cosas, es que en un primer momento él no tendría ningún derecho sobre el bebé si a mí me pasara algo.

Huelga decir que estoy dispuesta a firmar lo que haga falta en cuanto a paternidad se refiere cuando nazca el bebé, que voy a encargarme de que Dom aparezca en el acta de nacimiento, pero no es difícil imaginar cómo se sintió cuando se enteró de este asunto... en especial teniendo en cuenta que hace meses que quiere que nos casemos.

Dom quería solucionar cuanto antes este cabo suelto, así que esta misma mañana ha ido a firmar el Reconocimiento Voluntario de Paternidad. Acaba de regresar a mi habitación, y no parece demasiado contento.

—¿Podríais dejarnos unos minutos a solas? —les pido a mi hermana y a Miguel, que han estado haciéndome compañía.

—Claro. ¿Tienes hambre? —le pregunta Samera a Miguel.

—Estoy hambriento.

Al verles salir de la habitación agarrados de la mano, no puedo evitar pensar en lo feliz que es mi hermana. Es una mujer nueva, y me alegra saber que no va a haber más chicos malos en su vida.

Dejo de pensar en Samera y me centro en Dom al ver que se sienta en una silla junto a la cama; sí, no hay duda de que está enfadado.

—¿Ha ido todo bien? —le pregunto con cautela.

—Sí —lo dice con voz cortante. Tensa la mandíbula y

aparta la mirada, pero se vuelve de nuevo hacia mí y añade–: Maldita sea, justo por este tipo de cosas insistí en que era importante que nos casáramos antes de que naciera el bebé.

–No sabíamos que existía esa ley, ni que yo acabaría en el hospital.

–No, pero no pusiste ningún interés en organizar una boda.

–¡Acepté tu proposición de matrimonio!

–Eso fue hace unas semanas, pero no tendríamos que haber tardado tanto. Saqué el tema del matrimonio hace unos meses y tú me dijiste que no estabas preparada. Que Dios no lo quiera, pero... imagina que te hubiera pasado algo más grave, que hubieras perdido la conciencia o... o algo peor. Yo no tendría ningún derecho sobre mi propio hijo, habría que hacer la prueba del ADN para demostrar que soy su padre.

–En cuanto salga del hospital y esté en condiciones, nos casaremos –lo digo totalmente en serio. Le agarro la mano y se la beso antes de añadir–: No voy a retrasarlo más.

–Perfecto.

–No es que no quisiera casarme contigo...

–Ya lo sé. Si pensara que tienes dudas respecto a mí, no estaría construyendo una vida contigo.

Dios, cuánto le amo... de repente me parece una estupidez mi empeño en retrasar nuestra boda. No es Charles ni lo será nunca, eso lo tengo clarísimo. No tendría que haber dejado que la pésima experiencia que tuve con el perdedor de mi ex empañara la visión que tengo del matrimonio. Estoy convencida de que es una institución que funciona cuando dos personas se aman de verdad y se honran la una a la otra.

–¿Te ha dado pataditas? –me pregunta con preocupación, mientras me pone una mano sobre el vientre.

–Alguna que otra –respiro hondo antes de admitir–: No muchas –sé por los médicos que no es una buena señal.

Tanto Dom como mi hermana y mis amigas me han pedido que sea positiva, todos ellos me han asegurado que los médicos lograrán controlar la preeclampsia y podré llevar a término el embarazo. Estoy de veintiséis semanas y espero poder aguantar diez más, porque soy consciente de que dar a luz en este momento del embarazo conlleva riesgos... como la posibilidad de que el bebé no tenga los pulmones desarrollados del todo, por ejemplo. Sí, ya sé que la medicina ha avanzado mucho, pero ninguna mujer quiere que su bebé nazca tan pronto.

Quiero creer que llegaré a las treinta y seis semanas, pero ya no lo tengo tan claro.

Miro hacia la puerta al oír que alguien llama, creyendo que puede tratarse de un médico, una enfermera o una de mis dos mejores amigas, pero la persona que entra es la que menos me espero. Me embarga una sensación muy extraña, una especie de cálido hormigueo que se extiende por todo mi cuerpo, y siento una súbita tensión en los pulmones.

Debo de estar soñando... o eso, o estoy viendo visiones. Es imposible que mi madre esté aquí.

Nos quedamos mirándonos en silencio. Va vestida con un vestido de algodón blanco que le llega a los tobillos, una chaqueta vaquera y unos zapatos de la marca Birkenstock. Su largo pelo de color rubio oscuro está salpicado de canas, y se lo ha apartado de la cara con una diadema. Cuando entra un poco más en la habitación me doy cuenta de que le llega a la altura del trasero, apuesto a que lleva veinte años sin cortárselo.

–Annie...

Lo dice vacilante, pero el sonido de su voz... Dios, ese sonido me golpea de lleno, hace que este momento se convierta en algo muy real.

–Mamá...

–Sí, soy yo.

–Pero... pero ¿cómo...?

–¿Te acuerdas de cuando te llamé y te dije que tenía el presentimiento de que pasaba algo malo? Pues la sensación fue intensificándose hasta que se volvió abrumadora. Necesitaba hablar contigo aunque creía que no querías saber nada de mí, y anoche llamé a tu casa y la madre de Dom me contó lo que pasaba.

Soy incapaz de contestar, me cuesta respirar y exhalo el aire a trompicones.

–Ya sé que pensaste que te llamé para darte la lata por no estar casada, pero lo de mi premonición era cierto; no sé cómo, pero supe que estabas embarazada y que habría complicaciones. Tenía que venir a verte, soy tu madre.

Me cuesta creer que esto esté pasando de verdad, que mi madre presintiera que me pasaba algo malo. Jamás ha dado muestras de tener un instinto maternal acusado, así que me parece increíble que intuyera que me pasaba algo y decidiera venir a verme... lo que no me extrañaría es que viniera para soltarme un sermón apocalíptico.

–No sabía que fueras capaz de algo así, de intuir que me pasa algo –son palabras que reflejan mi dolor, y soy incapaz de callármelas.

Me llevo las manos al vientre en un gesto protector. Quiero creer que voy a ser muy distinta a ella como madre, que en caso de que mi hijo me necesitara, yo lo sabría de forma instintiva.

—Entiendo que te cueste creerme, pero tuve la sensación abrumadora de que te pasaba algo malo. El Señor me ha traído hasta aquí, Annie. No me cabe la menor duda.

Permanezco callada, supongo que estoy esperando a que haga como siempre y diga algo hiriente. Pero ella se limita a mirarme con compasión, y voy bajando la guardia poco a poco. El mero hecho de que esté aquí ya es todo un acontecimiento, y aunque no tenemos nada en común, no puedo negar que tengo ganas de hablar con ella desde que me quedé embarazada.

Dom se ha puesto tan tenso como yo al verla llegar, pero ha ido relajándose y nos dice:

—Os dejo un rato a solas.

Mi madre se acerca a la cama cuando él sale de la habitación, y me pregunta con voz suave:

—¿Cómo estás?

No tengo tiempo de contestar, porque Samera llega en este preciso momento. No le conté lo de la llamada de mamá para no ponerla nerviosa, y porque consideré que era innecesario hacerlo.

—Te he traído unos cuantos bizcochitos de esos que ayer te gustaron tan...

Se para en seco al ver a mamá de espaldas, y se queda helada al reconocerla. Seguro que no se ha encontrado con Dom en el pasillo, porque de ser así, él la habría alertado.

Mi madre se vuelve de inmediato hacia la hija con la que lleva años sin hablarse. Samera no dice ni una palabra, pero a mí no me hace falta que lo haga para saber que en este momento está soltando una retahíla de improperios para sus adentros.

–Samera... –dice nuestra madre con voz suave, antes de mirarla de pies a cabeza.

–¡Ni se te ocurra mirarme así!, ¡no te atrevas a juzgarme!

La voz de mi hermana es desafiante. Tiene el pelo teñido de rubio, lleva un maquillaje muy extremado, la camiseta que lleva puesta se ajusta a la perfección a sus enormes pechos, y lleva unos vaqueros tan ajustados que se le ve el contorno de la vagina.

–No he... –mi madre se interrumpe y suelta un suspiro pesaroso.

Samera entra airada en la habitación, y deja los bizcochos sobre la mesa con manos temblorosas antes de decirme con rigidez:

–Miguel está abajo, en la tienda de regalos. Ya vendremos después.

Va hacia la puerta sin mirar atrás, pero justo cuando está a punto de salir de la habitación, mi madre le pide:

–Espera, por favor.

Samera se detiene, pero tarda unos segundos en volverse y preguntar:

–¿Qué quieres?

–No... no quiero que te vayas.

–¿Por qué no? ¿Quieres decirme que siempre la cago?, ¿que soy un desastre? ¡Ya lo hiciste la última vez que nos vimos!

Noto a mi madre distinta... a lo mejor es por la edad, puede que se haya dado cuenta de que se ha perdido una buena parte de nuestras vidas; sea como sea, abre los brazos hacia Samera y le dice sin más:

–Perdóname, Samera.

Mi hermana parece haberse quedado de piedra, y seguro que yo tengo la misma cara de estupefacción. Me cuesta creer lo que estoy viendo, esta mujer no es mi madre de siempre.

–Por favor... –insiste, con voz quebrada–. He venido por Annie, y también por ti.

Al ver que Samera sigue inmóvil, mi madre se acerca a ella y no se detiene hasta que están frente a frente. La rodea con los brazos, y no la suelta a pesar de que mi hermana permanece rígida y sin devolverle el abrazo.

Todo esto es extrañísimo, y tanto a Samera como a mí nos cuesta asimilarlo, pero la disculpa de mi madre logra resquebrajar la coraza con la que mi hermana se protege, y se echa a llorar mientras mi madre repite una y otra vez:

–Lo siento, lo siento...

Yo también me echo a llorar. He estado en contacto con ella a lo largo de los años, aunque de forma esporádica y superficial, pero mi hermana y ella llevaban trece años sin hablarse. En este momento están abrazándose con fuerza mientras se mecen con suavidad, y mi madre no deja de murmurar palabras de afecto y de disculpa. Por primera vez en una eternidad se parece a la madre que conocí de niña, la madre que ofrece amor y comprensión de forma incondicional. No puedo evitar seguir llorando mientras presencio esta escena.

Cuando el emotivo abrazo termina, mi madre toma a Samera de la mano y se acercan juntas a mi cama. Las dos están secándose las lágrimas... bueno, y yo también, lo admito. Mi hermana parece muy vulnerable en este momento, creo que no la había visto así desde que entró en la adolescencia.

Mi madre alarga su mano libre y agarra la mía antes de decir:

—También tengo que pedirte perdón a ti, Annie. Las dos os merecíais tener una madre de verdad, y yo no lo he sido.

No hay palabras que puedan expresar lo que siento, los ojos se me inundan de lágrimas otra vez y me pregunto qué ha causado este cambio tan drástico en ella.

Es como si me hubiera leído el pensamiento, porque al cabo de un instante añade:

—A veces, una persona tarda años en comprender de qué está huyendo, y eso es lo que me ha pasado a mí. No voy a entrar en detalles ahora, solo os diré que creí que mi dolor se aliviaría si me aferraba a la iglesia, a Dios, hasta que por fin conocí a alguien que me ayudó a darme cuenta de que la Iglesia ha sido una especie de muleta para mí, que me he valido de ella para ocultar mi dolor durante todos estos años —le tiemblan los labios, pero logra esbozar una sonrisa—; en fin, ya hablaremos de eso luego. Lo que quiero ahora es saber de tu vida, Annie. ¡Vas a darme una nieta!

Guío su mano hasta mi vientre, tengo ganas de llorar y reír a la vez. Es de agradecer que no me haya preguntado por lo que va mal, sino que me ayude a centrarme en lo que va bien.

—Ya sabes que mi matrimonio con Charles se fue a pique. Conocer a Dom me tomó por sorpresa, pero tenemos una relación maravillosa. Aún no nos hemos casado, pero no tardaremos en hacerlo —alzo la mano izquierda para mostrarle el anillo.

—¡Caramba, qué preciosidad!

—Jamás creí que podría llegar a ser tan feliz, y por si fuera poco, me quedé embarazada y ya estoy de veintiséis semanas.

—¡Oh, acaba de darme una patadita! —exclama, con

ojos llenos de ilusión, al notar el movimiento bajo la palma de su mano.

Siento un alivio enorme al ver que el bebé ha vuelto a moverse, y comento sonriente:

—A lo mejor sabe que su abuela está aquí.

Samera sigue llorando, no ha parado de hacerlo; por mucho que se haga la dura y asegure que no necesita a mamá para nada, está claro que no es así.

De repente me viene a la cabeza algo que mi madre ha dicho hace un momento.

—¡Oye, antes has dicho que voy a darte una nieta! ¡Una nieta, no un nieto!

—Sí, es verdad. No sé por qué, supongo que porque tengo la intuición de que va a ser niña.

—Yo también —admito, sonriente.

—Pues yo estoy convencida de que va a ser un niño —afirma Samera.

—Qué va, mira la forma de la barriga —le contesta mi madre con convicción—. Apuesto a que tuvo náuseas durante unos cinco meses.

—Cinco y medio —admito yo.

—No hay duda, es una niña. Yo he tenido dos, así que hablo con conocimiento de causa. Creía que Dom y tú ya lo sabríais con certeza, hoy en día la gente no tiene paciencia para esperar a llevarse la sorpresa.

—Es que a mí me encantan las sorpresas —mi tono de voz deja claro que no me refiero únicamente al sexo del bebé—; en cualquier caso, es divertido ver lo que opina cada uno y escuchar cuentos de viejas sobre cómo adivinar si va a ser niño o niña.

—Yo siempre he oído decir que si el vientre está alto, es que es niño —insiste Samera.

Nos ponemos a hablar de bebés con total naturalidad, seguro que madres e hijas han tenido conversaciones similares desde tiempos inmemoriales.

Supongo que podría sentir cierto resquemor, pero creo que no tendría sentido. Siempre he sospechado que mi madre estaba huyendo de algo, algo que pudo pasarle en su niñez, y tiene razón al decir que una persona puede tardar años en dejar de huir y enfrentarse a sus temores; de hecho, yo misma le tenía miedo a la idea de volver a casarme.

Lo que importa es que mi madre está aquí, justo donde quiero que esté... pero mi alegría es efímera, porque siento una súbita humedad entre las piernas y un dolor muy intenso en el abdomen.

—¡Dios mío!

Mi madre me aprieta la mano y me pregunta alarmada:

—¿Qué te pasa?

—¡Tengo miedo, no sé...! ¡Por favor, id a por Dom!

No hace falta que lo hagan, porque Dom estaba esperando fuera de la habitación y entra a la carrera al oírme gritar.

—¡Annie!

—¡Me parece que estoy sangrando otra vez, avisa al médico! Oh, Dios, no... el bebé no puede nacer tan pronto.

—Tranquila, los médicos se encargarán de todo y Dios velará por vosotros —me asegura mi madre.

Una enfermera entra en la habitación a toda prisa, y a juzgar por la cara que pone al comprobar mi tensión arterial en el monitor, está claro que lo que ve no es nada bueno.

Miguel llega justo ahora con globos y un enorme arreglo floral, pero su brillante sonrisa se desvanece cuando se da cuenta de que está pasando algo malo.

No hay tiempo para explicaciones, porque la ginecóloga llega a toda prisa y no tarda en confirmar mis temores: van a tener que hacerme una cesárea.

–Lo siento, pero no tenemos otra opción –nos dice con gravedad. Es una atractiva afroamericana de unos cincuenta años–. Hemos estado vigilando tus constantes vitales y las del bebé, y hemos llegado a un punto en que creemos que los dos podéis correr peligro si no das a luz de inmediato.

–Pero es demasiado pronto... –protesto, mientras me aferro con fuerza a la mano de Dom.

–Lo lamento de veras, pero no nos queda otra.

Me echo a llorar, y Samera también. Miguel la abraza de inmediato.

En un abrir y cerrar de ojos están sacándome de la habitación en mi cama, que tiene ruedas, y me doy cuenta de que ya no hay más tiempo para lágrimas.

Ha llegado el momento de ponerse a rezar.

Capítulo 24

Lishelle

El bebé de Annelise llega al mundo una soleada tarde de principios de noviembre, y aunque he tenido la mala suerte de estar trabajando en ese preciso momento, salgo escopeteada en cuanto termino la emisión de las seis.

Cuando llego al hospital, voy directa al mostrador de información para que me digan cómo se llega a la Unidad de Cuidados Intensivos Neonatales, y me dirijo hacia allí a toda prisa. La primera persona a la que veo al llegar es Claudia, que está esperando sentada pero se levanta al verme y viene hacia mí.

Estoy hecha un manojo de nervios, pero me tranquilizo un poco al ver que parece estar contenta y en su rostro no hay rastro alguno de preocupación.

Nos damos un fuerte abrazo, y después le digo sin andarme por las ramas:

—Annelise tenía razón, ha sido niña.

—Sí, ella lo supo desde el principio.

—¿Dónde están?

—Ven.

Claudia me conduce hasta una mampara de cristal por la que se ve una sala llena de bebés muy pequeñitos en incubadoras, también hay algunos padres y personal del hospital.

—Allí —me indica Claudia.

Por fin los encuentro. No veo bien a la niña desde aquí, pero alcanzo a ver que está dentro de una incubadora. Annelise está en bata y sentada en una silla de ruedas, y Dom está a su lado vestido con la típica ropa hospitalaria desechable. Tiene las manos apoyadas sobre los hombros de mi amiga, y los dos contemplan arrobados a su hija.

—Dios mío, tienen una hija... —lo digo con voz trémula, me embarga una emoción enorme.

—Nos han puesto a las dos en un listado de personas que pueden visitarla a cualquier hora, estamos autorizadas a entrar a ver a la niña y a tomarla en brazos si queremos.

—¿Cómo está? —pregunto, con los ojos inundados de lágrimas.

—Los médicos han dicho que tiene los pulmones bastante desarrollados, pero de todas formas le han puesto un tubo respiratorio. Las perspectivas son muy buenas, aunque la pequeña Sophia va a tener que permanecer un mes ingresada como mínimo, puede que más.

—Sophia... qué nombre tan bonito —me llevo una mano al corazón.

—Ni te imaginas quién ha venido esta mañana.

—¿Quién?

—Ruth, la madre de Annie.

—*¿Qué?*

—Según ella, intuyó que a su hija le pasaba algo malo. Samera me ha contado que llamó a casa de Annelise, habló con la madre de Dom, y se fue a toda prisa de ese campamento cristiano donde vive.

—Jo, esto es increíble. ¿Dónde está ahora?

—Ha ido a comer algo a la cafetería con la madre de Dom.

Me giro de nuevo hacia la mampara, y me doy cuenta de que Annelise me ha visto y está saludándome sonriente con la mano; escasos minutos después, sale de la sala con Dom empujando la silla de ruedas, y yo voy corriendo hacia ellos y me agacho para poder abrazarla.

—¡Felicidades, cariño!

—Gracias.

—Felicidades a ti también, Dom.

—Gracias, Lishelle —está radiante, parece el hombre más feliz del mundo.

—Claudia me ha dicho que se llama Sophia.

—Sophia Marie Claudia Lishelle —me dice Annelise.

La emoción que siento es tan enorme, que tardo unos segundos en recobrar el habla.

—¿Lleva mi nombre?

—¡Tenía que ponerle los nombres de mis dos mejores amigas!

Me pongo a llorar, pero esta vez son lágrimas de felicidad.

—Mírame, soy una sensiblera.

Claudia, que también está llorando, me toma de la mano antes de admitir:

—Yo también.

—Ya somos tres —apostilla Annelise.

Este es el momento cumbre de nuestra amistad, el más feliz. Annelise ha traído una nueva vida al mundo.

—¿La niña está bien?

—Pesa unos novecientos gramos y es muy pequeñita, pero está claro que es una luchadora. Aún no respira por sí sola, pero ha abierto los ojos y nos ha mirado a Dom y a mí... ¡hasta me ha agarrado el dedo! Va a tener que pasar un tiempo en cuidados intensivos, pero los médicos me han asegurado que saldrá adelante.

—¡Gracias a Dios!

—¿Queréis entrar a verla?

—Sí, claro que sí.

Claudia y yo entramos tras ellos, y al ver a la pequeña Sophia me echo a llorar de la emoción. Es verdad que es muy pequeñita. Descansa sobre un lecho de sábanas, y lleva puestas unas manoplas y unas botitas. Me intranquiliza un poco verla conectada a tubos y a monitores, pero es la niñita más preciosa del mundo entero.

—Es el bebé más bonito que he visto en mi vida —afirmo con convicción.

—¿Verdad que sí? —Annelise suelta un sonoro suspiro antes de añadir—: Las enfermeras dicen que en un par de días ni siquiera notaremos los tubos y los monitores, que solo veremos a nuestra preciosa hijita, pero me rompe el corazón verla así.

—Tú misma has dicho que los médicos son optimistas —le recuerdo, antes de apretarle el hombro en un gesto de aliento.

Es Dom quien me contesta:

—Sí, y nosotros también estamos intentando serlo. Hay que ir día a día.

—Sí, día a día —Annelise hace una pequeña pausa antes de decir—: Podéis meter un dedo en la incubadora y tocarla si os laváis antes las manos. Los médicos y las enfermeras dicen que es bueno tocarla, hablarle y tomarla en brazos para que vaya creando un vínculo con nosotros. Dom y yo la hemos tenido en brazos, pero es que es tan pequeña...

—Yo no me atrevo a tanto, pero al menos quiero tocarla —afirmo, sonriente.

Después de lavarme las manos, me acerco de nuevo a la incubadora y meto la mano con cuidado de no tocar ningún tubo.

—Puedes quitarle una manopla si quieres —me dice Annelise, mientras acaricio el delicado bracito—. Se las ha hecho mamá Deanna, y también las botas. ¿A que son una monada?

—Y que lo digas. ¿Seguro que puedo quitarle una?

—Sí.

Se la quito con mucho cuidado, le paso el dedo por encima del puño, y a pesar de que sigue dormida, la pequeña Sophia abre la mano y me agarra el dedo con una firmeza que me sorprende.

—¡Mirad, me ha agarrado el dedo!

Annelise sonríe, sus ojos rebosan amor... al igual que mi corazón.

Dos días después, he tomado una decisión. A lo mejor me ha influenciado ver a Dom y a Annelise compartiendo tanto lo bueno como lo malo tras el nacimiento de Sophia... la felicidad de ser padres contrasta con el miedo de no saber lo que les depara el futuro, pero se enfrentan a la situación apoyándose el uno al otro.

Me he dado cuenta de que quiero tener una relación así, de que quiero estar con un hombre que permanezca a mi lado tanto en los buenos como en los malos momentos.

A lo mejor he estado resistiéndome a darle cabida a ese hombre en mi vida, al igual que Claudia se resistió a iniciar una relación seria con Chad. Mis razones son muy diferentes a las suyas, pero en el fondo también están basadas en ideas preconcebidas... yo creía tener muy claro lo que quería y lo que era bueno para mí.

A Claudia le pasaba lo mismo y por eso intentó mantener las distancias con Chad, pero ha logrado superar sus limitaciones y ha encontrado el amor con el que siempre soñó.

No sé si yo también podré lograrlo, pero lo que tengo claro es que dispongo de muy poco tiempo para averiguarlo, porque Rugged va a casarse dentro de dos días.

Le aconsejé a Claudia que se sincerara con Chad y ahora está felizmente enamorada, ha llegado el momento de que me aplique a mí misma mis propios consejos.

Si Roger me ha olvidado de verdad, si ya no me ama, no seguirá atormentándome la duda y podré dejar el tema zanjado de una vez por todas, pero si aún siente algo por mí...

Al entrar a trabajar le he mandado un mensaje de texto preguntándole si podíamos vernos por la tarde, y cuando me ha contestado preguntándome a qué hora y dónde, le he propuesto a eso de las ocho en su casa. Ha aceptado.

Llego en mi coche a las ocho menos diez y veo que la portalada está abierta, supongo que a la espera de mi llegada, así que la cruzo y aminoro la velocidad al recorrer el camino de entrada semicircular. Me detengo detrás de su Cadillac Escalade, y al aparcar me doy cuenta de que me tiemblan las manos. Permanezco sentada dentro de mi Mercedes durante minuto y medio mientras intento hacer acopio de valor.

El corazón me martillea en el pecho cuando voy hacia los escalones de la entrada. Alzo la mano para llamar al timbre, pero la puerta se abre antes de que pueda hacerlo. El corazón me da un brinco al ver a Rugged, y todos los sentimientos que afirmé una y otra vez que no sentía por él me recorren como una ola gigantesca.

Lleva unos vaqueros azules de cintura baja y una sencilla camiseta negra, sus brazos parecen incluso más musculosos que antes, se ha afeitado la cabeza, y se ha dejado perilla. Está muy bien... ¿qué digo?, ¿cómo que bien? ¡Está estupendo!

Nos miramos en silencio durante unos segundos, y al final es él quien toma la iniciativa.

—¿Por qué has venido?

Porque vas a casarte en dos días, y tenía que verte. Esas son las palabras que me vienen a la cabeza, pero me limito a contestar:

—¿No te apetece verme?

—Llevas semanas esquivándome y pasando de mis llamadas, pero vienes a verme cuando sabes que faltan dos días para mi boda.

—Quiero saber por qué me mandaste esto —me saco la invitación de boda del bolso, y la alzo como si estuviera mostrando una prueba vital en medio de un juzgado.

Él tarda unos segundos en contestar:

—¿Vas a quedarte aquí fuera, o piensas entrar?

Entro en el vestíbulo con paso lento, y espero a que cierre la puerta antes de preguntar:

—¿Por qué me invitaste a tu boda?

—Para ver cómo reaccionabas.

El corazón me da un brinco, pero lucho por controlar mis emociones.

–¿Estás diciendo que te comprometiste con Randi para hacerme reaccionar?

–No.

Mis esperanzas se desvanecen, y vuelve a reinar un largo silencio. Ya sé que tendría que sincerarme sin más, pero antes de nada quiero tener alguna noción de cuáles son sus sentimientos. ¿Cómo puedo interponerme entre Randi y él si resulta que la ama de verdad?

–¿A eso has venido?, ¿a hablar de la invitación de boda? –me pregunta al fin, mientras me observa con ojos penetrantes.

No sé por qué tengo tanto miedo, solo tengo que abrir la boca y hablarle con franqueza... de repente entiendo con claridad meridiana lo que me pasa: a pesar de que rompimos hace meses, tengo miedo de que me rechace si le digo lo que siento por él. Le rompí el corazón, quizás sea demasiado tarde para arreglar lo nuestro.

–¿Estás enamorado de ella? –tengo que saberlo.

–¿Estás segura de que quieres preguntarme eso?

Le miro ceñuda, y suelto una exclamación ahogada al ver que da un paso hacia mí.

–Creo que has venido a mi casa a preguntarme otra cosa, Lishelle. Lo que quieres saber es si aún estoy enamorado de ti.

–¿Lo estás? –me tiembla la voz.

–Sí.

Es una respuesta simple y honesta; al oírla me siento tan feliz, que me dan ganas de abrazarme a su cuello y besarle, pero me contengo porque aún está pendiente el tema de Randi.

—¿Y qué pasa con Randi?

—Le tengo mucho cariño y llegué a pensar que... que podría llegar a amarla. Ella era feliz conmigo y nunca puso en duda nuestra relación, quiere casarse conmigo y darme un montón de hijos...

Su voz se apaga, y lo que se calla me impacta más que lo que ha dicho. Ha llegado el momento de sincerarme por completo.

—Me han hecho daño en más de una ocasión, me han herido hombres que me juraron amor eterno y en los que tenía plena confianza —vacilo por un instante antes de admitir—: No podía evitar dudar de todo y de todos. Tú eres una estrella del rap, mujeres de todo el mundo te lanzarán sus bragas y querrán meterse en tu cama, intentarán quedarse embarazadas para atraparte...

—Ya hemos hablado de todo esto.

—Y también está la diferencia de edad.

—Que no me importa lo más mínimo. La edad no es más que el número de años que uno tiene. No entiendo por qué estamos dándole vueltas a lo mismo otra vez.

—Rugged...

—¡Roger! Llámame por mi nombre.

Suelto un suspiro y me paso las manos por la cara antes de decir:

—Crees que todo es muy fácil.

—Si me amas, claro que lo es —ahora es él quien suspira—. Oye, si querías verme para repetirme todas las chorradas que te has inventado para que no estemos juntos, podrías habérmelas mandado en un mensaje de texto... o mejor aún, podrías haber seguido ignorándome. ¿Qué sentido tiene que me llames dos días antes de mi boda?

A juzgar por su cara de abatimiento y por sus palabras, es obvio que no me he expresado con claridad, que no ha entendido lo que intento decirle. Abro la boca para aclarárselo, pero él se me adelanta al añadir:

—Te abrí mi corazón y te confesé lo que sentía por ti, pero no me creíste. No soy tu exmarido, ni mucho menos aquel capullo que te la jugó.

Avanzo sin pensármelo, cierro la distancia que nos separa antes de admitir:

—Te amo, eso es lo que quería decirte. No he venido por la invitación ni por tu boda, estoy intentando confesarte que usé todas las excusas habidas y por haber para distanciarme de ti... nuestra edad, tu carrera, el hecho de que no quisiera volver a confiar en un hombre... pero ninguna de ellas ha funcionado. Sí, conseguí apartarte de mi mente durante un tiempo, pero mi mundo empezó a desmoronarse cuando me enteré de que ibas a casarte. Hice todo lo posible por olvidarte, ¿por qué crees que no te devolví las llamadas? Pues porque sabía que me derrumbaría si hablaba contigo. Oír tu voz aquella única vez que hablamos acabó conmigo, me mató saber que me habías olvidado a pesar de que había hecho una lista de razones lógicas por las que no podíamos estar juntos. Pero es que...

Roger me silencia al adueñarse de mi boca, y me besa con una vehemencia que revela lo desesperado que está por hacerlo. Yo gimo contra sus labios mientras me abrazo a su cuello y aprieto los senos contra su pecho, mientras le beso con ardor y le hinco las uñas en los hombros... y mientras la pasión me consume, los ojos se me inundan de lágrimas.

No sé si él se ha dado cuenta de que estoy llorando, pero de repente se echa un poco hacia atrás y enmarca mi rostro entre sus manos.

–¿Por qué lloras, cariño? –me pregunta, mientras me seca las lágrimas con las yemas de los dedos.

Yo sacudo la cabeza. Las únicas palabras que pueden expresarlo son las que expresan la pura verdad.

–Porque he estado a punto de perderte.

–No ibas a perderme.

–¿Qué quieres decir?

–Supongo que aún no ha saltado la noticia... anoche le dije a Randi que no podía casarme con ella.

–¿Lo dices en serio? –estoy tan impactada, que apenas puedo hablar.

–Sí. Creí que era la mujer adecuada para mí... mejor dicho: creí que podría sustituirte con ella. Pero no podía hacerle algo tan ruin; además, conforme fue acercándose la fecha de la boda, me di cuenta de una cosa –me pone un dedo bajo la barbilla, y me alza la cabeza para que le mire a los ojos–. Nadie puede sustituirte, absolutamente nadie.

No me avergüenzo del torrente de lágrimas que me cae por las mejillas, de lo único que me avergüenzo es de haber apartado a este hombre de mi vida meses atrás.

Es maravilloso sentir la suave caricia de sus dedos en las mejillas, lo he echado tanto de menos... he echado tanto de menos estar entre sus brazos.

–Te amo –susurra, antes de repetirlo de forma más enfática–. Te amo.

–Dios, Roger, yo también te amo –siento un alivio enorme al pronunciar esas palabras; cuando uno de los dedos que me acarician las mejillas se acercan a mi boca, le beso la punta–. No sabes el miedo que me daba venir a verte. Sabía que no tenía derecho a pedirte que rompieras con Randi, y me alegra saber que ya lo habías hecho.

—¿Y tú qué?, ¿has estado con alguien más?

Aparto la mirada y por un instante me planteo mentir. No es que quiera engañarle, pero me gustaría ahorrarle un disgusto; además, estoy lista para dejar atrás el pasado y mirar de cara al futuro.

También está el hecho de que me arrepiento en gran medida de haberme acostado con Jared. Admito que disfruté del sexo, pero la verdad es que follé con él para intentar olvidar al hombre que verdaderamente ocupaba mi corazón.

No quiero echar a perder este momento ni que Roger se enfade, pero tampoco quiero mentirle.

—Sí, he salido con un par de tipos para intentar olvidarte, pero no sentía nada por ninguno de ellos. No había forma de arrancarte de mi corazón.

Se me acelera el corazón al ver lo serio que está. Por favor, no me digas que acabo de retroceder cinco pasos después de dar dos enormes hacia delante...

—Ya veo.

—¿Qué quiere decir eso?, ¿estás enfadado conmigo? Vale, ya sé que fui yo la que dio por terminada nuestra relación, pero...

Él me pone un dedo sobre los labios para silenciarme, y me dice con voz suave:

—Si has estado con alguien más, tengo que hacer una cosa.

—¿El qué? —le pregunto, desconcertada.

Me desabrocha un botón de la blusa y después otro más antes de contestar:

—Hacerte el amor. Tengo que ser el último hombre con el que has estado, borrar de tu mente el recuerdo de cualquier otro.

Contengo el aliento mientras sigue desabrochándome la blusa aquí mismo, en el vestíbulo; cuando la tiene abierta del todo, me la baja por los brazos poco a poco y deja que caiga sobre el suelo de mármol, y entonces me rodea con los brazos y me desabrocha el sujetador.

Permanece callado mientras baja las manos hacia mi falda, me baja la cremallera y me desabrocha el botón antes de bajármela por las piernas; me sostiene mientras saco un pie y después el otro, y dobla la prenda antes de dejarla junto a mí en el suelo con cuidado. A continuación me desata la sandalia derecha, y la deja junto a la ropa antes de quitarme también la izquierda.

A pesar de que lo ha hecho sin mostrar emoción alguna, como una persona que ayuda a alguien a desnudarse de forma totalmente aséptica, ha sido un momento muy erótico. Ahora que me he quedado en tanga, se echa hacia atrás hasta quedar de cuclillas y me observa a placer. Sus ojos son como rayos ardientes que me recorren el cuerpo.

—Quítate el tanga.

Al oír su orden, me recorre un relampagazo de deseo que me da de lleno en el clítoris, y le obedezco de inmediato; después de quitarme poco a poco la prenda de encaje, la echo a un lado de una patada.

En los ojos de Roger se enciende un deseo ardiente, y aunque no me toca, su mirada es tan potente como una caricia.

—Ahora soy el último hombre que te ha visto desnuda.

—El sentimiento es mutuo, quiero borrarte de la mente todos los recuerdos que puedas tener de Randi.

—Me parece justo.

—Venga, desnúdate.

Lo hace tal y como lo ha hecho conmigo, poco a poco... es como si tuviera todo el tiempo del mundo, y supongo que así es. Tenemos toda la noche por delante, y todas las noches del resto de nuestra vida.

Cuando está desnudo frente a mí, con esa polla que tanto adoro dura y ansiosa por follarme, me toma de la mano y me conduce escaleras arriba. Cuando llegamos a su habitación no empezamos a besarnos y a acariciarnos con avidez entre jadeos; en realidad, el primer beso es tierno y profundo, dulce a la vez que apasionado.

¿Que por qué es así? Pues porque este es un momento que supone el triunfo del amor, es el reencuentro de dos personas que no tendrían que haberse separado nunca.

El lento beso sigue y sigue hasta que la pasión explota como un volcán en erupción. Roger me levanta en brazos, yo le rodeo la cintura con las piernas, y al notar su erección apretada contra mi cuerpo, deseo que me penetre ahora mismo con fuerza... y eso es justo lo que hace.

Su potente embestida me arranca un estremecimiento de placer, y aprieto más las piernas alrededor de su cuerpo para sujetarme. Él suelta un largo suspiro cargado de pasión y de significado, y nos besamos a conciencia mientras nuestros cuerpos se mueven al unísono.

Él avanza por la habitación, y al llegar a la cama apoya una rodilla en el colchón y me echa hacia atrás con cuidado hasta dejarme tumbada de espaldas. Me penetra hasta el fondo de nuevo, llega lo más hondo que puede, y yo gimo de placer cuando empieza a moverse a un ritmo desenfrenado. Dios, esto es fantástico...

Tengo la espalda arqueada mientras saboreo las gloriosas sensaciones que me recorren de pies a cabeza, pero Roger sale de dentro de mí de repente y me abre las piernas antes de bajar la cabeza hacia mi sexo. Tengo las piernas abiertas de par en par, y él se limita a mirarme el coño mientras suelta un gruñido de deseo que me excita aún más; después de contemplarme a placer, empieza a acariciarme el clítoris con movimientos circulares, y gimo extasiada cuando me mete un dedo.

–Cariño... –sus caricias son como descargas eléctricas de placer.

–Cuánto he echado de menos este coño... –dice con voz ronca antes de abrírmelo al máximo con las dos manos.

Estoy totalmente expuesta ante este hombre, y aun así, desearía poder darle aún más, que hubiera más Lishelle para explorar.

Me cubre el clítoris con la boca abierta y su gruesa y cálida lengua empieza a lamer mi zona más sensible. Los lametones son amplios y lentos, una tortura deliciosa, está enloqueciéndome mientras desliza la lengua hacia arriba y hacia abajo.

De repente es como si el dique de su autocontrol se derrumbara, porque empieza a devorarme el coño. Sus labios recorren enfebrecidos los míos, me chupa como si estuviera hambriento, y... oh, Dios, da la impresión de que su cuerpo ya está a punto de estallar.

Me mete un dedo, otro más, y después un tercero. Los mueve dentro de mí a un ritmo frenético, como si nunca antes hubiera hecho algo tan placentero. Todas y cada una de las caricias significan algo, cada lametón de su lengua sobre mi coño va mucho más allá de un simple acto sexual.

—Joder, Lishelle, qué coñito tienes... madre mía, qué maravilla...

No sé cómo, pero entre gritos de placer alcanzo a decir:

—Quiero correrme contigo dentro, necesito tu polla.

Él sigue chupándome, no voy a poder contener mi orgasmo mucho más... pero al cabo de unos segundos, aparta la boca de mi sexo y sube por mi torso dejando un reguero de besos a su paso.

Nos besamos cuando llega a mis labios, y entonces se agarra la polla y me la mete hasta el fondo.

—¡Oh, sí!

—Joder, nena... ¡joder, me encanta tu coño!

—¡Sí, así! —me llena por completo, y la sensación es lo más maravilloso del mundo. No entiendo cómo he podido negarme a mí misma esto, cómo pude apartarle de mi lado.

Mientras Roger y yo hacemos el amor, me doy cuenta de lo diferente que es esto de lo que he vivido con los demás hombres con los que he estado. El acto es el mismo, una polla dentro de un coño, pero los sentimientos suponen una gran diferencia.

Gracias a los sentimientos, es hacer realmente el amor.

Él me sostiene la mirada mientras su polla se mueve en mi interior, y encontramos de inmediato ese ritmo tan familiar. Le acaricio la cara con ternura, y el gesto expresa sin necesidad de palabras lo mucho que esto significa para mí.

Mi orgasmo va abriéndose paso en mi interior, el amor que siento se desborda. Mientras el clímax se apodera de mí, grito extasiada:

—¡Te amo, cariño!

Mi cuerpo entero se estremece bajo la tremenda fuerza de un orgasmo que me recorre como lava al rojo vivo... es lento, intenso y poderoso.

Pero por encima de todo, es una expresión de todo lo que siento por Roger, del amor verdadero que le tengo y que llena a rebosar mi corazón.

Epílogo

Claudia

Seis meses después...

Es el día perfecto para celebrar una boda.

Hace muy buen tiempo, la temperatura es de unos veintidós grados pero da la impresión de que hace más calor por el sol que hace. Ha estado lloviendo casi sin parar durante los tres últimos días y la verdad es que empezaba a preocuparme, pero hoy el sol brilla con fuerza.

Es como si Dios estuviera bendiciendo la unión de mi mejor amiga y el hombre que está a punto de convertirse en su esposo.

—Estás espectacular, Annie.

Es la pura verdad. Lleva un vestido perfecto para unas segundas nupcias, un Vera Wang largo y sin tirantes en un intenso tono crema. La amplia falda plisada es de organza en blanco y dorado, el cuerpo de color crema tiene unos finos bordados también en blanco y dorado, y el cinturón rojo de seda le da el toque final perfecto.

Es un vestido con el que cualquier mujer parecería una reina, y se trata de un modelo único... va bien tener buenos contactos.

Annelise agarra a Lishelle de las manos y exclama emocionada:

–¡Me cuesta creer que por fin haya llegado el día!

–A mí también.

Lishelle tiene los ojos llenos de lágrimas, y yo misma tengo que secarme los míos.

La hija de Annelise, Sophia Marie Claudia Lishelle, está con nosotras en la sala de la iglesia designada para que la novia se prepare. Es una niñita de seis meses muy despierta y atenta, y aunque pasó sesenta y siete días en el hospital, no le ha quedado ninguna secuela y está completamente sana; como nació casi catorce semanas antes de tiempo, tiene el tamaño de una niña de unos tres meses, pero está progresando bien.

En este momento, la pequeña Sophia está mirando a su alrededor con interés, y parece ser que el ventilador que gira lentamente en el techo le llama mucho la atención. Su vestido es de color crema con adornos en blanco y dorado, y también se trata de un diseño de Vera Wang; no podía ser menos, ya que es la hija de la novia.

–¿Seguro que quieres llevar a la niña en brazos hasta el altar? –pregunta la madre de Annelise–. Podría vomitarte encima, y sería una pena que te manchara esa maravilla de vestido.

–Eso me da igual –le contesta Annelise, que está radiante de felicidad–. Dom, ella y yo formamos una familia, y es así como queremos que sea la ceremonia.

–Las dos estáis preciosas –apostilla Lishelle–. Tu vestido es espectacular, y Sophia parece una muñequita con el suyo. Fue todo un detalle por parte de Vera confeccionárselo.

–Eso ha sido gracias a ti; de no ser por ti, ni mi precioso angelito ni yo tendríamos estos vestidos.

–Bueno, la verdad es que Roger también tuvo algo que ver en eso –admite Lishelle, con la misma sonrisa que se le pone cada vez que menciona a su marido. El rostro entero se le ilumina, irradia felicidad.

–Lishelle, enséñame otra vez el anillo –le pido yo.

Cuando nuestra amiga extiende la mano, tanto Annelise como yo suspiramos a la vez. El anillo de compromiso tiene un diamante amarillo de talla cuadrada engarzado en platino y rodeado por otro quilate de diamantes blancos, y la alianza de boda también es de platino y consta de una hilera de diamantes blancos y amarillos que van alternándose a lo largo de todo su perímetro. Es diferente y original, justo lo que Lishelle quería, y es enorme en comparación con el que Chad me dio a mí cuando me propuso matrimonio por sorpresa hace dos semanas.

Bajo la mirada y contemplo arrobada el anillo que llevo en el dedo; cuando se hincó sobre una rodilla ante mí en medio del concurrido restaurante donde estábamos cenando y me lo dio, Chad me dijo que era un anillo digno de su princesa. Se trata de un solitario de talla princesa de un quilate, y es absolutamente perfecto.

Miro a Lishelle y le advierto con fingida seriedad:

–Aún no te he perdonado que te casaras en secreto, sigo enfadada –lo digo de broma. Soy incapaz de enfadarme con ella, y mucho menos cuando me siento tan feliz.

Mi amiga me contesta sonriente:

–Yo creo que Vera también se enfadó, porque quería que yo luciera una de sus creaciones al pasar por el altar con una de las mayores estrellas emergentes del *hip-hop*; qué se le va a hacer, al menos se animó cuando le hablé de la boda de Annelise y le aseguré que Roger y yo íbamos a asistir.

Entiendo las razones por las que Rugged y ella optaron por una boda sencilla en las Islas Vírgenes de los Estados Unidos, no querían que ese día tan especial para ellos se convirtiera en un circo mediático; teniendo en cuenta lo famoso que es él y que ella es una celebridad a nivel local, una boda pública habría distado mucho de la ceremonia íntima y emotiva que querían.

—No te sientas culpable —le dice Annelise a Lishelle—. Vera ha hecho un trabajo fabuloso conmigo, y seguro que está deseando vestirte para la boda que tienes en primavera —se vuelve hacia mí, y me guiña el ojo antes de preguntarme—: ¿Cuántos invitados vas a tener?

—Invitados aparte, seguro que Claudia tiene unas quince damas de honor —apostilla Lishelle.

Sonrío llena de dicha al pensar en mi boda. El día en que Chad se arrodilló y me propuso matrimonio durante la cena viví el segundo momento más feliz de mi vida, solo le supera el del nacimiento de mi ahijada.

—No estoy intentando convertirlo en el evento social de la temporada, os lo aseguro —a juzgar por la cara que ponen mis amigas, está claro que no me creen—. Oye, ya conocéis a mi madre. Esta boda va a superar a todas las demás.

—Menos mal, si te hubieras casado con Adam...

Lishelle no alcanza a terminar la frase, porque yo me apresuro a interrumpirla.

—Será mejor que no entremos en ese tema.

No hace falta rememorar oscuras etapas del pasado, no tiene sentido preguntarse por lo que pudo ser y no fue. Ni qué decir tiene que estoy encantada de no haberme casado con Adam, aunque en su momento me dolió mucho.

Annelise se acerca a nosotras, y nos pasa un brazo por la cintura a cada una. Hace que giremos las tres juntas hacia el espejo de cuerpo entero que hay en la habitación y comenta sonriente:

—Llevo puesto un vestido de ensueño, pero vosotras dos también estáis espectaculares.

—Sí, y combinamos contigo a la perfección —afirma Lishelle, que parece toda una estrella.

Ella lleva un vestido dorado sin tirantes con una falda de organza que le llega hasta la altura de las rodillas, y yo no estoy nada mal con uno similar en color crema. Vera Wang es una diseñadora de un talento excepcional.

Nos miramos al espejo durante unos segundos más, y al final soy yo la que toma la palabra.

—¿Sabéis lo que veo, además de tres mujeres despampanantes? Tres mejores amigas, tres amigas felices... felices por fin tanto por dentro como por fuera.

Annelise me da un afectuoso apretón en la cintura antes de comentar:

—Sí, parece mentira, ¿verdad? Quién iba a decirnos que llegaríamos a ser tan felices después de las etapas de mierda por las que hemos pasado.

—Annie... —la voz de la madre de Annelise refleja desaprobación.

—Mamá...

—No estoy intentando darte la lata, pero estamos en una iglesia y Sophia está oyéndote.

—Tiene razón —apostilla Lishelle.

Me quedo atónita, porque es increíble que nuestra

malhablada amiga esté de acuerdo en que no hay que decir palabrotas.

Samera, que es la dama de honor de Annelise, regresa en este momento y le dice a su hermana:

–El sacerdote dice que la iglesia está llena. Dom está preparado, ¿y tú?

–Más que nunca –le contesta Annelise con una sonrisa de oreja a oreja.

–Vale, voy a avisar al sacerdote.

Annelise se acerca a su madre, que tiene en brazos a Sophia, para que le entregue a la niña. No ha querido que nadie la lleve hasta el altar, quiere recorrer con Sophia el pasillo que va a conducirlas hasta el hombre que más importancia tiene en sus vidas.

Oigo que empieza a sonar la música. Sharaya, una artista emergente de Atlanta que ha accedido a cantar en la boda por mediación de Rugged, empieza a interpretar *I Do*, su última balada, que está en el número uno de las listas de ventas de todo el país.

Samera entra a toda prisa, y nos avisa sonriente:

–¡Hay que salir ya!

Annelise mira a Sophia, y le dice con voz llena de ternura:

–Vamos, cielo, ha llegado el momento de casarse con papá.

Al cabo de unos minutos, estoy en la parte delantera de la iglesia junto a Lishelle y a Samera. Cuando Annelise aparece y los invitados se ponen en pie, no puedo evitar pensar que está más radiante que nunca.

Mientras la veo caminar hacia Dom con la hija de ambos en los brazos y veo que tiene los ojos llenos de lágrimas, recuerdo lo que he dicho antes: las tres hemos encontrado, al fin, nuestro final feliz.